U0901913

魅丽文化
飞言情工作室

南风语 著

江苏凤凰文艺出版社
JIANGSU PHOENIX LITERATURE AND ART PUBLISHING, LTD

图书在版编目（CIP）数据

有情可圆. 2 / 南风语著. — 南京 : 江苏凤凰文艺出版社，2017.10
ISBN 978-7-5594-0869-3

Ⅰ. ①有… Ⅱ. ①南… Ⅲ. ①长篇小说－中国－当代 Ⅳ. ①I247.5

中国版本图书馆CIP数据核字(2017)第164974号

书　　名	有情可圆. 2
作　　者	南风语
出版统筹	黄小初　邹立勋
选题策划	飞言情工作室
责任编辑	胡小河　姚　丽
文字编辑	何　进
责任监制	刘　巍　江伟明
出版发行	江苏凤凰文艺出版社
出版社地址	南京市中央路165号，邮编：210009
出版社网址	http://www.jswenyi.com
印　　刷	湖南凌宇纸品有限公司
开　　本	880×1230毫米 1/32
字　　数	237千字
印　　张	10
版　　次	2017年10月第1版，2017年10月第1次印刷
标准书号	ISBN 978-7-5594-0869-3
定　　价	32.00元

目录

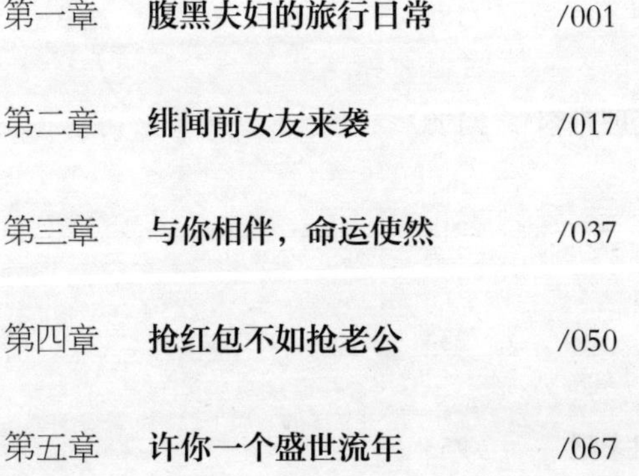

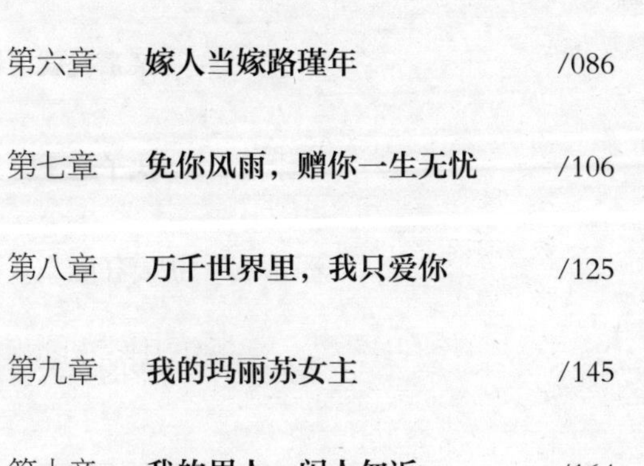

目录

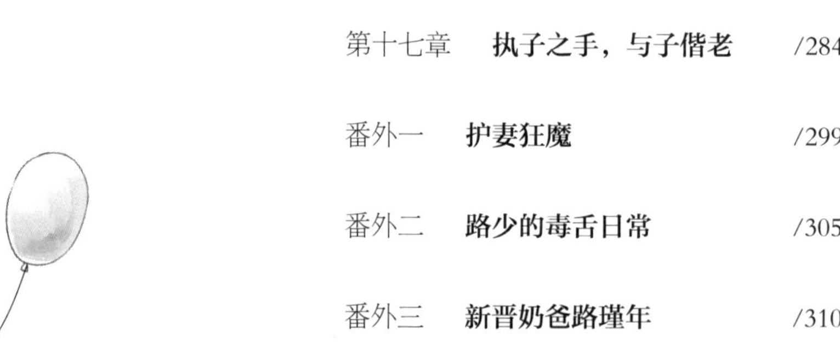

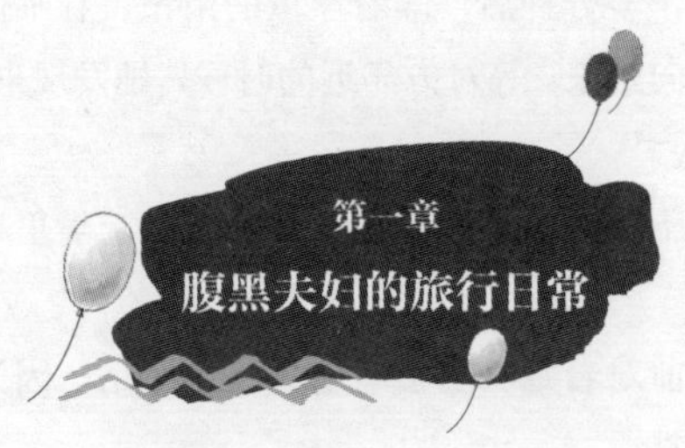

第一章 腹黑夫妇的旅行日常

雨淅沥沥地下着，长满青草的田埂被雨水打湿，黏糊的泥土夹杂在青草里，顺着雨水往田里滴。

路瑾年用自己的西装给蜷缩在他怀里艰难步行的杜唯微遮雨，而自己身上没有任何防护，因此全身早已湿透。但这并没有过多地影响他的个人形象，只是由于雨水，让他的衬衣和身体完美地贴合在了一起，看上去有种另类的诱惑。

也不知道走了多久，两个人在一间民舍的屋檐下落了脚。

路瑾年拧干湿掉了的西装外套，之后看着半湿的杜唯微，关切地问："冷吗？"

杜唯微摇头，随后"阿嚏"了一声，还打了个寒战。

路瑾年将西装递给杜唯微，道："你在这里等我几分钟，我去看看有没有民用客栈之类的。"

杜唯微接过西装本能地想跟着他："我们一起去。"

"在这儿等我，不许淋雨。"

路瑾年丢下这句话后，不给她任何机会便冲进了雨幕，很快就不见了。

他走后，杜唯微抱着路瑾年的衣服看着重重的雨幕，希望那个熟悉的身影能快点回来。这一次，他们在外面玩了两个月，从欧洲到亚洲，两个人的旅行温馨而甜蜜。

今天，他们跟着原先定下的路线来到了韩国的农村，想感受一下同是亚洲文化的田园风光，没想到天公不作美，刚下车，天就下雨了。

在屋檐下站了十多分钟后，隔着厚重的雨帘，杜唯微看到有人打着伞朝她所在的方向走来。等对方靠近的时候，她发现来的是两个人，像是一对夫妻。

他们走到屋檐下，很随意地看了一眼杜唯微，嘴里嘟囔着杜唯微听不懂的韩语。

这时，男人上前对着她叽里咕噜地说了一些话，因为听不懂，她也不知道该怎么回复。

几乎是在同一时刻，路瑾年的电话打了过来，杜唯微迅速拿起了手机。

“你看下我西装内侧的口袋里有没有现金。”

杜唯微摸了摸他的西装后说：“什么都没有。你遇到困难了？”

“也不算是大困难，今晚就委屈老婆跟我睡普通间了。”

“定普通的就好，不要乱花钱。”

“为老婆花钱，从来都是正当消费，哪儿来的‘乱花钱’一说。”

听他这样说，杜唯微感觉像是吃了蜜一样。不过她还是故作不悦地道：“早点儿回来，我等你。”

“我马上到。”

……

那边的夫妻听到了杜唯微打电话的声音，意识到她不是本国人之后便露出了警惕的神情。紧接着，他们对杜唯微指指点点，因为语言不通，所以她也不知道这对夫妻在说什么。

之后，男人吐出了一个单词“China”，杜唯微意识到他们可能是在说自己。

“Yes，China。”

随着她肯定的话语落定后，这夫妻俩立马变了样，女主人对她露出鄙夷的目光，男主人一脸不屑地指着她上下评论。

不一会儿，两个人一起上前，将杜唯微往屋檐外推。

杜唯微站在原地不动，全程冷着脸，不走也不跟他们争吵，只是耐心地等待路瑾年。

因为杜唯微对他们的劝退不予回应，也不配合，女人指着她破口大骂，男人也跟着帮腔。

杜唯微懒得看他们，虽然她很清楚他们是在嘲讽她，可那又如何，她又听不懂，所以根本不放在心上。

就在这对夫妻嘲讽杜唯微时，急于见她的路瑾年打着伞从雨中奔跑而来。他刚到屋檐下就听到了这对夫妻在挖苦杜唯微是“连土豆都吃不起的穷苦中国人”，还说“落后国家的女人不要在我们屋檐下避雨，我们不欢迎，快点滚”……

路瑾年收了雨伞，他将杜唯微搂在怀里，指着门上“卖屋”的字眼用韩语问：“这是你们的房子吗？买你们的房子要多少钱？”

因为路瑾年的韩语说得特别流利，所以这对夫妻问：“你是韩国人吗？”

“中国人。”

女主人一听“中国”，再次鄙夷道：“你们中国人土豆都吃不起，还想买我们大韩国的房子？”

路瑾年勾起嘴角，用看乞丐的眼神瞅着她：“别啰唆，报价！”

“你想跨国买房？现在？”

“我有亲戚在韩国，用他们的名义买，现在、立刻、马上！”

路瑾年说着开始打电话。说了一通后，他挂了电话说：“报价。”

“你说买就买？万一你骗我呢？你们中国人穷全世界都知道，而且……”

路瑾年不耐烦地打断他：“对方叫路宝。”

“路宝？”男主人吃了一惊，“这不是我们区的首富吗？”路宝的大名他是听过的，他一直以为这个首富是日本人，没想到居然是中国人。

见他似乎不是在开玩笑，这对夫妻立刻换了笑脸，男人打开房门很热情地邀请路瑾年进门，路瑾年却纹丝不动。他用韩语说：“请邀请我老婆进屋，我们家的财政大权由她支配。”

这对夫妻二话不说，立刻非常热情地邀请杜唯微进门。

原本这对夫妻一直表情嫌恶，因为跟路瑾年说了一些话后就变了态度，这让杜唯微很吃惊。

她问：“怎么他们突然变得这么好？”

“应该是被你的魅力折服了。”

杜唯微皱眉道：“说真话。”

“他们嫌弃你出生在吃不起土豆的中国，要求你滚出他们的屋檐……”

“然后？”

“一切让老婆大人不高兴的言论，统统要抹杀。”

她哪里不高兴了？这对韩国夫妇说的话她都听不懂，就算骂得再难听，也不会影响她分毫。

杜唯微掐着路瑾年的胳膊，说：“你是不是用金钱诱惑人家了？干吗乱花钱呀，他们嘲讽就嘲讽呗，反正我又听不懂。”

“我没用金钱诱惑他们，我只是买了他们正在出售的屋子，这样你就能名正言顺地在屋檐下观光赏景。”

这也太土豪了吧？

他只是为了给她“争口气”，给她留个落脚点，就买了一栋房子！

这已经不是“乱花钱”的范畴了，而是任性、败家！

杜唯微拉着路瑾年的手就要走：“这避雨的成本太贵，我们去便宜的地方。”

路瑾年挑眉道：“我已经打电话给住在韩国的堂弟了，他离这边很近，一个小时内就能到，我跟他说好了，以他的名义买这栋房子。如果临时取消，我们家族的人会怎么看我？”

杜唯微无奈地叹气：“论任性花钱，我只服你。”

路瑾年趁机说：“那就请老婆大人勉为其难地陪我看看房子。”

既然改变不了这个事实，杜唯微只能屈从。

在这对夫妻热情的邀请下，两个人都走进了房子。

因为是农村民房，所以屋子很大，一共两层，屋子半旧，但打扫得还算干净，里面的家具简单，东西摆放得也稍显随意。

屋主夫妻进去后，就去厨房烧水了。等水烧开后，男主人倒了一杯水恭敬地递给路瑾年，然而路瑾年没有接，只是偏头道：“你们多跟我们家的财务总监沟通，我的一切费用支出都要经过她的手。”

之后，他斜睨了一眼那杯白开水，继续说：“我们中国人不喝白开水，一般都喜欢喝茶，经济不行的也就喝喝猴魁，普通穷人喝一两千一斤的，我们是中等穷人，就喝五六千一斤的。”

听到“穷”这个字眼，女主人变得非常小心，生怕他是故意说买房，实际上是一个穷鬼，那他们现在这么客气，就没有必要了。

路宝有钱归有钱，但万一这个男人是说谎故意攀亲戚呢？不过为了防止“误伤”财主，她便问：“五六千人民币按照汇率的话，是多少韩元？”

“一百万韩元，按照现在的汇率能换我们五千九百一十五元人民币。”

“这不可能，你们中国人那么穷，连土豆都吃不起，怎么可能喝得起那么贵的茶！”

“我们中国有些人确实不吃土豆，因为土豆太便宜，基本拿它们喂猪了。”路瑾年轻描淡写地说着，“像我们这些穷人都是因为在国内混不下去了才来韩国的。而且你对我们中国的印象还停留在五六十年代，现在中国变得非常强大，如今支撑你们韩国娱乐业的多数是中国市场。没有中国，你们国家的人才会吃不起土豆！”

听到路瑾年的这番话，这对夫妻很不服气，但是又不敢多说。现在他们很缺钱，急需把这套房子卖掉，因为住在农村，所以房屋挂出去很久都无人问津。现在对方说要买房子，他们自然不会为了国家和人民贫富的问题跟他争辩。

于是，为了快点卖掉房子，这对夫妻很殷勤地讨好着路瑾年的“财务总监”。

男主人给杜唯微倒了杯热水，还开了暖气给她烘干湿了的衣服。

女主人还出门买了水果，洗好、切开后送到她面前，那张笑脸看起来特别真诚。

杜唯微不知道发生了什么，她问路瑾年：“你是不是又用金钱诱惑他们了？”

“老婆，你不要那么俗，我是那种喜欢用钱解决问题的人吗？”

杜唯微沉着脸想了想：你就是！

“瑾年，我知道你很宠我，不能见我难受，可是在异国他乡，咱们能不能低调一点点？”

“让老婆不高兴的事情，我一向都是高调解决，让老婆在背后低调开心。”

“……”

好吧，她无话可说。

那就让路瑾年冲锋陷阵，她在后方享受功与名好了。

一个小时后，一辆凯迪拉克停在了房子前，司机打着伞下来，然后走到后座打开门，紧接着一个长相俊朗的男人走了下来。

“哥。”路宝刚下车就喊了起来。

男主人在开门的瞬间，看到这一幕，脸上的惊喜怎么也掩盖不住。

对方居然没骗他，这真的是路宝！

进屋后，路宝一脸嫌弃地说：“哥，这么破的房子你要买？”

“买。”

“给个理由。”

“房主说我老婆穷，不许她在屋檐下躲雨。”

“太过分了，居然敢瞧不起我们路家的女主人！他们还有别的房子吗？我们都买下来，然后赶他们出去，让他们无家可归。”

“买他们所有的房子，他们岂不是能换更好的房子？我们就买这一栋，然后趁着现在下雨把他们赶出去，也算是报了今天的仇了。”

路宝托着腮，点头道：“有道理，就这么干！”

听着这对堂兄弟的谈话，坐在一边的杜唯微真是无力吐槽，果然是一个家族的，这性格，饶是她这种写小说的，也不知道该用哪些词汇来描写。

随后，路宝看向杜唯微所在的方向，接着笑眯眯地上前道：“嫂子，你好！”

杜唯微朝着他点点头，说：“你好。”

路宝左右打量着杜唯微。

他早就听说一个神秘的灰姑娘拿下了他难搞的堂哥，原本他以为对方要么是尤物，要么气质出众，没想到只能算清丽可人，而且面无表情，看上去冷冷的。

路宝凑近杜唯微，仔细地瞅着她的脸，若有所思地道："嫂子，你是不是有点面瘫啊？有病没关系，咱们路家不缺这点儿医药费。其实面瘫这个病可以治好的，要不我带你……"

路宝的话还没说完，路瑾年的手已经抓着他的衣领，把他往后拉开，与杜唯微保持适当的距离，随后又一巴掌打在了路宝的头上："掏钱，买房子。"

路宝摸着被打痛的头顶，小声地说："哥，你给我点儿面子好不好？"

"拿钱！"

"好好好。"路宝嘟囔着走到屋主面前用韩语说，"房子多少钱？"

见是大财主，屋主夫妇没有立刻提出价钱，而是好吃好喝地伺候着，最后才开始认真地谈房价、签合同。

合同签完后，路宝把合同收起来交给了杜唯微，并对屋主夫妇说："合同签完了，我在一个小时内安排人给你定金，明天我们就把房子过户的问题办了。另外，现在这房子是我们的了，我希望你们在今晚之前搬走。"

"这……这么快？"男主人面露难色，"怎么说也给点儿时间准备呀，我们只有这一座房子，现在……"

"你们住旅馆也好，露宿街头也罢，那是你们的事情，现在这房子已经是我的了。"路宝摊手道，"要不这样吧，你们要是想通融的话，可以找我嫂子商量商量，她要是没意见的话，那你们可以晚两天。"

于是，屋主夫妇不约而同地看向了杜唯微。两个人一前一后，开始说着好话，只差没给她捏腿、捶肩了。

杜唯微好奇地问："他们在说什么？"

路瑾年坐在沙发上，脸上露出了神秘的微笑："说老婆你长得漂亮，恭维你呢。"

“哦。”

杜唯微也没怀疑路瑾年的话。

夫妇俩求神拜佛，口水都说干了，然而杜唯微全程摆着一张冷漠脸，连一个字也不说。

随后，他们扭头看向路宝。

“我嫂子不说话就表示不同意，你们还是自求多福吧。”路宝耸肩，表示无奈，“趁着天没黑，你们赶紧找家旅馆入住。”

夫妇俩没辙，只能出门，临走的时候，男主人在家里找了一把伞。还没等他拿出去，路宝就很“贴心”地把伞从他手里拿下了：“之前我们谈好了，我出的钱是买这栋房子和里面的一切事物的，这伞也是我们的，你们还是在外面买伞吧！”

“……”

两个人对视一眼后欲哭无泪，直到现在才明白，对方买这栋房子就是来找碴儿的！

中国人是不是都这么任性？该死的媒体，为什么总报道这个国家的人穷得吃不起土豆，用不起洗衣机呢？以后再看到这些报道，要撕报纸、砸电视！

在心里默默抱怨完之后，他们不得不冒雨离开了屋子。

杜唯微和路瑾年坐着路宝的车来到了一栋意式别墅前。

路宝下车的第一件事就是喋喋不休地说：“哥，你就是不够意思，来韩国怎么不第一时间告诉我？这里我最熟，我可以给你们当导游啊！你看看你，带着嫂子瞎跑，害得她被人赶……”

“我怎么没第一时间联系你？”

“你是在需要钱的时候，第一时间联系了我。”

“花你这么一点儿钱，你心疼了？”

路宝走到别墅前摁了一下门铃，里面的佣人便开了门。

进屋的时候，路宝继续说：“你不要跟我转移话题。”

这时，一直沉默着的杜唯微给路瑾年解围：“我们今年的六月六号结婚，你来吗？”

“你们连婚期都定好了？什么时候的事情？为什么家里人没一个人通知我？”路宝立刻被转移了注意力，“在哪儿结婚？哥，你是混娱乐圈的，娱乐圈的人结婚都喜欢定在巴厘岛，你们是不是也在那儿？”

“我们在西约特兰。”

“瑞典的一个省？”

“嗯。”

“西约特兰我还不是很了解，我去看看地图。”路宝说着就掏出了手机，坐在客厅的沙发上很认真地研究着地图。至于路瑾年来韩国没有第一时间联系他这件事，他早就忘得一干二净了。

“不愧是我老婆。”路瑾年捏了一下她的鼻子，赞赏道，“机智如我。”

“不及老公的万分之一。”

“虽然有拍马屁的嫌疑，但是让我听起来很愉悦。”

路瑾年牵着杜唯微上了楼，之后轻车熟路地找到了衣帽间。因为他跟路宝的身高差不多，所以就随便选了一套家居服换上。紧接着，他亲自给杜唯微选了一条长裙，等两人都换好衣服后，路瑾年带她进了一间装饰精美的房间。

“路宝还没给我们安排房间，我们就这么随便进来，会不会不太好？”

“这几年中韩合拍的影视剧很多，所以我经常来韩国。除了剧组安排的酒店，我多数时间住在这里，所以这个房间就成了我的专属领地。”

“你韩语说得那么熟练，也是跟你拍影视剧有关？”

“对，工作需要，所以就自学了韩语。”

路瑾年顺势坐在床上，他拍了拍身侧的位置。杜唯微笑了笑，而后坐在他旁边，双手挽着他的胳膊。

他的手指穿过她的长发，在这目光交流间，彼此的眼神变得火热。

路瑾年下意识地将杜唯微推倒，一只手撑在她的身侧，另一只手把玩着她的长发。他的呼吸也在片刻间变得炙热无比：“老婆。”

杜唯微躺在床上，清澈的瞳孔里映着他帅气的脸。

他的脸一点一点地靠近，而她顺势闭上了眼睛。

只是，温馨而浪漫的气氛还没持续几秒钟，路宝推开门，不适宜地出现在房间里："哥，嫂子，晚饭时间到了，你们饿了吗？哎，这是……"

等他回过神来的时候，一个枕头正中他的脸，随后路瑾年的咆哮声响彻天际："路宝，你是不是活腻了？"

路宝惨叫了一声后，仰天哀号道："哥，谁知道你会在吃饭的时间春心荡漾，而且还不锁门！"

之后，三个人相继下楼去了餐厅入座。

路宝一边理着被砸乱的发型，一边看着路瑾年在自己面前花式秀恩爱。只见路瑾年给杜唯微盛了一碗汤，更令人抓狂的是，他还舀了一勺汤送到嘴边吹了一会儿，才递到杜唯微嘴边。

"太肉麻了，你们注意一点儿形象好不好？稍微考虑一下目前单身、正在独居的堂弟的心情可以吗？"

路宝嚷嚷的时候，随手拿起面前的碗直接喝了一口，然而因为汤太烫，他的手一阵发抖。要不是旁边的司机反应快，给他扶稳了一下，后果不堪设想。

路瑾年看也不看他，轻描淡写地说："既然单身，就更要多看看，学点儿经验，以后有老婆了，驾轻就熟。"

路宝被他这番话堵得几乎要受内伤。

随后，几个人各自吃饭，只是路瑾年时不时会在路宝面前展现"宠老婆三十六式"，完全不顾他眼里熊熊燃烧着的嫉妒火花。

"哥，明天你们打算去哪里玩？"

"你对韩国熟，这事你看着处理。"

"是我们去还是带司机一起？"

"你看着处理。"

"这世界向来都是哥哥照顾弟弟，怎么到我这里，就成了我伺候你？"

路瑾年点头表示理解。

“那把你的车借给我，我们自驾游。”

“……”

哎？一言不合，就这么把他丢了？

“哥……带上我，”路宝一只手托着腮，一只手敲着桌子，笑得贼贼的，“明天我会给你跟嫂子一个惊喜。”

路瑾年低头吃着饭，眼皮都不抬：“等你的惊喜。”

杜唯微跟路瑾年醒来的时候，雨早已停了，外面亮起了微光，一片暖暖的金黄色。

杜唯微光着脚起床，她打开窗户，清新而冰冷的空气迎面扑来。昨晚来这里时，天色已晚，而且她的衣服半湿，所以没心情观察别墅周围的环境。现在一看，外面青草铺地，大片的绿化树木被修剪得整整齐齐，远远望去，仿佛这栋别墅就坐落在低矮的林间。

而此时，路宝正在前院的小花圃内忙活着，他弯着腰正在修剪着新苗，湿漉漉的枝叶在他的剪刀下陨落，地上铺满了沾水的绿叶和枝丫。

“在看什么呢？”

路瑾年不知何时起床走到了她身后，他将下巴抵在她的头顶，双手有力地环住了她的腰。

当视线落在路宝脸上的时候，他将杜唯微打横抱起：“放着自家颜值超高的老公不看，看一个没长毛的小子。”

杜唯微：虽然路宝是你的堂弟，但是人家也不算毛头小子吧？

路瑾年将杜唯微抱到床上，这才发现她光着脚。他惩罚性地吻着她，一吻之后，他说：“这么冷的天，你居然光着脚，着凉了怎么办？”

“有这么暖的老公在身边，怎么可能会着凉。”

路瑾年很细心地给她穿上了袜子，说：“嘴甜也没用。”

他给她穿袜子时，冷风从窗外灌了进来，杜唯微下意识地打了个寒战。

他起身走到窗户前，就看到一个穿着风衣、化着清淡妆容的女人款款而来。

对方有着一头乌黑的直发，眼睛清澈明亮，笑容温柔而甜美。

忽然，像是意识到有人看着自己，于是她下意识地抬起头，不期然而然地，她与路瑾年的目光撞到了一起。

对方愣了一会儿，之后朱唇轻启，声音如朱玉落盘般动听：“瑾年？”

时光仿佛在这一刻被定格，万物好像停止了运行，周遭的声音也慢慢变没了。

他们，一个站在窗户前，一个站在绿草葱葱的小径上。

遥遥相望。

路瑾年垂眸，修长的睫毛敛去了他眼里所有的神色。

他淡然地关上窗户，拉上窗帘。

之后，他缓步走到杜唯微面前，两个人注视着彼此。

“关个窗户怎么要那么久？下面有美女？”

路瑾年给她披上外套，嘴角含笑，说：“外面的美女再美，我都喜欢看里面的。”

杜唯微笑了，她凑上去，在他的脸颊上送上一个香吻。

杜唯微洗漱之后先下楼，路瑾年比她晚两分钟。

她坐在餐厅时，对面坐着一个陌生的女人，对方二十七八岁的模样，长得清纯而美丽。她穿的衣服虽然很普通，但别有味道。

路瑾年下楼时看了女人一眼，而后他很自然地走到杜唯微身边坐下，并把自己碗里的甜汤分给杜唯微：“多吃点儿。”

“甜的吃多了会长胖的。”

路瑾年看着她的胸，意有所指：“长胖点儿好。”

坐在对面的女人因为全程被无视了，显得稍稍有点儿尴尬。

“瑾年，好久不见。”

路瑾年的眼睛看也不看她，只说：“嗯。”

女人抿了抿唇，她没想到路瑾年都懒得跟她寒暄。

为了化解尴尬，她找话题道：“这位是你女朋友吗？长得很漂亮，你真有福气。”

“是老婆。”他纠正。

杜唯微这才注意他们的言行，从他们的交谈来看，两人之间的关系有猫腻！而且这个女人也会说中文，并且说得特别流利，不像是韩国人。

女人的脸色忽而惨白，她稳住心神问："我怎么没听说你结婚了？"

"先领的证。"

"婚礼什么时候举办？"

"今年六月六号。"

"那我能参加吗？"

"随意。"

路瑾年淡淡地回应了后，给杜唯微剥好一颗水煮蛋放在她的盘子里。

"你好，我叫杜唯微。"见两个人对话时的气氛不对，杜唯微想缓和一下，就说，"不知道怎么称呼你？"

"刘京京。"

杜唯微试探性地问："你们……"

没等刘京京回答，路瑾年就搭了腔："她是我的学姐。"一句话，似乎是为了证明关系，不让某人乱想。

既然是学姐，那对方应该比路瑾年大，只是有些女人保养得好，所以看起来年轻貌美。

刘京京低着头，苦笑着说："对，我们是校友关系。"

就在三个人都找到了能继续说下去的话题后，带着一身泥土的路宝风尘仆仆地进门了。

他很随意地将剪子丢在一边，紧接着就坐到了刘京京身侧的空位上。搓了一把手后，他喝了一口粥，吃了一个包子。

"哥，惊喜不？"

路瑾年终于知道路宝所谓的"惊喜"是什么了。这家伙居然敢将他一军，那他也不用客气了。

"路宝，我今年六月六号结婚。"

见路瑾年的脸色不太好，路宝很愉悦。他笑嘻嘻地说："有需要帮忙的，哥你随便说。"

“别人的婚礼红包都是提前给的，然而你的还没出手。”

“昨天买的那栋房子就算是礼物。”

“这也太省了，我们路家的子弟这么小气？”

路宝眨巴着眼睛问：“那哥的意思是？”

“你就帮我报销这次旅行的费用吧。”

路宝一听，立刻拍着胸脯道：“这点儿钱，小意思。”不就是旅行吗？能花多少钱，再贵也贵不过房子。

路瑾年淡然地点点头，说：“旅行前期花的钱和后期要花的钱的账单，我放在了房间的桌子上。”

“吃完饭，我就让管家拿到财务那边去，核实后给你全额报销。”

一听到“全额报销”，杜唯微抬起了头，问：“你是认真的吗？我们前期的费用不算少，而且后期……”

没等她把话说完，路宝就打断了她的话：“嫂子，别跟我们路家人谈钱，伤感情。”

他都这么说了，杜唯微只好不说话了。

在他们对话时，刘京京全程被无视，尴尬之余也想找点存在感，可她思索了半天，发现自己无缝可插针。

许久，她起身，脸上挤出一个笑容，说：“你们吃，我吃饱了。”之后她看向路宝，“我在外面等你的安排。”

路宝边吃边说：“好。”

刘京京走后，杜唯微疑惑道：“我怎么感觉她的情绪不对劲儿？”

“当然不对劲儿了！”路宝根本就没注意到路瑾年发黑的脸色，“他可是我哥的……”

路瑾年把一个荷包蛋塞进路宝的嘴里：“多吃少说，你就是太啰唆，所以找不到女朋友。”

杜唯微在心底叹息。

原本还以为能听到什么猛料呢，结果就这么被路瑾年掐断了。

只是，路宝的话太耐人寻味了，难道刘京京跟路瑾年曾经有什么亲密的关系？

前女友？

可如果是这种关系的话，为什么她从来都没听他提起过？

三个人吃完早餐后，路宝带着他们坐上了别墅前停着的跑车。

他坐在副驾驶位上，杜唯微和路瑾年坐在后面，而司机是刘京京。

刘京京启动车子的时候，路宝扭头对他们说："今天我们去汉拿山，这是韩国最高的山。"

杜唯微看着认真开车的刘京京道："让女孩子当司机会不会太失礼了？"

刘京京迅速搭腔："我是路总的助理，这算是我的分内工作。"

杜唯微没再说下去，她偷偷看了一眼路瑾年，然而他似乎是感受到了她的目光。他的手摸了过去，握住了她的手心，给予她无尽的温暖。

感受到了手心里的温暖，杜唯微释然。

算了，他们过去是什么关系又如何呢？况且，他们过去就算是情侣关系，那一段也是她未能参与的岁月，与背叛无关，现在路瑾年只属于她一个人。

之前，路瑾年已经用所有的行动来支持她、鼓励她，如今，是她无条件地信任对方的时候，她不应该在这个时候想入非非。

刘京京将车子开到一家酒店的地下停车场后，几个人全部下了车。随后，他们办理了入住手续，并在酒店人员的带领下，坐上了旅游车前往不远处的汉拿山。

因为不想被打扰，路宝要来地图，遣散了酒店服务人员，四个人背着包就进入了山内。

汉拿山很高，四个人走过了幽深的溪谷，一路上鸟叫声在耳边回荡，竟让人一点儿也不觉得吵闹，反而听着感到心如止水。

因为沿途的美景太多，几个人走走停停，花了好几个小时才爬到半山腰。

山腰上开满了踯躅花，放眼望去，美得让人觉得不真实。

杜唯微在一块岩石上坐下，她置身于这些花中，闻着馥郁的花香，脑子里冒出了很多奇怪的情节，这些情节很紧凑，又非常好。为了不让这些灵感稍纵即逝，她拿出纸笔开始记录。

路宝坐在石阶上看着正在认真写字的杜唯微，惊诧道：“哥，嫂子还有写日记的习惯？”

“有意见？”

“没意见。”路宝咧嘴笑道，“我小时候最怕老师带全班同学出去玩之后要求写日记，嫂子不会是老师吧？”

路瑾年看了一眼杜唯微，眼里满是笑意：“她可以教你写好日记，弥补你在文学上的不足。”

“别——”路宝抬手猛摇一番，说，“往事不堪回首，打死我，我也不要写日记！”

坐在路宝身侧的刘京京也看向了杜唯微：她坐在花丛中，恬静的模样看上去别有一番风味，更重要的是，她很年轻！这是她最大的资本。

而路瑾年呢？他从前沉默寡言，很少能见到他的笑脸，他永远都是安静的样子，与整个世界都格格不入，像是行走在边缘的人，永远不懂得凑热闹，也不知道如何表现自己的优点。可现在，他看着杜唯微的眼神里满是爱意，而且他似乎没有隐藏的打算，就让爱意那么赤裸裸地暴露着。

他的一举一动都那么温暖，暖到让她追悔莫及。

第二章
绯闻前女友来袭

那是一次元旦晚会，她主持完后，路瑾年坐在学校湖边的石凳上等她。

他问：“你想通了没有？”

她说：“你这样的人，会有感情吗？我感觉你不会对任何女人好。”

他看着她说：“我没必要对‘任何’女人好，我只对自己的女人负责。”

“怎么负责？”

“让她得到我最大限度的付出。”

“对女人来说，稳定的经济才是最大的付出，你有吗？”

那一晚，路瑾年没回答，而她也没继续追问。

从此，两人分道扬镳，朝着各自的路走了下去。

一别经年，各自天涯。

再聚首，他的身边已经有了别人。

没来由的，她心底升腾起了无尽的失落与懊恼。

如果当初她能更勇敢地面对，或许今天站在路瑾年身边的女人就是她。可这个世界上没有如果，错过的青春不会回首，错过的人不会在原地守候。

经历过那些逝去的年华后，一转身，一切早已物是人非。

想到这里，她情绪一时没控制住，竟在瞬间红了眼。为了不让他们看见，她转过身悄悄地抹了抹眼睛，不让眼泪掉下来。

此时，路宝的话更加刺痛了刘京京。只听他说："哥，嫂子这么看，还挺好看的，原来你喜欢耐看型的女人。"

"我喜欢的是杜唯微这个人的整体，而不是哪一种类型，她是独一无二的。"

"哎哟，这评价也太虐狗了，嫂子听到了会不会幸福到晕过去？"路宝"啧啧"道，"没想到你这样的闷葫芦也会说情话，要不是亲耳听到，我还以为坐在我旁边的是西顾哥呢。"

路瑾年没再搭话，他起身走到杜唯微身边，手指撩起她的长发，而她回头看着他，两人对视一笑，这幅画面看着异常和谐，以至于路宝情不自禁地拿着手机将这一幕拍了下来。

拍完后，他看了看身侧的刘京京，感慨道："本来以为你出现，能让这两个虐狗的人互相赌气，结果我发现他们秀恩爱的能力从来都是不重样的，没意思！"

刘京京哑然，然后苦笑着说："路总，你这个玩笑一点儿都不好笑。"

"我以前一直以为哥要娶的人就是你这种类型的，漂亮、能干、努力，没想到他娶了一个灰姑娘。"

"路总。"刘京京很是尴尬地道，"我也是灰姑娘。"

马屁没拍对，路宝偏过头，说："哈哈哈……我就随口说说的，你别放在心上。"

接下来，一行人爬山爬到了下午，因为景区关闭的时间比较早，几个人吃了一些零食后，就准备下山了。

下山的时候，天气很不好，乌云滚滚，狂风大作。

路宝看着天空嘀咕道："看来是要变天了，估计在我们下山后，景区就会封山。"

刘京京看了看时间道："五点钟左右，景区会禁止游客爬山，一般下午两点半前游客就要下山，现在都三点了，要抓紧时间下山。"

路宝提议："要不我们坐索道下山，这样比较快。"

"不行，这种天气，山上有很多游客都会选择这种方式，我们排队都不知道要多久，还不如走下去。"

捷径被否决后，几个人只能徒步下山。

都说上山容易下山难，这话一点也不假。上山的时候，虽然累，但是休息片刻便能恢复力气往上爬，而下山的时候，由于四周险峻的环境能被一览无余，双脚也会本能地打哆嗦。

半路上，杜唯微双腿酸软，她勉强坚持了一会儿，就再也走不动了，路瑾年陪着她坐在石阶上休息。

刘京京看着乌云滚滚的天空，担忧道："杜小姐，你还是撑一撑，再不快点儿下山的话，我们可能就出不去了。"

杜唯微一听，赶紧起身，而路瑾年摁下了她的肩膀："别。"之后，他又说，"你们先下山。"

路宝随意摆摆手道："没事，我也累了，也想休息一下。"

刘京京无奈地看着杜唯微，也只好找了一块干净的地方坐下。

因为休息的时候，大家不说话，路宝就开始找话题："你们知道为什么这座山叫汉拿山吗？在韩国，汉拿山的意思是'能拿下银河的山'。"

路瑾年本能地吐槽道："那我们中国那么多美不胜收的名山，岂不是能拿下全宇宙？"

"哥，你能不能有点儿情调。"路宝不满地说，"咱们现在讲意境呢，你简直就是破坏美感的大神！"

"你继续说，我就听听。"

"没兴致了。"路宝打了个哈欠，"好想回酒店，躺在柔软的床上美美地睡一觉。"

"那就快点下山！"路瑾年道，"你们没必要等我们，看这天气确实不是很好，要是没按时出去被困在这里，到时候别抱怨我坑你们！"

"你这话说得也太那什么了……"路宝说着，起了身，"不过我确实要下山了，不然我一定会在这里睡着。"

路瑾年的语气里大有赶他走的意思："快走吧。"

"我真走了？"

"慢走不送。"

“就这样丢下你跟嫂子，真的好吗？”

路瑾年慢悠悠地说：“你再不走，我就想买下这座山了。这样就不用管封山时间了。”

“我们先不谈钱的问题，这山可不是你想买就能买的。”

“这是你的地盘，当然是你给我想办法。”

“得，我马上滚！”

路宝拍了一下屁股上的灰尘，带着刘京京跟兔子一样跑下了山。

看着两个人渐行渐远的背影，杜唯微双手抱着膝盖，满脸歉疚：“是我拖后腿了。”

路瑾年走上前去，用双手将杜唯微的左腿放在自己的膝盖上，然后很认真地帮她捏着，手法娴熟，力道适中，这让她怀疑他是不是练过中医推拿。

“不是你拖后腿了，是我没跟上你的节奏。”

温暖而体贴的话，杜唯微听得鼻子一酸。

“你不要对我这么好。”

“不对你好，我能对谁好？”路瑾年抬头看向她，瞅到她发红的眼眶后，摸了摸她的头，“这么容易被感动的老婆不是好老婆。”

“难道要我对你的付出视若无睹才是好老婆？”

“安心接受我给予的一切的老婆才是好老婆。”路瑾年低下头继续给她捏腿，“你太容易满足，会让我觉得我能给你的只有这么多。这样我就会止步不前。”

“你已经很优秀了。”

“我觉得我还有进步的空间。”

路瑾年背过身子，将杜唯微背了起来。

杜唯微一惊：“你干什么？”

“天气越来越差了，我背你下山。”

“我自己可以走，你放我下来。”

路瑾年一边背着她下山一边说：“下山的路也不长了，背你下山的这点儿力气我还是有的。”

杜唯微趴在路瑾年的身上，感受着他身体的温度，在他下山时的颠簸中竟然沉沉地睡着了。

等她醒来的时候，已经睡在了酒店的套间里，她下意识地摸了摸身侧，却没有摸到路瑾年。随后她起身拉开窗帘，外面灯火通明，透过窗户能看到海岸线的风景，没多久她就披上外套去找路瑾年了。

在酒店找了一圈没看到路瑾年后，她便给路瑾年打电话，但是那边迟迟无人接听。

短时间内找不到他，加上刚醒，又饿又渴，于是她根据酒店服务单上的指示，到了八楼的餐厅里就餐。

到了八楼之后，她才发现这不是普通意义上的“餐厅”，它具有俱乐部的气息，而且吃喝玩乐一应俱全，用餐所在的地方布局优雅，水晶灯下，一张张琉璃桌显得璀璨无比。

而穿着白色针织衫的路瑾年独自坐在靠窗的位子，正在吃牛排。他的手指修长，拿着刀叉的动作优雅万分，吃饭不疾不徐，光是看着他用餐都是一种享受。

杜唯微迈步朝着他所在的方向走了过去，但是很快她就止住了脚步。因为穿着一身晚礼服、打扮精致的刘京京已经坐到了他的对面。

刘京京也没故作扭捏，而是开门见山地道：“我们能聊聊吗？”

路瑾年抬眸，只是瞅了她一眼后，继续埋头用餐：“没时间。”

“就一会儿。”

“我们没什么好聊的。”

“随便聊聊。”

“既然是随便聊聊，那就在这里。”

“这里不是谈话的好地方。”

“天色已晚，男女独聊，我怕我老婆会多想。”

“你就那么在意她的感受？还是你根本就在故意刺激我？你是在我面前秀恩爱，气我当年一直拒绝你的追求吗？”

路瑾年放下刀叉，喝了一口水后，这才与她对视。

“当年的事情我已经没太多的印象了。”他淡淡地说着，语气没有任何的起伏，“而且我从来没有想过在任何人面前‘秀恩爱’，我们的爱从来都是发自内心的，不需要秀出来。”

刘京京听后，脸色白得骇人。她忍住心里的酸楚，质问道："那当年呢？你不是也很爱我？怎么，一转身就可以忘得一干二净？"

"刘小姐！"路瑾年提高了声音，"当年我们在一起过吗？"

刘京京被这样的提问给堵住了。她咬着唇，不发一语。

"我们从来都没在一起过，为什么你现在要露出一副'我对你始乱终弃'的姿态来？"

"你说过，你对感情很认真，从来都没有抱着'谈谈'的意思。"

"我是说过这样的话，但是你忘了前缀'对方变成我的老婆'。"路瑾年纠正她的话，并表明自己的意思，"我没有其他男人那么有时间，可以讨好很多女人，可以在感情中花费很多精力去流连。我的时间很宝贵，我喜欢以最大的价值得到最好的回报。所以，能得到我所有付出的女人，她只能是我的老婆。"

"那当年你追求我的时候是什么意思？你到底是想让我当你的女朋友还是老婆？"

"刘小姐，当年是你做出了你认为对的抉择，为什么现在又要来责怪我？与其找我质问这些无聊的问题，不如问问你当年为什么做出那样的决定！"

"我……"

刘京京想说什么，最终什么都没说。

路瑾年起身，甩给她一个决绝的背影后，走得头也不回。

刘京京看着他毫不留恋的背影，忍了很久的情绪在这一刻爆发，她趴在桌子上哭得昏天暗地。

所有的悔恨一起涌上心头。

如果时间能倒流该多好！

她哪方面比不上杜唯微？为什么她现在主动来示好，却得到这样的待遇？

路瑾年走出餐厅后，没有立刻走，而是靠在了外面的墙壁上。

约莫十分钟后，杜唯微从不易被人发现的位置走了过来。她刚想溜走，结果被路瑾年逮个正着。

"哈哈，巧。"杜唯微干笑着，说，"老公，你怎么在？"

"偷听的感觉如何？"

杜唯微知道瞒不过。她立刻抱住了路瑾年的胳膊，撒娇道："我家老公在美色面前表现得心如止水，近乎满分，而且面对美人的质疑回答得不卑不亢，堪称经典！你就是我的男神，全世界最好的老公！"

路瑾年双手环胸，好整以暇地看着她："说了这么多好听的话，难道你就不想问问其他的？"

"这都是你以前的事情，我不会在意的。不过如果你愿意说说往事的话，我呢，也会认真倾听的。"

"越来越会说话了。"路瑾年夸赞了她，然后牵着她的手，说，"回房说。"

杜唯微心里窃喜，但是面上还是表现得很平静："愿闻其详。"

回到房间后，路瑾年并没有急着说"往事"，而是先洗澡。洗完澡之后他坐在床上，拍了拍身侧，对杜唯微说："坐！"

"做？"杜唯微的脸红了，"老公，我有点儿累啊。"

路瑾年笑，他伸手将杜唯微拉到自己的怀里，让她坐在自己的腿上，说："我的老婆越来越欲求不满了，满脑子都是少儿不宜的思想。"

意识到自己会错意了，杜唯微的脸更加红了，她恨不能找个地洞钻进去！

两人腻歪了一会儿后，路瑾年主动开口道："学生时代我跟刘京京有几次交集，因为俊男美女的组合很容易被人聊八卦，所以我们就成了同学嘴里的'最佳情侣'，被聊得多了，我就主动注意了她，后来觉得她各方面不错，于是主动表白，但是被拒绝了。"

"你也有失败的时候？"

"那是为了让我遇到你。"

杜唯微笑了笑，心里甜得像吃了蜜糖一样。

路瑾年看起来不苟言笑，但事实上，他的情商特别高，在说话技巧上，总是能让她处处感受到温暖。

"我很奇怪，你的条件这么好，刘京京为什么会拒绝你？"

"这只有她能回答这个问题。"

“她拒绝你的告白，你都不问她原因？”

“拒绝就是拒绝，有什么好问的。”

“后来你就没追了？”

“都被拒绝了，为什么要追？”

“如果一个男人足够爱一个女人的话，是不会轻易放弃的。”

“怎么，你希望我对别的女人持之以恒？”

“对别的女人漫不经心，对老婆持之以恒就可以了。”杜唯微赶紧说，“保持现在的状态，你可以的。”

“那不就行了。”路瑾年将她打横抱起放在床上，然后睡在她身边，并替她盖好被子，“我们别想着其他的女人了，好好睡觉，想想明天去哪儿玩。”

杜唯微抱着他的腰，脸在他的肩膀上蹭了几下，说“遵命，老公！”

睡到半夜的时候，杜唯微被一阵手机短信的提示铃声吵醒了。

她借着手机微弱的光爬了起来，心想是不是广告短信，等她拿过手机看的时候，发现是一个陌生的号码，但是内容驱散了她此时的昏沉：“我是刘京京，如果你有空的话，希望你跟我约个时间，我想跟你聊聊。当然，如果可以的话，我希望你不要跟路瑾年说，因为这是我们女人之间要解决的事情。”

杜唯微看着手机屏幕发呆，她没有立刻回复。

此刻，路瑾年翻了个身，她吓了一跳，赶紧把手机捏紧。随后，他均匀的呼吸声在她耳边回荡。许久后，杜唯微把手机关了机，再一次回到了床上。

她单手搂着路瑾年的脖子，再一次进入了梦乡。

第二天一大早，路瑾年醒来的第一件事就是洗漱，而杜唯微下意识地打开了手机。

手机里只有半夜来的那条短信，没有其他的消息。

她对着手机发了很久的呆，编辑了一段拒绝的话，可是又很快删除了。

这时，额前刘海半湿的路瑾年从卫生间走了出来：“看个手机也看得这么入神？”

杜唯微赶紧删掉刘京京发给她的短信，回答道：“我在查路线，想着韩国之后要去哪里。”

路瑾年走到了她面前：“我们可能要在韩国多待几天。”

“为什么？”

“路宝昨天邀请我入股他新投资的公司，我这几天可能要跟着他看看情况。”

“这样啊。”

杜唯微也没再说什么。

之后，两人收拾了一番后出门去吃早餐。

到了餐厅后，路宝和刘京京已经坐在靠后的位子上吃了起来。见到他们后，路宝朝着他们招手，示意他们过去，刘京京扭头看向路瑾年，随后目光落在了杜唯微的脸上。

杜唯微下意识地要走过去，路瑾年却捉住了杜唯微的手，就近找了个位子坐下。

“我们不过去？”

“懒得走路。”

“路宝都招呼我们了，我们不过去，会不会不好？”

“我们是兄弟，还要在乎那么多礼节？”

“有道理。”

接下来，服务员送来点餐的平板电脑，路瑾年看也不看，说：“上最贵的早餐。”

杜唯微皱着眉说：“太浪费了。”

“反正路宝会全额报销。”

“我们这么做会不会太过分了？”

服务员听着他们的对话，手里拿着点菜的平板电脑，站在原地等待他们的最终决定。

杜唯微感觉到了身边还有人，于是她看着服务员，说：“按照他说的点。”

得到指令后，服务员拿着高大上的点餐平板电脑离开了。

没想到杜唯微居然没要求点便宜的，路瑾年挑眉，说："你不是说我很过分吗？"

杜唯微咧嘴笑了："虽然有点儿坏，反正花的不是我们的钱，我也想尝尝'高端早餐'是什么味道。"

随后，这对夫妻对视一笑。

坐在后面的路宝看到了杜唯微的笑脸，道："我这面瘫嫂子笑起来挺好看的，现在这么看，我觉得我哥很有眼光，她真是越看越好看。"

刘京京喝了一口粥，整个人都僵住了。

之后，她装作什么都没有听到，继续用餐。

早餐吃完后，路宝手搭着路瑾年的肩膀往前走，把杜唯微和刘京京留在了后面。

当他们跟杜唯微保持了一段距离后，刘京京靠近杜唯微，压低声音问："昨晚我发给你的信息，你看到了吗？"

"看到了。"

"为什么不回信息？"

"因为觉得没必要。"

"没必要？"

"对。"

"给我一个'没必要'的理由。"

杜唯微耐着性子说："我不是介入你们的关系，导致你们分手的人，所以就不存在'女人之间要解决的事情'。因此我认为完全没必要跟你'解决'一件不存在的事情。"

"你不想知道我跟路瑾年之前的事情？"

"说不想是假的，但是我觉得知不知道不重要，因为你的存在并没有影响到他对我的感情。"杜唯微如实说道，"而且在你出现之前，他从来都没有在我面前提起过你。"

言外之意就是：刘京京在路瑾年的心里没什么分量，所以她根本不需要介怀，之前他们是什么关系、发生过什么，对她来说并不重要。

得到这个信号后，刘京京的自尊心受到了极大的冲击。

"那我来定个时间，明天晚上八点，酒店外的海岛边见。来不来随你，我最多会等你一个小时。”

说完，刘京京加快了脚步，身影消失在她的视野内。

杜唯微叹了一口气，心里在衡量着去还是不去。

这一天，在路宝的带领下，杜唯微和路瑾年在汉拿山附近的海边感受了渔村和山村的风光。而隔天，路瑾年跟着路宝去看新投资的公司，杜唯微表示对公司的事情不知情，所以选择留下来独自逛逛，路瑾年也没坚持让她跟着自己。

晚上八点，她准时来到了刘京京选定的地点。

此刻，刘京京坐在一家烧烤店的外景位，隔着青木栏杆，侧头就能看到水光与夜色融合在一起的盛景。

杜唯微坐在她对面，而后服务员端来了烧烤的工具和食材放在桌子上。

“要跟我边吃边聊？”杜唯微先开口，“看来这故事很长。”

刘京京的视线从海边撤回，她说：“你很准时。”

“我向来准时。”

“我还以为你真的内心强大，今晚未必来。”

“喜欢听八卦，是每一个女人潜在的本能，我也不例外。况且，今天我很闲，适合跟人一起聊聊八卦，来打发一下等待老公归来的这段无聊的时间。”

“你在向我示威？”

杜唯微十分自信地说：“示威是弱者才喜欢做的事情，因为底气不足，所以才想露出来。因此，我不屑于在你面前示威。”

“呵。”刘京京低声嘲笑，然后她抬起头，看着杜唯微，一字一板地道，“杜唯微，你其实是很介意的，对吧？介意在那段你不知道的时光里，我跟路瑾年到底发生过什么。你心里无比恐惧，正是因为这份恐惧，才让你来到了这里。”

“如果这么想能让你开心的话，我承认。”

“……”

刘京京咬着唇，手都在颤抖。

她没想到杜唯微看起来柔弱，但是说话的时候，完全是一副强者的姿态。反而是她这个多年在商场中游刃有余的人，被压下了气势！

此时，杜唯微拿着夹子将肉片一块一块地放在烤盘上，俨然当起了吃货。其实她挺喜欢吃烧烤的，只是路瑾年一直觉得这些都是垃圾食品，不让她碰。她决定今天就趁着路瑾年不在场的情况下，好好地“放肆”一下。

杜唯微不经意的动作，让刘京京的内心更加煎熬。

她真的一点都不在意那段过去？若是如此，她为什么要来？

烤好肉后，杜唯微把一部分肉夹到刘京京的空盘里，剩下的全部放在了自己的盘子里。她一边撒佐料，一边说：“吃着烧烤，聊着八卦，今晚的时光应该很快就会过去。”

刘京京根本就没有胃口，但是她还是把肉沾了一点佐料，勉强吃了几块，以此来掩饰自己内心的失衡。

“我跟路瑾年的事情，你真的一点都没听说过？”

“如果你现在说的话，我会很认真地当个倾听者。”

“那我说了？”

“随意。”

她这言简意赅的说话方式，跟路瑾年的相似度很高。

刘京京双手交叉，开始陷入了沉思。许久，她才讲起了学生时代的往事。

刘京京是Y大的风云人物，也是全校公认的校花。女生对她的长相表示羡慕、嫉妒、恨，但是也不得不承认她的才华。而男生在钦佩她的才华的同时，又觊觎她的美貌。

然而，大学三年里，她并没有谈过一次恋爱。

在她的世界里，能跟她走到一起的男人，不一定是最优秀的男人，但是起码必须高大、帅气、家境好、学历优。这些条件，在Y大的一众男生中，她并没有遇到能符合的。

进入大四后，她全部的重心都投进了学业里，因为她想考进B大读研究生。只要能通过，以B大导师的影响力，加上她的个人水平，她就能拿到公费出国留学的名额。

这一年，大一新生入学，作为话剧社的社长，她打算在招来一批新生后，就辞掉社长的职位。

九月初的一个晚上，话剧社举办了一场迎新活动，宣传委员长把大一新生统一安排在前排，让他们能近距离地看到舞台，感受话剧的风采。

有一个新生却是例外。他穿着军训时的军装坐在最后一排最靠近角落的位子，仰躺在座位上，并用帽子遮住了脸。光是猜，也知道他在睡觉。

话剧表演期间，宣传委员长暗示了他很多次，可是这个新生拒不配合，他躺在位子上一动不动，似乎已经睡沉了。

话剧结束后，同学们陆续离开，然而他依旧坐在原位，没有走的打算。宣传委员长很生气，当所有的同学都离开后，他并没有叫醒这个新生。

之后，整个会场里只剩下这个男生和在收拾场地的刘京京。

刘京京收拾好场地后，见到后排还有一个同学正以诡异的姿势坐在那里，而且用帽子遮住了脸。会场的灯忽明忽暗，让她这个形单影只的女生感到心底发毛。

她鼓起勇气走上前，轻声问："同学？"

然而对方没有回答。

此时，她的脑海里浮现出很多恐怖片里的场景，于是整个人的状态都不好了。

为了壮胆，她一把抓掉了对方盖着的帽子，高声道："同学，散场了，你再不走，等学校熄灯后，别说出去不方便，就连回寝室也麻烦。"

对方睁开了惺忪的睡眼，与她对视。

怎么说呢？

她自认为看过很多长得不错的男生，也在电视里看过不少男明星，但是像这样长相精致的男生，她还是第一次看到。他的皮肤比女生还要白，还有细腻，纵使他剃着夸张的板寸头，可是完美的颜值硬是把这个发型衬得很是养眼，而他本人也长得好看得不像是真实世界里的男人。

对方从她手里拿过帽子，礼貌地说：“对不起，失礼了。”

“你叫什么？”

“路瑾年。”

“哪个系的？”

“外语系。”

“新生？”

他点头：“新生。”

她原本还想问更多的信息，但是此时肚子不适宜地“咕咕”叫了起来，随后的尴尬可想而知。然而对方并没有表露任何的情绪，只是说：“我饿了，如果你不介意的话，跟我一起吃饭吧。也算是报答你在熄灯前叫醒我的恩情。”

“举手之劳而已。”

结果路瑾年霸道地说：“那就这么定了。”

之后，他不容刘京京再说其他拒绝的话，径直地往前走。

路瑾年这个贴心的举动让她感到很温暖，他并不像其他的男生一样戳穿她，而是借口说自己饿了，邀请她吃饭，保住了她作为女生和学姐的脸面。

他选的地方是这个学校里最好的餐厅，消费也超出了普通学生的承受力，能在这里用餐的，要么是家庭条件一般的情侣——生日聚会时男方“忍痛放血”，要么就是家境优渥的学生。

服务员送上菜单后，路瑾年没有自己看，而是绅士地要求服务员把菜单送给她：“女士优先。”

服务员心领神会地把菜单送到了刘京京面前。在看到上面的价格时，刘京京抬头看向路瑾年，说：“这菜太贵了，要不我们换家店？”

“没关系，点你喜欢吃的。”

刘京京诧然，不过也没过多地发表意见，最后她还是点了两个便宜的菜。

见她只点了两个菜，路瑾年又补了一个店里最贵的菜。点餐的时候他的表情淡定自然，似乎价格对他来说只是普通的数字，根本不必放在眼里。

用餐完毕后，桌子上还剩下了很多菜。她可惜道："可惜寝室里没微波炉，这些剩菜太浪费了。"

路瑾年没说话，只是招呼服务员准备结账。

付账的时候，路瑾年淡然的脸色有了一些不自然。

许久，他说："我忘了带现金，你们这边能刷卡吗？"

"抱歉，我们这边的 POS 机正在维修中。"

"其他业务转账可以吗？"

服务员依旧摇头。

刘京京在想，或许他"忘记带现金"只是借口，"没钱"才是真正的原因，很多男生喜欢在女生面前表现自己，成熟的男生表现自己的优点，幼稚的男生喜欢打肿脸充胖子——比如冒充富二代！

她想帮对方结账，可是看到结账单上的那一串阿拉伯数字时，她退缩了——这是她近乎一年的生活费！

沟通了许久后，路瑾年把自己的手机放在了柜台上，说："我明天来结账，这是我的手机，我把它当抵押物，可以吗？"

服务员一看这手机，面上的难色有所缓解。而刘京京也瞧见了那款手机，那是诺基亚的新款。在他们那个时代还没有出现智能手机，大家都喜欢用诺基亚。而路瑾年手里的这款是其推出的限量豪华版，价格不菲。不过这又如何呢，喜欢冒充富二代的男生，为了买一个像样儿的手机，在社会上借贷的事情屡见不鲜，或许他也是这样的一个人吧。

"那你留下你所在的学校、系别、班级和寝室号。"

路瑾年照做，之后，两个人都离开了。

那晚，路瑾年很绅士地送她到寝室后就离开了。

后来很长的一段时间里，他们都没怎么联系过，偶尔见面也只是因为话剧社的事宜，对话也是寥寥数语。而路瑾年似乎也只是她大学生活里的一首插曲，她的心思依旧在学习上面。

一个学期结束后，刘京京成功卸任，辞掉了话剧社社长的职位，一心扑在了学习上。也因为如此，学校里盛传着她和路瑾年是情侣这样的消息时，她并不知情。

她得知这个消息还是在新学期开始，话剧社的新社长邀请她参加一场话剧活动时。新社长主动问她："要不要把你退社的男朋友叫上？"

她不解地问："我男朋友是谁？"

"不就是那个新生路瑾年吗？你们的姐弟恋全校都知道，你就别瞒啦。"

"我们只是接触过几次，不是男女朋友关系。"

"学姐你就别否认了，人家路瑾年都默认了。"

默认？刘京京的心里有些气愤。

后来，她接受了话剧社的邀请，而跟她演对手戏的人是路瑾年，他们主演的是《罗密欧与朱丽叶》。令她意外的是，路瑾年只在话剧社待了一个学期，演技却超乎人意料地好。

话剧演出结束后，刘京京趁着人少的时候，主动示意让路瑾年等她。

后来，整个会场里只有他们。

她开门见山地问："听说学校里在传我们的绯闻，然而作为男主角，你没有否认？"

"嗯。"

"为什么不否认？"

"谣言止于智者，有时候解释不如沉默。"

"可这件事给我造成了很大的困扰。"

"跟我传绯闻，对你来说是困扰吗？"

"难道对你来说，你很享受这样的绯闻？"

路瑾年垂眸，声音里似乎带了一丝紧张："我一开始没在意，后来听得多了，就开始注意你了。"

"然后呢？"

"我觉得你各方面都不错，如果谣言变成真的，也不错。"

刘京京看着他俊朗的脸，有那么一刻，她看得失神了。

良久，她恢复了神志。

"如果你是罗密欧，你会为朱丽叶死吗？"

"不会。"

“不会？爱情不就是要为彼此牺牲吗？”

“最好的爱情不是为了彼此殉情，而是为了对方选择生。”

“为什么这么说？”

“于我而言，最好的爱情就是陪伴与守候。我希望能牵着她的手，看太阳朝升夕落，体验春夏秋冬。只有真实的陪伴，才能慰藉彼此，让对方感受到温暖和爱情。这些事只有活人才能完成，人死了就什么都没有了。”路瑾年淡淡地说，“如果我是罗密欧，我会告诉朱丽叶，无论遇到什么大灾大难，都要珍爱自己的生命。而我也会好好地保住自己的性命，用此生来陪伴她、呵护她。如果必须要面对死亡，我更欣赏《泰坦尼克号》里面，杰克对罗斯的做法。”

“杰克死了，罗斯一直活在有他的回忆里。思念比死更加让人痛苦。杰克太自私。”

“但是罗斯过得很幸福，这是不容忽略的事实。”

刘京京一时间找不到反驳他的话。

这次对话也到此结束。

就这样，他们再次失去了联系。

一个月后，刘京京因为学习压力太大，加上作息不规律，在寝室晕倒。室友们手忙脚乱地将她送到了学校医务处。

她醒来的时候，路瑾年坐在她床边削苹果，见她醒了，他把苹果递到她面前，她没有接。

旁边的室友赶紧说：“京京，你们闹别扭了吗？你就原谅他吧，昨晚我们把你晕倒的消息告诉他的时候，他马上就过来了，陪了你一晚上。”

另一个室友扼腕哀号：“这么帅的学弟，上至学姐，下至学妹，哪个不想一亲他帅泽？可惜这棵嫩草被你死死地踩在脚下。这要是换成我，我绝对不会给他甩脸色，只会永远在他面前笑。”

……

她们当着路瑾年的面表达着自己的感情，连掩饰都免了。

为了让他们独处，几个室友聊完天后很识趣地离开了。病房里只剩下他们。

“你走吧。”

“你不用太拼。”他说。

“不拼怎么办？”刘京京的眼眶瞬间红了，“我们全家都指望我考上好大学，弟弟妹妹为了让我上大学，辍学打工给我提供学费。以前大学生毕业能包分配工作，现在名牌大学生也未必能找到好的工作。如果我不考上B大，不出国留学，不找到好工作的话，我怎么对得起家人？”

说着说着，所有的委屈和心酸都涌了上来，她的眼泪怎么也止不住了。

路瑾年用手给她擦眼泪，安慰她：“你还有我。”

刘京京的眼泪掉得更凶了。

“你给不了我要的生活，我要成熟稳重，能照顾我的男人，而不是你这种急于表现的小男生，你懂吗？”

“你怎么知道我给不了你想要的生活呢？”

“没有用的，路瑾年！”刘京京抬头正视他，“我已经恨透了现在的生活，你明白吗？”

“我帮你改变。”

“你帮不了。”

刘京京说着把他削好的苹果丢在了地上。

路瑾年握着水果刀，一言不发。

良久，他又削了一个苹果塞进她的手里：“如果这样发泄能让你开心的话，你就丢个够。”

“滚！”刘京京将苹果砸在他的脸上，“我不想再看到你，我们之间是没有可能的。”

“我可以给你一段时间考虑，如果你还是拒绝的话，那我就退出。”

路瑾年擦了一下脸，没有任何抱怨，很配合地离开了。而后，刘京京抱着被子号啕大哭。

再后来，他们依旧没有联系，他也没有再主动找过她。

他们最后一次见面是在元旦晚会结束后。

那晚，天空飘着雪。雪花在昏黄的路灯的照耀下，飞扬着落地。

她出了会场后，看到了白茫茫的一片，纷飞的白雪扑簌簌地打在她的脸上。

走到学校湖边的时候，她看到了路瑾年。

他穿着一件灰色的高领羊毛衫，外面披着单薄的风衣，坐在石凳上，片片雪花落在他的头上，而他没有把它们拍落的意思。

他问："你想通了没有？"

她说："你这样的人，会有感情吗？我感觉你不会对任何女人好。"他对《罗密欧与朱丽叶》的解释，让她无法认同。更重要的是，他追求她，并没有像其他男生那么热情而轰轰烈烈，反而想靠着三言两语就希望她能折服。

这样空手套白狼的戏码，只能骗小女生，却无法打动她。

他看着她说："我没必要对'任何'女人好，我只对自己的老婆负责。"

"怎么负责？"

"让她得到我最大限度的付出。"

"对女人来说，稳定的经济才是最大的付出，你有吗？"

路瑾年没回答，而她也没继续追问。

后来，她考上了B大研究生，离开了Y大，与路瑾年再无联系。再后来，她通过室友，听说路瑾年去了哥伦比亚大学，然后，在上研究生的三年内，她没有得到关于他的任何消息，哪怕是蛛丝马迹。

研究生即将毕业时，她得到了导师的推荐，去韩国留学，然而并不是公费，她需要自己负担部分学费。但是在韩国有一个追她而不得的学长，对方给她找好了兼职的工作，工资非常丰厚，够她在韩国留学的费用。

临毕业那天，学校请来了B大的传奇学生来演讲。当对方出现在讲台上的时候，她很长时间都没回过神来——对方长着一张和路瑾年一模一样的脸。

他穿着白色的衬衫、蓝色的牛仔裤，头发细碎而柔软，脸上始终挂着淡淡的笑容，让人如沐春风，虽然长得跟路瑾年一样，但是气质与其相反。

路瑾年寡言少语，平时不爱笑，而且在学校时，从来没穿过白色的衣服。

后来，她得知，对方叫路西顾，是B大的风云人物，他在上学期间就得到了哈佛大学的邀请，而且论文在世界著名的学术刊物上发表过。更重要的是他还出身豪门，但是完全没有贵公子的恶习，对待老师和同学都非常温和。

路西顾、路瑾年，长着一样的脸，他们是双胞胎兄弟吧。

原来路瑾年不是伪装的富二代，他就是一个富二代，只是很低调罢了。

路西顾演讲完之后，有很多学妹学弟找他要签名或追问问题，但是他一点儿都没有露出不耐烦的神色，反而是有求必应。

直到所有师生都散开后，刘京京才踌躇着上前，问路西顾："你跟路瑾年是什么关系？"

对方看着她，笑容和煦："你认识我弟？"

她失笑："我们以前在一所学校，我是她学姐，之前也同在一个社团。"

"话剧社的美女学姐吗？"路西顾礼貌地笑着说，"我听瑾年提起过你。"

她眼里填满了华彩，说："真的吗？他说了什么？"

"说你很努力、上进，各方面都不错。"

"然后呢？"

"没有了。"

是这样吗？

她心底有着无限的失落，随后挤出笑容，说："你们不愧是兄弟，一样优秀。"

路西顾得体地笑着，然后被校长叫走了。

她望着路西顾渐行渐远的背影。

她想，她和路瑾年的故事就这样走到了终点了吧。

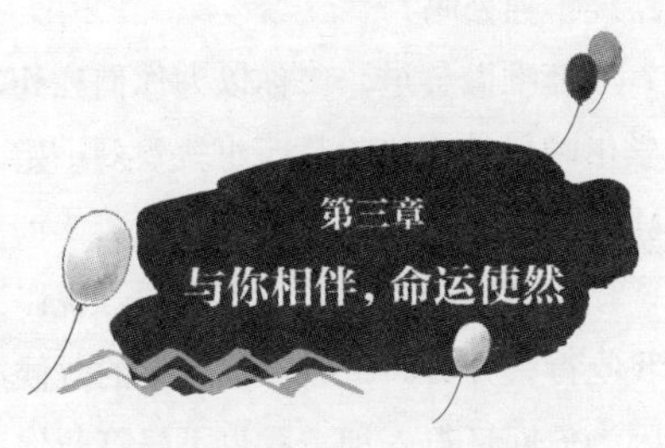

第三章 与你相伴，命运使然

听完刘京京的叙述后，杜唯微已经吃完了三盘肉、两盘韭菜和两盘金针菇，外加一份贵到吐血的海鲜大杂烩。

良久，杜唯微擦了一下手指上的污渍，说：“你进路宝的公司，该不会是知道他们是堂兄弟吧？”

刘京京不置可否。

久久，她才说：“路瑾年学生时代对我也很温柔，我相信那时候他是真心的。”

“我也相信。”杜唯微如实道，“我的老公不会玩感情游戏。”

刘京京仰着头，示威性地问：“你嫉妒吗？当时他追我，是把我当作了妻子的人选。”

说不在意、不嫉妒那都是自欺欺人，这个对她呵护备至的男人，曾想过对另一个女人交付真心，虽然结果是“未遂”，但到底还是让她隐隐难受。

可是正因为路瑾年对感情如此认真，才会让她感觉到无比骄傲和自豪：路瑾年，感谢命运让我们相遇，感谢你选择了我。

很荣幸那个最终陪伴在你身边的人，是我。

“有什么好嫉妒的。你说了这么多，也只是说明，学生时代你是他的绯闻女友，现在也不过是‘绯闻前女友’而已。”

“路瑾年属于我，我会把他拿回来！”

杜唯微与她对视："路瑾年不是物品，对我来说没有'拿不拿'这个概念。不过刘小姐这次是来宣战的话，我奉陪到底！"

"你敢让我跟路瑾年独处吗？"

"有什么不敢？"杜唯微笑道，"你以为你们独处，你再说几句软话，他就会念及学生时代的感情，从而出轨？刘小姐，你对我老公的性格攻略做得不够哟！"

说完这番话后，杜唯微用纸巾擦了一下嘴唇，说："感谢刘小姐今晚的盛情邀请，我吃得很开心。不过在你说话的时候，我点了几个稍微有点贵的菜。因为你回忆得入神，我也不好打断你，就自作主张地点了。"

旋即，她拍拍屁股，走得头也不回。

有些话，她很想说给刘京京听：刘京京，你既然说了这些往事，让我心里不痛快，那我就在金钱上给你找不自在！

刘京京拿到结账单时，气得眼珠子都要挤出来了。

杜唯微居然点了这里最贵的海鲜，而且一点就是一打！韩国的物价非常贵，这一餐几乎吃掉了她几个月的工资。

"杜唯微，算你狠！"

杜唯微回到酒店时，路瑾年正坐在床上玩手机游戏。

见到她后，他朝着她勾了勾手。

她走了过去，他一把搂着她的腰，给了她一个长长的深吻。

一吻之后，他舔着嘴唇，声音低沉："吃烧烤了？"

杜唯微错愕道："你怎么知道？"

"尝到了孜然和辣椒粉的味道。"

吃完后她明明喝了很多饮料，就这样他也能尝出来？他到底是什么舌头呀！

杜唯微抱着他的胳膊撒娇："我就吃了一点点而已。"

"你在韩国没朋友，今晚跟谁出去吃烧烤了？"

"一个人。"

"你不是一个喜欢独自出去吃烧烤的人。"

知道瞒不住，杜唯微只好如实招来："跟刘京京一起。"

"你们什么时候这么亲密了？"

"就是解决了一下女人之间的钩心斗角。"

"结果我的老婆大人赢了吗？"

杜唯微自豪地说："那当然，我还狠狠地宰了她一顿。"

这果然很杜唯微，不过他喜欢！

"她跟你说了什么？"

"也就是你们学生时代的事情，以及她为什么拒绝你。然后她后悔了，现在想把你从我身边夺走。"

路瑾年期待地问："那你怎么表示？"

杜唯微双手环住他的脖子，说："我告诉她，我家的老公很难被抢走。"

"你就这么信任我？"

"当然。"

"没吃醋？"

"吃醋就能抹掉那段过往吗？"

路瑾年捏了捏她的鼻子。

许久，杜唯微还是按捺不住心底的疑惑，问："当年刘京京说过'稳定的经济才是最大的付出'，为什么你就没有后续了？"

"你真的想知道原因？"

"想。"

"听说当时追她的男生中，有不少家境优越的。那时候我认为她可能是觉得我只有几个臭钱，就想把她追到手，羞辱我是有钱没内涵的男人。所以我放弃了。"

其实说到底，那时候他没有坚持，不过是"没那么喜欢"，只是学校里的学生传他们的绯闻传得多了，他就开始注意这个学姐罢了。况且她长得不错，又很努力，本身也很优秀。

最重要的是，他不讨厌她，他以为这就是爱情，所以对身边人的"撮合"没有任何排斥。

直到遇到杜唯微之后，他才知道两个人能走到一起，不仅仅印象要好，而且双方相处的时候要觉得温馨、和谐，拥有满满的幸福感，这才是爱情。

杜唯微扶住额头，问：“你觉得当时她说这些话，是因为她认为你在用钱羞辱她？你那时候表现出富二代的特性了？”

“我不差钱这件事还需要表现吗？”

杜唯微在心底哀叹：少爷，你以为“有钱”两个字会写在脸上吗？

就算写上了，大多数人都会持着怀疑的态度。因为喜欢炫富的人多数都是半吊子，所以更令人生疑。

刘京京虽然美化了自己拒绝路瑾年的过程，但是作为一个普通的姑娘，她猜透了当时刘京京拒绝路瑾年的理由。

虽然路瑾年各方面都很优秀，但那时的刘京京以为对方是一个打肿脸充胖子的穷小子。纵使他长得再好，也掩盖不了性格上的缺陷以及经济上的窘迫。

刘京京怎么可能会嫁给这样一个男人，让自己依旧活在泥沼里呢？她是家里唯一的高才生，也是家里唯一的希望。她不仅仅要靠知识改变自己的命运，还要靠嫁给一个经济优越的男人来改善生活。

刘京京很难亲口告诉路瑾年真正的理由，而杜唯微也不会。

因为刘京京是路瑾年的初恋，纵使他不再深爱这个初恋，她也不想破坏学生时代的刘京京在路瑾年心里的美好印象。

人总是要有念想的，不是吗？

她这么做不是圣母，而是为了更精致地自私。

过了许久，路瑾年拉回了杜唯微的思绪。他说：“后来我才知道她那些话里的深意，她以为我很穷，并且她不想继续过这样的生活，所以我被 Pass 了。”

杜唯微的嘴角一抽。

原来他都知道。

“所以你很失望？”

“我觉得很正常。”

杜唯微惊讶道：“你们男人不是很讨厌女人追求物质吗？”

“那都是没本事的男人才能说出来的酸话。一个男人要求女人跟着一无所有的自己本来就是一种高度的自私，负责任的男人从来都不会让心爱的女人跟着他受苦。就算他一时满足不了对方的要求，也不会用言语上的攻击来发泄情绪。有这些骂骂咧咧的时间，还不如学个一技之长，找份像样儿的工作。”路瑾年说，“女人要求经济基础的行为本身没有错，最大的问题是，我没那么喜欢她，所以没再坚持。”

杜唯微对着他竖起了大拇指，表示赞赏。而后，她在他脸上亲了一口：“我就喜欢你这种大男子主义者。”

路瑾年蹙眉：“‘大男子主义’不是跟‘直男癌’一样是个贬义词吗？”

“大男子主义是这样的：‘这是我的女人’‘这个别做’‘那个别做’‘这个交给我’‘死女人给我滚到一边享受’‘其他的交给我’。而直男癌是这样的：‘你们就应该相夫教子’‘把家里收拾干净’‘你不能嫌弃我穷，但是我可以嫌弃你长得丑’‘你应该要做这个，还要做好那个’。”杜唯微理性地分析完之后，又认真地问，“全世界的女人千千万，你为什么选择我？”

路瑾年看向杜唯微充满探究的表情，眼眸里漾起了一抹波光。

“释迦牟尼说，伸手需要一瞬间，牵手却要很多年，无论你遇见了谁，他都是你生命中该出现的人，绝非偶然。”

路瑾年在心底继续说：所以我能跟你相伴，也绝非偶然，而是命运使然。

杜唯微，你就是我的命运使然。

无论沧海桑田，我始终都会遇见你。

这一晚，杜唯微睡得很沉，她做了一个很甜的梦。

梦里的路瑾年化身王子，她就是那个丢了水晶鞋的灰姑娘，最终王子通过鞋找到了她，然后她和王子幸福地在一起了。

这长长的梦在她的脑海里循环着，直到她醒来的时候才戛然而止。

接下来的一整天，夫妻两人在由路宝指引、刘京京当司机的情况下，彻底地把汉拿山周围的景物观赏了一番。

夜幕降临时，几个人坐上了车，返程。

路瑾年道：“路宝，明天我们就要回国了，返程的机票，麻烦你帮忙订一下。”

“小意思。”

然而刘京京的手却下意识地抖了一下，车子跑得一个不稳，差点撞到了行人。

“京京，开车注意点儿。”路宝并没有发现什么端倪，他只是在稍微提醒了一句后，扭头对坐在后面的路瑾年夫妇说道，“你们来韩国没几天就要回国？”

“我们的婚礼在六月六号，现在都五月初了，微微还要回去写论文，我怕时间太仓促。”

“真是善解人意的好老公呀！”路宝朝杜唯微眨眼，“嫂子，我真没想到你能把我家这位闷葫芦堂哥给化成‘波光四射’的水花，厉害了！”

杜唯微纠正道：“‘波光四射’用来形容水花不太合适。”

“嫂子，你不会真的是老师吧？”路宝赶紧坐正，“我最怕老师了。”小时候写作文和日记，是他最大的噩梦。

车子开到酒店后，路宝一直缠着杜唯微询问她的职业，她说是学生，路宝死活不肯相信，一个劲儿问她是不是老师。

被丢在后面的路瑾年一直想见缝插针地聊上几句，可是路宝一直喋喋不休地说着，根本不给他说话的机会。

其间，刘京京拉了拉路瑾年的衣角，问：“方便跟我出去聊聊吗？”

路瑾年没有回应。

刘京京郑重地强调：“就一次，最后一次。”

“这得问我老婆，她同意就可以。”

刘京京咬牙。

然而杜唯微像是有所感应一样回头看了看身后的路瑾年和刘京京，说：“老公，这些天你一直陪着我，都没空跟老朋友聊聊天。路宝说要带我看看济州岛的夜景，我先走了。”

路宝听了，疑惑道：“哎，我什么时候说了？”

杜唯微拉着他的衣袖往前走：“我在给刘京京机会呢。”

路宝一听，赶紧弯下腰，声音也变低了：“嫂子，你这心也太大了吧？你这是要开启大房模式吗？要不要这么牺牲？”

“我是为了让她死心。”

“嫂子，作为男人，我要提醒你，没有哪个男人不偷腥的。再火热的爱情，过了那甜蜜的几年都要变质。”路宝继续说，“你还是趁着甜蜜期的时候多享受享受爱情的滋润，别那么早就把哥推出去了。男人的心要是飞了，就很难收回来。”

“我相信瑾年。”

“我是男人，我比你更清楚男人的德行。”

“那你这么直白地告诉我，不怕他找你麻烦？”

路宝一脸贼笑地说：“嫂子，我这都是为你好，你不会出卖我的，对不对？”

“请我吃好吃的，封我的嘴。”

路宝：嫂子，我是好心好意地提醒你，为什么结果不是你请我吃饭表示感谢，反而是我请你吃饭作为“封口费”？这到底是什么情况！

路宝欲哭无泪。

漫天的星光月色在夜色里异常耀眼，晚风轻拂而过，带着丝丝凉意，却让人感觉到几分惬意。

路瑾年刻意与刘京京保持着一个肩膀的距离，两个人沿着海岸漫无目的地走着。

许久，刘京京脱了鞋子，她走到沙滩上，白净的双脚踩在沙子上，在上面留下深浅不一的脚印。而路瑾年斜坐在海岸的栏杆上，抬头看着天空。

刘京京就地坐下来，仰头看着他的脸。一时间情绪涌了上来，她低着头忍住眼泪，直到想哭的感觉消失，才重新抬起头。

“路瑾年，你是不是还恨我？”

“学姐，你想多了。”

“你恨我当年毫不留情地拒绝了你，你认为我是贪慕虚荣的女人，所以再也没坚持了，对不对？”

路瑾年十指交叉，说：“再追究以前的事，已经没有任何意义了。”

“我承认，那时候拒绝你，是带有现实的因素。我所处的家庭不允许我嫁给一个凤凰男，我不敢赌自己的人生。”刘京京哀哀地说，“那时我是喜欢你的，只是我不敢面对，我没有勇气……我……”

“学姐，如果我就是凤凰男呢，你今天会跟我说同样的话吗？”

路瑾年的一番话让刘京京瞬间哑然，她不知道怎么回答才算得体又不会破坏自己的形象。

可是还没等她组织好华美的语言，路瑾年的声音再次响起：“我不认为女人追求物质是一件可恶的事情，相反，我很欣赏她们的诚恳和务实。所以，我很理解你当年的抉择。”

“那我还有机会吗？”刘京京急忙走到路瑾年身边，双手抓着他的胳膊，“你跟她没有结婚，你是故意气我的，对不对？你还爱着我，对不对？”

路瑾年跳下栏杆，很随意地推开了她的双手，然后优雅地整理着衣服。

“学姐，过去的事情都过去了，它们再美好，也回不去了。我从来不怀念过去，只会珍惜现在。眼前能抓住的幸福才是幸福，而杜唯微就是我现在拥有的幸福。”

刘京京捏着拳头，她歇斯底里地问：“既然你那么珍惜她，为什么愿意跟我出来？仅仅是因为她允许了吗？”

“作为一个男人，我有责任斩断过去，让学姐清醒地面对现实；作为一个丈夫，我有义务跟曾经划清界限，跟学姐把话说得清楚明白。”路瑾年的声音波澜不惊，“学姐，那时候我没坚持，不是因为你务实，而是我对你‘不够喜欢’。你不要对一个‘不够喜欢你’的男人抱有任何幻想。”

“路瑾年！”刘京京捂着脸哭出声来，“为什么你要这么残忍，把话说得这么绝？”

“我们都是成年人，早就过了爱做梦的年纪。”路瑾年转过身去，说，“如果当年的一切都是一场梦，我早就醒了很多年，而你还活在梦里。我只想叫醒你，虽然过程很残忍，但结果……”

他的话还没全部落定，身后就传来了“扑通”的声音，紧接着刘京京剧烈的咳嗽声响起，异常刺耳。他下意识地回头一看，只见刘京京半跪在地上，苍白的手指抓着栏杆，勉强稳住了身体。她大口大口地喘着气，脸色特别难看。

“学姐？”

路瑾年三两步走上前，然后刘京京的身体一歪，倒进了他的怀里。

他赶紧顺手拦了一辆出租车，将刘京京送到了附近的医院。

刘京京醒来的时候，路瑾年正坐在床头的椅子上削苹果。见到这个举动，她的眼眶里瞬间积满了泪水。

她哑声道：“当年在学校我晕过去的时候，醒来第一眼就看到你在给我削苹果。这么多年过去了，你还是没变。”如果时间能倒回该多好，那样的话，她绝对不会驱赶他，而是用她所有的热情去回应。

路瑾年把削好的苹果放在病床旁的柜子上，并没有像当年那样亲自送到她手里。

“医生说，你是没按时吃药，所以导致哮喘加重。”

刘京京的手心在瞬间汗湿了。

没错，她就是耍了一个小心眼，在见路瑾年的时候，故意没吃药。她用自己的命来赌路瑾年对自己的关心和爱护，结果很成功。

她就知道，路瑾年不可能弃她于不顾。

她拿起路瑾年削好的苹果放进嘴里咬了一口，冰冷的果肉在她嘴里却带着别样的暖意，随着牙齿的咀嚼，甜味似乎从舌头蔓延到了全身。

“瑾年，我不是忘不掉过去，我是忘不了你。”

然而路瑾年回应她的是他与杜唯微的电话聊天：“我在302病房，你要到了？好，我去接你。”

说完后，他挂了电话，脸上浮起了温暖的笑意，那笑容让刘京京心如刀割。

在他起身的刹那，刘京京一把从他的身后抱住了他的腰：“再给我一次机会，一次就好！”

“学姐。”他头也不回地掰开她的手，说，“请自重。”

听到“请自重”三个字的时候，刘京京的手一点一点地松开。

当路瑾年再次跨步的时候，她迅速伸手抓住了他的衣角。紧接着，她从床上跳了下来，光着脚蹿到路瑾年面前，然后踮起脚，双手环住他的脖子，吻上了他的唇。

路瑾年没有料到她会这么做，所以压根没有任何防备。

他就这样，被对方亲到了。

几乎是同一时间，病房的门被推开，杜唯微和路宝一人手里抱着一束鲜花，走了进来。

见到这一幕，路宝的表情由开始的笑脸变成了惊讶，之后又变成了尴尬，他本能地看向了身侧的杜唯微，想看看他这个面瘫嫂子的表情是不是很丰富。

结果他错了，杜唯微依旧是一张面瘫脸，看不出喜怒哀乐。

没意思！

要不是平时他们经常花式秀恩爱虐狗，他还真以为他们之间的感情出现了裂痕，所以她才面无表情呢。

事已至此，路瑾年没有做出推搡对方来澄清的动作，而刘京京只是松开手，故意背过身子，一副偷情被发现了的样子。

“哥，你们……”路宝进门后把花放在柜子上，说，“这是……我们是不是来得不适宜呀？”

杜唯微把花塞进刘京京的怀里，声音冷冷的：“看来刘小姐应该没什么大碍了。”

“对不起，我跟瑾年聊到以前，情不自禁就……”

“这样的戏码，我写小说的时候经常写。”杜唯微很坦然地说，“我喜欢写男女主角没有误会的情节，但是一本小说的故事没有起伏的话，读者是没有任何耐心看下去的。所以为了让故事跌宕起伏，我会设置各种男女炮灰来捣乱，试图给男女主角制造矛盾，但很可惜，我的主角们智商全部在线，不会上当。”

刘京京的脸上瞬间风云变色。

杜唯微对病人没有丝毫怜惜的意思，继续说：“像那种炮灰女抓着女主角即将出场的时候，跟男主角暧昧，想引起两人之间误会的戏份，我每一本小说里都会出现类似的。果然，所有的虚拟都源于生活，现实中还真有这样的事情发生。”

许久，刘京京只能苍白地吐出一段话：“如果你把这些当成阴谋的话，我无话可说。”

杜唯微没再理会她。

“瑾年，我们快点儿去机场，还有两个小时，飞机就要起飞了。”

说着，她向路瑾年伸出了手。他看了她一眼，而后笑了。

两只手紧紧地握在一起，他们连招呼也没打就走出了病房。

等他们走出去后，路宝才反应过来，他对刘京京说：“你好好照顾自己，我给你一周的假，你好好休养。那个，我先走了，我得送送我哥和嫂子。”

话落，他连忙追了出去。

刘京京瘫坐在床上，她的手紧紧地揪着胸口的衣服，眼泪扑簌簌地往下掉：杜唯微，我绝对不会输给你的！

等我回国后，我一定要夺回路瑾年！

机场里，来来往往的旅客川流不息。

路宝双手帮他们拎着大包小包，抱怨道：“你们走得这么匆忙，我都没时间叫其他助理来提行李……”

杜唯微从他手里接过一个最轻的箱子。路瑾年见状，把她手里的行李箱夺过来后，又送到了路宝面前。

路宝黑着脸吐槽：“你肯定不是我亲哥。”

“堂哥。”

“……”

路宝拖着行李箱问道：“嫂子，你说你写小说？你是编剧吗？”

“正在转行当编剧。”

“原来不是老师。”路宝忽然松了一口气，“你刚才一点儿都不怀疑我哥？还是你在自欺欺人，已经做好了开启‘大房模式’的准备？”

路瑾年回头瞪了路宝一眼，然而后者当作没看见。

“如果真的是偷情，应该做得更隐秘点。还有，在进房间之前，我已经跟他打电话了，他选择在这个时候做小动作，这不是找死吗？哪个男主角会蠢到这个地步？”杜唯微推理道，“而且，我老公的智商一直在线。”

“看来真的是刘助理在使坏。”路宝觉得她说得有道理，“嫂子，你觉得我有没有男主范儿？下次你写剧本的时候，如果拿我的形象当主角，肯定能迷死一帮姑娘。咱们都是一家人，我不收你的形象费。”

杜唯微还没说话，路瑾年就接了一句：“你是高浩的翻版。”

“高浩？你们家做饭阿姨的儿子？听说他很励志。看来你这是认可了我的男主光环了，而且是励志的那种。”

“算是吧。”

路瑾年脸上露出了意味深长的笑。

路宝觉得他的笑容不对劲，于是扭头看向身侧的杜唯微，露出了求解的眼神。

杜唯微笑了：“以我老公说的为准。”

高浩在路瑾年的眼里是男三的设定，而男三在小说里通常都是负责搞笑和活跃气氛的。

“你们还真是夫唱妇随。”

路宝耸肩，这对夫妻真的是太不讨人喜欢了。不过嫂子平时面瘫，在堂哥面前却经常笑。看来能治好堂嫂面瘫的，只有堂哥这味药。

送走路瑾年和杜唯微这对夫妇后，路宝回到了公司。

刚走进办公室，财务总监就将一张清单交给了他：“路总，您的管家昨天给了我这张单子，说是您最近支出的费用，因为数额较大，所以请您核实。”

路宝知道这是自家堂哥和堂嫂的旅行费用。他说过愿意给两人报销，就以自己出差的名义，让管家直接把账单送到了公司。

“你还没报销？”路宝看也不看账单，“我不是说过，财务上面你签字就可以走账，不需要我的同意吗？”

财务总监推了推眼镜：“可是您平常出差的费用都没有这么夸张，

我怕是管家在中间搞了猫腻，毕竟数额太大了，还是请路总过目一下比较好。”

财务总监做事向来张弛有度，既然他这么要求，看来涉及的金额确实很大。

他很好奇：两个人旅游能花多少钱？等拿起账单仔细看的时候，路宝凄厉的声音在办公室里久久回荡：“厉害了，我的哥！你这个十足的败家子！”

而另一边，从韩国飞往中国的飞机已经起飞，坐在飞机上的路瑾年打了个喷嚏。

他侧头看向窗外，嘴角露出了坏坏的笑意：“有人报销旅行费用的感觉，真好。”随后他看了一眼上了飞机就在睡觉的杜唯微。他用手指划过她洁白的脸颊，从心底发出一声长叹：微微，虽然你无条件地信任我，我打心底开心。

可有些时候，我也希望你偶尔吃个醋。

这样，你在乎我的情绪，我从你的外表就能感受到。

同一时刻，国内，某栋别墅里。

穿着一件红格子衬衫的男子斜坐在落地窗前看书，阳光透过落地窗，打在旁边的盆景和用来绿化环境的绿萝上。

随后，外面有人敲门。

男子皱眉，略有些不悦地道：“我在看书的时候不喜欢被人打扰。”

外面的人汇报道：“少爷，路瑾年和杜唯微已经坐上了回国的飞机。”

男子起身，拿着书的双手背在了身后。

他走到盆景前，腾出一只手抓了一片绿萝的叶子，上面的水珠滑落在他的手指上。

“路瑾年，杜唯微。你们终于回来了。”

杜唯微和路瑾年下飞机后，已是凌晨。

飞机场离市区远，这个点也不好打车，两个人准备出机场再打车，毕竟外面不但有出租车，还有黑车司机在揽客。

等他们出去的时候，想坐的车子总是被别人截和，加上车子特别少，两个人等了将近一个小时也没坐上车。

虽然五月的天气渐渐变暖了，但到了晚上还是有些凉意。为了更快打到车，两个人兵分两路。然而当他们分开后，奇怪的一幕出现了，不少开着私家车的美女冲着戴墨镜的路瑾年打招呼。其中一个摇下车窗，问："帅哥，一个人呀？打不到车？要不要坐免费车呀？"

路瑾年摇头。

"哎，你这形象跟……那个巨星路瑾年有点儿像。"

"我要是路瑾年还用得着在这儿打车吗？"

"说得也是。"女人嘀咕道，"分分钟就有脑残粉来接机，还有助理什么的。"嘀咕完后，她又冲着路瑾年抛媚眼，"帅哥，今天市内在举行重要的活动，很多车子被限行，路也被封了，这个点你们很难打车的，要不上我的车？真的免费哦。"

路瑾年侧头看向杜唯微的方向："这个要问我老婆的意见。"

女人顺着他的视线看到了杜唯微，之后她踩下油门，一溜烟就没了影子。

杜唯微发现了这个“爽”点后，指责他道：“你是白痴吗，为什么不说我是你妹妹？这样我们就能搭顺风车了。”

“老婆，你这心也太宽了吧？”

“这是权宜之计，懂不懂？”

“不懂。”路瑾年摊手，“我只知道不能委屈了老婆大人。”

“老婆大人默许了。再有女人来搭讪，你就说带上妹妹。”

路瑾年耸肩道：“遵命。”

果然，不一会儿，又有一个美女在路瑾年面前停了车。

对方朝着他勾手：“帅哥，约不？”

“我不是一个人。”路瑾年把站在后面的杜唯微拉到身前，说，“还有一个，带吗？”

女人上下打量着杜唯微，眼中露出了狐疑的神色：“你们是什么关系？”

杜唯微赶紧说：“我是他妹妹。

女人疑惑道：“亲妹妹？”

路瑾年脸上露出了迷人的微笑，他重重地强调道：“情妹妹。”

“一坨花粪盖住了青草……”女人白了杜唯微一眼后，又看了一眼路瑾年，“这年头，帅哥都是重口味，我们这些有颜有钱的女人都是单身狗，哼！”

吐槽完后，她也脚踩油门，一溜烟不见了。

对方走后，杜唯微双手环胸，瞪着路瑾年：“不说好了是‘妹妹’吗？”

“老婆，你又没说不能在‘妹妹’前面加形容词。”

“你……”

杜唯微语塞。

他居然也会玩文字游戏！

等他们坐上出租车的时候，天已蒙蒙亮。回到两人住的地方后，他们连洗漱都免了，直接倒在床上睡了。

一辆蓝色的法拉利停靠在路家的门口，司机下车后，走到另一边打开门做出了“请”的手势，一个戴着墨镜的男子从车里面走了出来。他摘下墨镜，阳光打在他棱角分明的脸上，却照不散他眼里的阴郁。

他看着路家的门，随后吩咐司机去摁门铃。然而铃声响了许久，无人应答。

司机扭头看向男子，希望得到他下一步的指令。

男子重新戴上墨镜，声音森冷：“继续！直到他们出来为止。”

司机闻言后，几乎是一刻不停地摁着门铃。

一会儿，管家陈瑶开了门，原本她是满脸不耐烦的神色，可看到男子后，她先是惊讶，随后神色变得复杂。

“何少？”

“怎么，李总不欢迎我这个客人？”

陈瑶猛吸一口气：“哪里哪里，最近经常有一些八卦记者来我们这儿采访，李总烦不胜烦，所以交代我不要轻易放人进来。”

男子并没有心情听她解释，而是问：“那我可以进去了吗？”

“当然，当然！”陈瑶急匆匆地迎了上去，将他引进别墅大厅，随后吩咐佣人给他倒水、泡茶。紧接着，她匆忙上楼，将情况汇报给李茉。

李茉从楼梯下来的时候，脸上带着笑容，见到男子，她加快了脚步。坐到他对面后，她随手接过陈瑶递上来的玫瑰花茶，双手却反复在茶杯上摩挲。

眼前这位是何家的长子何一程，他是何家的主心骨，天生的商界奇才，何家因为他，实力在短时间内超过了国内的很多家族。

但是五年前，他把商业重心转移到了欧洲，之后甚少回国，且每次回来都非常匆忙。她想见他一面聊聊更深层次的合作都是求而不得。

“何少，你不是在国外打理生意吗？上次你回来的时候是两年前，那时候我想见你一面，结果你时间仓促就这么错过了，今天……”

何一程摘下墨镜挂在衣襟上。他十指交叉抵在下巴上，说：“李总，你什么时候也会说客套话了？在我的印象里，你这位女强人合作伙伴，向来都不喜欢说废话。”

李茉尴尬地笑着，这位后辈现在的话语咄咄逼人，所有的情绪都不假掩饰，足以让人探知他心里的愤怒。

“李总，今天来的目的，不用我赘述了吧？”

“那个……”李茉的表情很不自然，“对于小雪的事情，我表示很遗憾。不瞒你说，我一直很喜欢她，也希望她能跟我们家瑾年走到一起，但是……这浑小子……”

“李总！”何一程气势凌人地提高了音量，“你是明白人，不需要我再三提醒吧？”

“那个……我也不知道该怎么做。”李茉叹了一口气，“不如何少给我一个提示吧。”

“让路瑾年翻供。”

“我们家瑾年脾气实在是倔，我……”李茉顿了顿，又说，“说来惭愧，我这个当母亲的在他那里，没有一点威信。如果我在他心里有一点儿话语权，他也不会娶只小野鸡来气我！”

何一程低下头，嘴角勾起，扯出一抹嘲弄的笑：“李总的意思是，以后也不打算跟我们何家有任何来往，包括生意上的合作，是吗？”

“何家一直是我们路家最重视的伙伴，我常常以此为荣。”

“既然如此，让路瑾年翻供岂不是小事一桩？”

李茉面露难色。

何一程直直地盯着她，似乎在等着她屈服。

就在李茉纠结不已时，一道白色的身影走了过来，他站在李茉身后，伸手拍了拍她的肩膀，似乎是在安抚她的情绪。

“何少，翻供可不是一件小事。”路西顾温雅地开了口，“小雪当年害死沈清欢弟弟这件事，因为年月久远，所以没有十足的证据，瑾年确实可以改口供，但是她三番五次陷害杜唯微这件事，有着不容推翻的证据，而且沈清欢也当了证人，你让他怎么翻？”

“你的意思是，这事办不了？”

路西顾反问：“就算瑾年愿意翻供，对过往的事情既往不咎，那沈家那边呢？”

“我会说服清欢。”

“那你说服了吗？”

“我没来得及去沈家。”

路西顾拿起桌子上的茶杯，他将漂浮着的茶叶吹散在一旁，而后抿了一口，才说“沈清欢的脾气，除了沈家人，应该就是你最了解吧？”

“你想说明什么？”

路西顾端着茶杯看着何一程，阳光打在他脸上，斑斑的光圈映得他柔美如玉。

“不如你先说服她，然后我们再想办法说服瑾年。否则，只靠他一个人翻供，必然会引来媒体深究，而沈家呢？他们会怎么做，不需要我多说了吧？”

“你的意思是，只要我能说服清欢，你们就会说服路瑾年，对不对？”

路西顾抬眼，语气笃定：“静候佳音。”

何一程迅速起身，他剜了一眼路西顾：“到时候，还希望你能履行承诺。”

“我们路家人从来都是说一不二。”

何一程听到这句话后，也没继续找碴儿，迈着大步离开了。

他走后，李茉愤愤道：“这个浑小子，娶只小野鸡也就算了，还给我找麻烦。”

“妈，现在不是责备瑾年的时候。”路西顾边喝茶边说，“对于这件事，你想怎么做？”

“要不是浑小子不听话，让我没十足的把握便答应何一程，我早就……”

路西顾的目光一暗：“您早就让瑾年翻供了，对不对？”

“难道这么做有错？”

“助纣为虐没有错？”

“我这么做都是为了路家。”李茉高声道，“何家是我们生意上的伙伴，我们不能失去这块肉！”

“所以为了生意，就可以抛弃良心是吗？”

“在任何时代，讲良心的人活不久，祸害才能遗千年。”李茉说完自己的观点后，话锋一转，“而且你不是承诺了何一程，只要他能说服沈清欢，我们就说服瑾年。”

路西顾端着茶杯的手指一顿，他微微一笑：“沈清欢不会卖这个人情。”

“她是何一程的前女友，这事呀……我看沈清欢会念旧情，放何雪一马，而且她那么宠小雪，把她当作自己的亲妹妹一样呵护。她当时可能还在气头上，但现在都过了好几个月了。”

“如果心软是女人的软肋，我相信它在沈清欢身上不适用。”

一个人对另一个人付出了多少感情，在受到背叛后，就会感到多么心寒。

一个寒了心的人，她的底线永远都不会被人越过去。

何况，沈清欢原本就是一个恩怨分明的人。这样的人，在爱你的时候毫无保留。同时，她恨你的时候，也绝对不会手软。

“你这么自信？”

“那就让我们拭目以待吧。”路西顾边说边往李茉的茶杯里倒水，“对于这件事，我劝您中立。就算瑾年愿意翻供，到时候您一样会失去何家这个合作伙伴，而瑾年也会身败名裂，这辈子都难以翻身。虽然您气恼他忤逆您，但是我相信您并不希望他走到穷途末路，对吧？”

“只是让他翻供而已，哪里有你说的这么严重？你从小就护着他，我都知道，可……”

“我就不过多解释了，您仔细分析一下利弊。”路西顾说着，起身，“与其想着怎么挽回何家，还不如想着怎么挖掘新的合作伙伴，这个世界上没有谁离开谁就活不下去的！人与人之间是如此，企业之间也不会例外。”

说完，他双手插进口袋，慢悠悠地走上二楼。

李茉揉了一下发痛的脑袋，随即长长地叹了一口气。

何一程坐上车后，让司机驱车七拐八弯驶入了正道。车子在路上疾驰，他靠着窗户，看向急急后退的景物，清透的阳光安静地照着，整个世界仿佛都变得静谧。

在这样的环境的熏陶下，他的脑海里浮现了一张清冷而倔强的脸。

往事一幕幕像是电影片段一样，在他的记忆里闪烁着，曾经的欢声笑语到最后只剩下无尽的怅然若失。

而她的脸，从模糊变得无比清晰。

清晰得让他感到心痛。

许久，何一程从过往的回忆中回过神来，他看着略有些熟悉的路，眉头蹙起，问：“这是去哪儿？”

司机听出了他声音里的不悦，心下紧张但还是说：“您不是要去沈家吗？”

何一程近乎怒发冲冠道：“我什么时候说我要去沈家了？”

“我在客厅外听到您和他们的对话，以为，以为……”

“回去。”

“何少，您不找沈大小姐吗？”

何一程的声音沉得有些可怕，仿佛下一秒，他就会变成猛兽吃人：“还需要我再说一遍吗？”

司机再也不敢多说一个字，他赶紧掉头往何家所在的方向开。

五月的阳光温暖而柔和，细碎的阳光落在别墅前院的花园里，花和草在微风的吹拂下隐隐颤动着。路瑾年在午后暖阳的照射下醒来，他半支起身子，就瞅见了杜唯微正坐在飘窗上，双手拿着手机，眼睛死死地盯着屏幕，每隔一段时间，她就双手并用不停地点着。

他坐在床头，一只手托着腮，仔细地凝视她。

阳光打在她披散着的长发上，使其泛着金黄色的光泽，柔软的发丝随着微风滑过她白嫩的脸颊，她的脸上和眼里都带着点点笑意，虽然不明显，却别有风情。

许久，杜唯微终于朝着他所在的方向看了一眼。见他坐在床头，她只是对着他笑了笑，然后又看着手机，隔几秒后开始猛点屏幕！

不高兴！

路瑾年的心底异常失落，她看到他醒了，应该跑过来腻着他才对，为什么她却抱着手机不放？她也不是爱玩手机的低头族呀！

他起身走到杜唯微身边，等他看到她的手机屏幕后，才发现她正在某聊天软件上抢红包，里面的人隔一段时间就会发红包，而且数额多数是一块钱，多一点儿的也就几块钱。抢到红包的人也不过是拿到了几分或者几毛钱，然而群组里的人跟疯了一样还在追逐着抢。

“老婆，你不会醒来后就一直坐在这儿抢红包吧？”

杜唯微看也不看他，只说：“嗯。”

路瑾年很受伤。

他探过头去，高大的身影挡住了阳光，杜唯微的屏幕一下子变得特别清晰。午后的阳光浓烈，她坐在飘窗的位置，由于被阳光直射，屏幕反光导致视野受限。现在因为他高大的身躯挡住了阳光，屏幕的清晰度立刻变成了一百分。

路瑾年刚要换姿势，杜唯微一边看手机，一边拉着他：“你就保持这个姿势，很好！别动！”

就这样，他被迫保持着探头的动作，看着她在群里抢红包，每次抢到的红包里，数额大一点儿的八毛钱，小一点儿的一分钱，都能让平时面瘫的她笑开了花。

偶尔他忍不住动一动，杜唯微就一边看着手机一边撒娇：“好老公，别动别动，对对对，就这个角度……很好很好，继续保持！老公最好了，你是全世界最温柔的老公！”

路瑾年气得要吐血。

为了挽回自己在老婆心中的地位，他边保持着“遮阳”的动作，边拿出了手机。

观察了这么久，眼尖的他看到了群里有高浩出没，而且这家伙属于那种只抢红包、不发红包的吝啬鬼！

于是，他也打开同款聊天软件，然后以最快的速度修改了昵称和图像，随即给高浩发信息：“在吗？”

结果高浩狗胆包天，居然不回他的信息。

几分钟后，路瑾年忍住怒火，再给他发信息：“给我死出来！”

这回高浩秒回了：“路少，有事快说，我正在抢红包呢。说真的，我平时最讨厌你们这些给人留言就说‘在吗’‘你好’‘有没有空’等废话的人，通常我不会回，回也是‘呵呵哒’三个字。”

路瑾年不想跟他多费唇舌，他噼里啪啦地打字：“拉我进群。”

“什么群？”

“你们正在抢红包的群。”

“你进这群干什么？难不成路少对这几毛钱有兴趣？”

“进群给你们发红包。”

“好嘞，我们群里就需要你这种土豪。”

高浩把路瑾年拉了进去。

进群后，路瑾年连续发了十几个两百块钱的红包，因为是“巨款”，群里的人跟疯了一样抢了起来，这其中也包括杜唯微。

她一边抢一边说：“我最喜欢这种人傻钱多的土豪了。”

路瑾年的额头上有黑线。

紧接着，他又连续发了好多个红包后，开始发专属红包，并在备注一栏上明确地写着“微微笑专属红包”，一连发了二十个后，杜唯微接红包接到了手软。

因为对方给她发专属红包，她便好奇地点开了对方的资料，然后感慨道：“这位土豪好大方呀。”

这边的杜唯微还没来得及细看对方的资料，那边充当遮阳板的路瑾年率先开口：“这个‘人傻钱多’的土豪是你的老公。”

“……”

杜唯微扭头看向身侧，结果看到了窗户，很快她意识到声音是从头顶传过来的。她立刻仰头，还没看清楚路瑾年的脸，他的头就低了下来，吻住了她！

仰头、错位接吻……

感觉还不错！

深吻过后，路瑾年坐到了杜唯微对面，说：“抢红包不如抢老公。”

杜唯微“扑哧”一笑：“刚刚是我忽略你了，你不要太介怀。”

“如果我介怀呢？”

“那我相信没有什么是一个吻解决不了的，如果不行，那就多亲几次。”

杜唯微说着，双手扶着路瑾年的腰，身体前倾，在他左右脸颊上各亲了一次，再蜻蜓点水似的亲了一下他的唇。

“还在意吗？”

杜唯微的注意力转移到了自己身上，路瑾年表示很愉悦：“鉴于你表现优异，所以对之前的事情，我失忆了。”

就在这时，杜唯微的手机响起了信息提示音，她本能地拿起了手机。路瑾年以为她又要抢红包了，然而她看到上面的信息后，眉头蹙起。

“怎么了？”路瑾年看向了她的手机屏幕。

给她发信息的是一个男性，对方跟她共享位置，并且留言道：“帮我报警，这是我目前的位置。不要向我打电话询问真实度，会引起对方觉察。如果你信我的话，那就拜托你。”

“他是谁？”

杜唯微一脸漠然地说：“韩毅。”

黑暗潮湿的地下室内，隔间的“房子”一个挨着一个，薄薄的木板象征性地隔离着租客的七情六欲。这段时间里，A市一直在下雨，地下室自然成为重灾区，地上潮水积聚，踩在上面像是走在泥泞小路上，隔间的木板或多或少发了霉。

租客们有的在公共过道里挂衣服，有的把电饭煲接到外面蹭电，顺便煮一锅大杂烩，还有些男人光着膀子，几个人坐在发黑的小板凳上，就着一张破旧的折叠式桌子，打着扑克，喝着劣质白酒，声音大得出奇。

韩毅从自己的租房里出来，朝着几个男人道：“麻烦你们声音小一点，我正在睡觉。”说完，他又缩了回去，躺在冰冷而潮湿的床上。

然而，外面的声音并没有因为他的提醒而消停，反而愈演愈烈。

万般无奈之下，他再次起身，开了门：“请你们配合，我真的很困。”

一个彪形大汉不满地道：“你睡你的觉，我们打我们的牌，招你惹你了？”

“你们吵到我了。”

“吵到你又怎么样？这是白天，又不是半夜。”彪形大汉一边把自己手里的牌打出去，一边瞪着韩毅，“再说了，嫌吵的话，你去住高档的小区啊，跟我们这些五大三粗的凑什么热闹，你不是明星吗？”

坐在彪形大汉左边的男人喝了一口酒，说：“什么明星，也就是演演网络剧的，跟我们这些五大三粗的没区别，收入啊……估计还不如我们这些搬砖的。”

另一个男人往地上啐了一口唾沫：“听说他妈还是个水性杨花的女人，败光了他继父的家产也就算了，还倒打一耙，污蔑人家女儿的名声。”

……

听着这些刺耳的嘲讽，韩毅没有做任何争辩。他默默地关上门，坐在床上。

许久，他从枕头下面拿出一张照片，这张照片上是学生时代的杜唯微躺在沙发上睡着时的样子。那一年也不知道什么原因，她穿着睡衣在沙发上睡着了，他回来的时候恰巧看到了这一幕，就偷偷地拍了下来。事后他却故意恶声恶气地叫醒她，还讽刺她穿衣不检点。

回忆结束后，他把这张照片继续压在枕头下，嘴角扯出了苦笑。

暗恋是一件孤单的心事，他连倾诉的对象都没有。

这些年来，他遇到过的女生数不胜数，但是能让他心动的，除了杜唯微再无其他。

假如他从来没有遇见过杜唯微，人生或许会跟其他人一样，会找一个女人恋爱、订婚、结婚生子，再相继老死。但自从认识了她后，所有人在他眼里，都黯然失色。

仿佛，谁也比不上她。

更令他悲哀的是，他看得顺眼的异性，不是长得跟杜唯微有几分相似，就是性格上跟她有共同点。

他慨叹：杜唯微，年少轻狂的我，用错误的方式爱着你。

现如今，我爱的人，都像你。

这是上天对我最惨绝的惩罚！

忽然，门外响起了敲门声，他以为是在外面打牌的租户恶意骚扰，因此没有理会，然而敲门声一声重过一声，没有停止的意思。

他不耐烦地起身，打开了门，进入眼帘的是几个穿着得体的男子。

“你是韩毅吗？”

“我就是，请问有什么事情吗？”

来人见他承认，于是拿出照片对着他的脸比对了一下后说：“跟我们走一趟。”

感觉到这些人有些古怪，韩毅很警惕地问：“你们是谁？我为什么要跟你们走？”

“去了你就知道了。”

“你们是便衣警察，还是……”

“别废话，跟我们走。”

“我……我收拾一下。”韩毅说着往屋里退去，顺手关上门。在转身的瞬间，他掏出手机以最快的速度发了一条信息，之后又不动声色地将手机调成静音模式，放回了口袋。

对方强硬地闯了进去，反手一拧，轻松地将韩毅的双手压制了在背后，任由他怎么挣扎也只是徒劳。

“你们想干什么？你们不是警察对不对？”

“我从来都没说我们是警察。”对方说道，“我们对你没恶意，只要你跟着我们走一趟就可以了。”

说完，他将韩毅推到门外，其他人迎了上来，跟着他一起将韩毅往外架。

“他们不是警察，我也不认识他们，你们帮我报警！”

被推出过道时，韩毅向在场的租客求救。

正在打牌的几个人见到阵势不对，其中一个人掏出手机，还没等他拨打电话，一个身材高大的男人将一沓钱放在了牌桌上，说：“我们不是黑社会，也不是杀人犯，因为他母亲侮辱了我们路少妻子的名声，我们抓他只是想解决一些事情，并不想伤害他的性命。如果你们把这件事当作什么都没发生，这些钱，在场的每一个人都可以分一份。二十四小时内如果他没有平安回来，你们再报警也不迟。”

“原来是这么回事。”

几个人点了点头，表示明白。

原来是路家的人来寻仇了，这么大的阵仗，估计也只是想教训教训韩毅，应该不会胆大包天到杀人犯法。既然他和他的母亲作风不正又血口喷人，现在受到惩罚也是在情理之中，他们犯不着为这样的人打抱不平，何况对方还给了“封口费”。

于是，在场的租客乐呵呵地分了钱，而后各做各的事情，就当什么事都没发生一样。

制服韩毅的黑衣人临走前看到了里屋的枕头下有东西，下意识地回去把枕头掀开，发现下面堆了一摞画纸和一沓照片，照片上的人都是学生时代的杜唯微，而画纸上的人也是杜唯微。

他将这些东西全部收了起来，把照片放进随身携带的皮夹内，至于画纸，则一张张折叠成豆腐块，也放了进去。

做完这一切后，他才慢悠悠地走出了地下室。

韩毅坐在车子的后座，左右两侧都是体型较大的男人，他被夹在中间几乎动弹不得，更别说找机会逃走了。

轿车沿着国道疾驰，最后驶入了A市的主干道。A市常年拥堵，车子走走停停，时间一晃就从下午变成了暮色四沉的傍晚。

也不知道过了多久，车子在郊区停下，坐在他两侧的男人粗鲁地将他推了出去。随即，在他们的带领下，他走进了一栋奢华的别墅内。

别墅内被打扫得一尘不染，前厅处摆着一张檀木桌，参差不齐的水晶灯离桌子只有十几厘米，人坐在椅子上，伸手即可碰到。一阵风吹过，水晶灯撞在一起，发出“叮叮咚咚”的声音，像是风铃声一样悦耳。

檀木桌后面是偌大的客厅，客厅正前方便是整面的落地窗，靠近阳台。阳台上种满了花草，隔着落地窗看过去，梦幻无比。

何一程拿着一本书坐在落地窗不远处的沙发上，见到韩毅后，他将正在看的书页折了一下，放在了一边。

他问：“想红吗？”

韩毅看着他：“什么意思？”

“你们这些混娱乐圈的，其实大家都差不多，看谁愿意捧你们。”

“你想表达什么？”

"那我明人不说暗话，我给你走进一线的机会，但是你要答应我，一旦我需要你，你必须无条件地执行我的任务。当然，这些任务绝对是你力所能及的。"

韩毅观察了一下周围的环境，对方住在这么豪华的房子里，而且举手投足都有一股迫人的压力。他接触的社会阶层没有这么高，最近也没有得罪人，虽然他跟杜唯微有些纠葛，可是以杜唯微的性格，既然选择释然，就不会再过多纠缠。思索了一会儿，他问："你是不是何家的人？何雪跟你是什么关系？"

"你是怎么猜到的？"

"我就是一个无名小卒，能被你这种人看上，我唯一能想到的，只有你是何家的人。"

何雪被路瑾年和沈清欢亲手送进监狱，最初就是因为杜唯微。而他跟杜唯微有点儿牵扯，所以何家人极有可能想像收买母亲一样来控制他。

"那我想让你做什么，你应该知道。"

"抱歉，恕难从命。"

何一程没想到韩毅会一口拒绝："路家给了你更好的机会？"

"我想红，但同时我也有自己的道德和底线。"

"那就是你拒绝了？"

"对。"

何一程逼近他，目光阴鸷："你知道拒绝我的后果吗？"

韩毅心底一阵发虚，他本能地把手放进了口袋。当手指摸到手机的时候，他心里更是五味杂陈：不知道她看到我发过去的信息后，会不会视若无睹。

当他看到这些陌生人时，就知道对方来者不善。因为报警需要有一定的通话时间，很容易被发现从而被打断，最稳妥的方式就是通过发信息来求救。在A市，他没有特别熟悉的亲人和朋友，在那一刻，他第一想到的人就是杜唯微。于是他趁着何一程的人把他带进房间后关上门的瞬间，给杜唯微发了条信息，并向她共享了他的位置。

他把自己的身家性命押在了她身上。其实连他自己也不敢确定，她能不能在第一时间看到这条信息，看到后，她会不会当真，就算她当真了，愿不愿意援助，这都是未知数。

“你能不能给我几天时间，让我好好考虑？”

何一程把玩着手指，但是每一个动作都让韩毅看得心惊肉跳，好似下一秒，自己就会性命不保。许久，何一程抬眸，目光更加阴沉：“这件事还需要几天的时间考虑？”

“因为我的内心非常挣扎。”

“那你可以在我的地盘上好好考虑几天。”

“如果我今晚没回租房的话，同住的人肯定会报警，而且你的手下也说了，如果我二十四个小时内没平安回去的话，就……”

“你认为这些小事我都搞不定？”

“好，我留在你这里考虑。”

此时此刻，他只能拖住眼前的男子，给杜唯微争取带警方来的时间。

杜唯微，到底会不会来？

杜唯微出现在韩毅面前，已是夜深人静时。

别墅外，刺耳的警笛声有规律地响着，红、蓝两色的警车灯在夜色下尤为亮眼。

韩毅坐在冰冷的地面上，透过落地窗，看到了外面一个消瘦的影子走在前面，后面跟着一群穿着制服的警察。

那一刻，他又惊又喜，之后如释重负般躺在地上，眼泪从眼角滑落。

杜唯微，到底还是来了！

外面的杜唯微看着手机，对身后的警察道：“按照共享的地址，韩毅就在这里。”

里屋的何一程听到了声音后，第一时间让人将韩毅藏了起来，随后才开门。

杜唯微和警察进屋后，穿着睡衣的何一程安然地坐在沙发上，问：“这么晚了，不知道警察为什么会来我这里？”

警官道：“根据这位小姐的报警，你涉嫌非法扣留公民。”

何一程问："证据呢？"

杜唯微拿起手机道："韩毅向我求救了。"

何一程下意识地看向了站在他身侧的手下，这些手下意识到疏忽后，全部低下了头，谁也不敢说一个字。

杜唯微看着手机屏幕，指引警方往楼上走："按照定位，人在上面。"

何一程立刻起身阻止道："你们这是要搜查？根据我国法律，警方没有搜查令的话是无权在我的私人住所里追查的。"

警官拿出了搜查令，问："我们可以上去了吗？"

何一程无话可说。

最终，在共享位置的指示下，韩毅被警方解救，而何一程和别墅里的所有人都被带到了警局里接受盘问。

警局里，何一程的手下一口咬定是他们自作主张带韩毅回去聊一聊的，他们没有恶意也没有殴打他，何一程完全不知情。最后，因为韩毅确实没有受伤，加上证据不足，且其他人口径统一，警方只能释放何一程，并派人观察一个月，其间若无异常，他便是无罪。

何一程回家后，何父与何母已在家里等候，见到他后，两人忙不迭地迎了上去。

何父气愤地道："事情怎么会弄成这个样子？路家是存心想跟我们作对？"

"小雪是不是没机会了？她只能坐牢了吗？"爱女心切的何母更关心何雪的处境。

何一程的脸色沉得如同夜色般令人难以琢磨，拧着眉头道："就算最终小雪没办法脱罪，我也不会让他们有好日子过。"

"你还想用类似的方式？"何父惊讶道，"现在是多事之秋，再使用这样的手段，到时候你妹妹没救出来，反而把你也搭进去了。"

何一程想到了手下交给他的照片和手绘画，嘴角露出了丝丝笑意。

他的声音沉得可怕："毁掉一个人不一定非要自己动手，借刀杀人才能省时省力。

韩毅配合警方做了几天的笔录后，开始了正常的生活。

一周后，他主动约见杜唯微表示感谢。她接受了感谢，却不愿意与他见面。

无奈之下，他只能给杜唯微留言：“何一程要对付你跟路瑾年，想收买我。这次失败后，何家人应该会更加记恨你们。希望你们能处处小心。”

杜唯微回复得很简短：“谢谢提醒，也感谢你的底线让你做出了对我有利的抉择。”

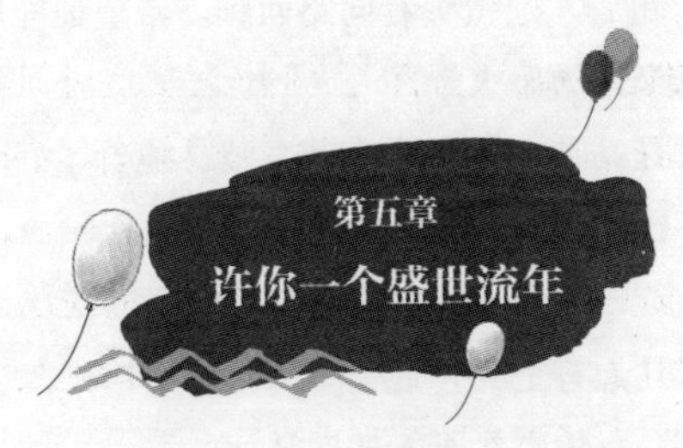

第五章
许你一个盛世流年

“自从他跟小野鸡在一起后，就从来都没做过一件令我满意的事情。

“他瞒着我领证、结婚，这些最终我都没有追究！我不求他给路家带来荣耀，但是他一直在给我找不快！三番五次不听劝，一而再再而三地惹何家，他不愿意接管家族的企业也就罢了，还来搅黄我的生意，可恶至极！

“这些年来，我们跟何家相处融洽，彼此都给对方脸面。现在何家人会直接打电话羞辱我，都是让他这个浑小子害的！”

……

路家客厅里，李茉当着陈瑶和路西顾的面在狂摔东西，不管是多么贵重的物品，只要被她看到，全部被她砸在了地上用来发泄怒火。

当陈瑶看到李茉将一件唐朝的陶瓷拿在手里的时候，下意识地上前想劝阻，然而愤怒到几乎丧失理智的李茉，当场将它砸在脚下，“砰”的一声，无价之宝瞬间化为碎片。

陈瑶止住了脚步，不敢再向前一步，她的呼吸都已经变得急促，更别说劝人了。

李茉是陶瓷爱好者，被她砸掉的陶瓷是她当年花了重金购买回来的，这些年她一直爱不释手，还找来专门打理古董的行家定期来家里保养它。

现在，她没有任何犹豫地砸了它，可见她此刻到底有多愤怒。

陈瑶是个聪明人，她知道现在自己根本不能出面说一个字，否则肯定要成为炮灰。随后，她扭头看向路西顾，希望他能用“润物细无声”的方式来平息李茉的怒火。

然而路西顾只是站在一边任由李茉发泄。他看了好一会儿，才找了一间隔音效果不错的房间，进去给路瑾年打电话。

“哥。”

“瑾年，你这几天有空吗？抽个时间回家一趟。”

“这时候回家，我怕婚礼不能如期举行。”

“妈对你们结婚的事情，早就做好睁一只眼闭一只眼的准备了。”路西顾说道，“刚刚何伯父给妈打了电话，说终止跟我们的合作，还讲了一些难听的话，她现在正在发泄怒火。”

他知道，这次仅凭他一人之力是无法平复母亲的愤怒的。上次何一程主动登门拜访，他的建议被母亲默认，这段时间他们正在努力寻找新的合作伙伴，希望能代替何家的位置。

原本母亲并不想这么快跟何家闹翻，而何一程被带到警局问话后，何、路两家的矛盾被激化了，因此双方都在暗地里权衡利弊的事情，终于被拿到明面上来。何家毫不犹豫地断绝了跟路家合作，任凭母亲怎么拉下脸道歉、求和都无济于事。

她本就是争强好胜的女人，这次主动降下自尊在电话里充当炮灰，最终还是没挽留住何家撤退的步伐，自尊心极强的母亲自然把造成这些的原因都归结在路瑾年与杜唯微身上。

“很严重？”路瑾年问。

如果母亲只是简单地发火，以路西顾的性格能轻松搞定，但他主动打电话给自己，说明连他也搞不定。

“非常严重。”路西顾叹气，“把她最爱的陶瓷都砸了！”

路瑾年的眉头蹙起。

那件瓷器他有印象，是母亲费了很大的精力才买回来的。就算他忤逆她而跟杜唯微结婚，她也没气到摔了它，这一次，看来她是真的愤怒到了极点。

“行，那我抽空回去。”

路瑾年挂了电话。坐在她身边的杜唯微听到了他们的电话内容。

在帮助韩毅这件事上，杜唯微自认为没有做错什么，但是它影响了路家的生意，这让她心里非常过意不去。

“妈似乎对这件事非常生气，这事因我而起，我去解释。”

路瑾年抚摸着她的头，说：“我来解释。”

杜唯微迟疑道：“那样会引起你们母子之间的矛盾。”

“我做错任何事，日后只要示弱，她就能轻易地原谅我，而你在妈心里留下一点点的瑕疵，她都会记着一辈子，从此你们再无和平相处的可能。微微，这个恶人，就让我来当。”

他做得再不好，始终是她的亲生儿子。她当时震怒，日后也会遗忘。

而作为媳妇的杜唯微不一样，她本来就不被母亲所喜，如果再出事端，势必会恶化婆媳关系。

所有的婆媳不和，都是那个男人没有起到纽带的作用。

“老公……”杜唯微抿唇，心底有一阵阵热流往上涌，“每次我闹出事了，你都给我收拾烂摊子，我不想再让你当这个受气的中间人。”

“我的老婆又不是没有脑子的傻白甜，总是好心办坏事，她是一个懂得权衡利弊的聪明女人。再完美的计划都有疏漏之处，你只是做了你该做的事情，但是事情的发展，谁也无法掌控。”

“那我也不能让你一个人去面对妈的怒火，我希望你能带上我。”

“跟我过去一起挨骂？”

“不，我默默地看着你挨骂，在心里给你加油。”杜唯微认真地纠正。

“难道你不应该再坚持一下，让我感动感动？”

“你的分析合情合理，让我醍醐灌顶。我不应该再矫情，要求跟你一起挨骂。否则，岂不是辜负了你想改善我们婆媳关系的初衷？”

路瑾年：“……”

沉默了一会儿，路瑾年才开口：“其实你偶尔傻白甜一点，我们之间就会多一点情调。”

杜唯微很配合，化身“傻白甜”，她双手抱着路瑾年的腰，说：

“老公，我不要你一个人挨骂，我要陪着你一起，有难不要一个人扛，你还有我。”

路瑾年脸上流露出满足的笑容。

隔天，路瑾年便带着杜唯微回到了路家。

见到夫妻两人，李茉当即抓起桌子上的碗，对着杜唯微的脸砸了过去。

路瑾年伸手挡在杜唯微的脸上。碗砸到他的手上后落在地上，摔成了碎片。

陈瑶见状，拿着扫帚以最快的速度清理好了地上的碎片。

就在李茉再次抓起一个盘子时，路瑾年开口道：“我们今天回来是来跟您商量六月六号的婚礼的事情，如果您不欢迎的话，那我们立刻回去。”

提到婚礼，李茉既生气，又无奈。眼看路瑾年拉着杜唯微转身了，她才开口道：“你们给我站住！”

路瑾年再次拉着杜唯微转身。两人一齐在沙发上坐定，李茉坐在了对面。

“你既然知道，你们两个结婚，需要我这个妈出面，你还任由这个小野……这个女人胡闹！我已经对你死心，你们结不结婚我不会横加阻拦，她却加速破坏了路、何两家的关系，我找不到支持你们结婚的理由！”

……

李茉坐下后，噼里啪啦地指责着杜唯微。

“妈，何一程的事，是我的意思。”

“当时给警察引路的是她！”李茉指着杜唯微的鼻子，气得脸都青了，“这个时候，你还护着她？”

“是我执意让她去报警的！”路瑾年平静地给自家老婆背锅，“当时微微接到信息的时候并没有理会。毕竟，他们的关系非常恶劣，具体原因我不想过多解释，我相信妈对我们也不是一点儿也不关心，您应该看过一些报道。”

李茉自然不相信路瑾年的话，她质疑道："既然他们关系不和睦，你为什么要当这个'好人'？"

"如果韩毅报警是真实的，微微没有及时报警，他若出事，被媒体挖掘出内因，微微名气不大，媒体自然会把焦点放在我身上，最终战火会烧到我的身上。我若爆出这种负面新闻，对路家也是一场灾难。"路瑾年不紧不慢地解释道，"况且，我又不是未卜先知的神仙，我怎么知道韩毅是何一程带走的？"

杜唯微悄悄地探手放在路瑾年的手背上，而他反手握住了她的手指。

李茉听罢，虽然还是将信将疑，但气氛还是缓和了不少，她也迅速地冷静了下来。

路瑾年看出了她的状态，赶紧拿出手机发了一条短信。

不到几分钟，一个送货员抱着一个包装华贵的包裹摁响了门铃。陈瑶签收后，费力地将包裹拿到了客厅里，说："李总，您的包裹。"

"我的包裹？"李茉皱眉，"我从来没买过东西，扔了！"

路瑾年看到包裹后，嘴角溢出笑意，他连忙起身道："这是微微送给您的礼物。"

杜唯微目光一滞，她从来都没准备过礼物，路瑾年也没跟她提过送礼物的事情，这是怎么回事？

就在她疑惑的时候，路瑾年已经打开了包裹，里面是件非常贵重的唐三彩。

"微微听说你砸了自己最爱的陶瓷，所以托各种关系，花了自己所有的积蓄，给您买了这件唐三彩。"路瑾年将唐三彩搬到了客厅的桌子上。

李茉见到唐三彩后，脸上挂上了笑容，她一边找手套一边制止路瑾年："别用手直接触碰古董，摸久了会破坏它。"

她戴上了手套，反复检查着唐三彩。因为对陶瓷类的古董颇有研究，在知道这是真货，非赝品后，她更是喜不自禁。

"这可是价值不菲呀！"李茉边赞叹，边看向杜唯微，"你什么都不好，就这件事还做得有点儿样子。"

杜唯微莫名被夸，一时间也愣住了。

路瑾年推了推发呆的她："过去说几句好听的话。"

杜唯微很快就回过神来，她连忙上前，说："妈，您喜欢就好。"

因为对唐三彩的喜爱，李茉没有了方才的戾气，对杜唯微说话时的态度也柔和了很多："你这是在哪儿买的？"

"前段时间遇到了一个喜欢收藏的编剧，他祖辈上特别喜欢收藏古董，刚好那天去他家做客，就看到了这个。当时虽然不知道真假，不过听瑾年说您很喜欢陶瓷，我就买了。"

李茉心花怒放地鉴赏着，说："这是正品。"

杜唯微故作松了一口气的表情："谢天谢地，不是假货！"

随后，这场"没有硝烟的战争"，因为一件唐三彩而被搁置。路瑾年相信，在未来很长一段时间里，李茉都不会再迁怒于杜唯微。至于他们的婚礼，作为母亲的她，就算再不情愿，也会盛装出席。

出了路家后，两人坐上了车。

杜唯微问："这明明就是你的功劳，你原本可以借着这个礼物，改善你们的母子关系，为什么要我借花献佛？"

路瑾年微微一笑，说："我们的关系不需要礼物来改善，而是需要时间来调和！我会想办法缓和你们之间的关系，把当恶人的机会留给我，把做好人的机会留给老婆大人！"

听了路瑾年的话，杜唯微心下一热。

他对她这么好，以后她也要更加努力地在李茉的面前表现出自己优秀的一面。

她不能一直让路瑾年孤军奋战，自己却独自享受胜利的果实。

"以后再有类似的事情，提前跟我说，要是我不知道怎么圆谎，那岂不是当场就被戳穿了？"

"刚才你的谎话不是说得很圆满吗？"路瑾年赞赏道，"我的老婆可是非常机智的。"

见他不以为然的样子，杜唯微急道："我是认真的。"

路瑾年不再说笑，他开着车子看着前方："我也是早上在朋友圈里看到好友在晒新房子时，从他发的照片里看到了这件唐三彩，于是临时跟对方说要买下来，并把家里的地址发给他了。我钱还没付呢，没想到他居然这么爽快地把它快递过来了！"

"原来是这样。"杜唯微看着他俊朗的侧颜，说，"你对我……真的很好很好。"

"你是我老婆，这是一个男人应该做的事情。"

杜唯微笑了笑，心底暖暖的。

与路家的硝烟渐渐消散不同，何家此刻置身于一层阴霾之下。何父愁眉不展，手指间的香烟燃尽了一支又一支，眼前的烟灰缸里满满当当的全是烟蒂。

几个月前，漂亮女儿就在身边言笑晏晏，没想到转眼之间，天灾人祸，小雪就这样进了监狱，甚至有可能再也出不来了。一想到这里，何母的抽泣声就停不下来。

断断续续的哭声听在何一程的耳朵里，让他觉得烦躁异常。他拧起眉毛，说："妈，你别哭了行不行？"

何母肿着一双眼，发丝凌乱，这段时间，她一下子就老了好几岁："一想到咱们家小雪在吃苦，我就忍不住……"

何父欲言又止，眼神彷徨，好半天才喃喃问出："一程，你说小雪是不是这辈子都出不来了？"如果小雪得罪的是一般人，以何家的实力自然能用钱来解决，可是亲手将她送进监狱的是路瑾年与沈清欢，他们的背后都有家族支撑。

路家这些年在经济上依赖他们，可是沈家实力雄厚到足以傲视群雄。现在那两家联手，他连见缝插针的机会都没有，只能眼睁睁地看着何雪被判刑。

何一程勾起嘴角，阴沉的笑容浮现在他的脸上，让原本俊秀的面容此刻竟显得有几丝狰狞："想把我何一程的妹妹整得一辈子都翻不了身？没那么容易！"

他把手一扬，一沓照片就这么散落在了地上，照片上的女孩穿着一套灰色的制服，长长的秀发披落在肩膀，温暖的阳光洒落在女孩精致的侧脸上，给她环绕上了一层朦朦胧胧的光线，让她看上去就像天使一般美好。她正专心致志地看着手中的课本，表情专注而认真。这张照片并没有摆拍的痕迹，倒像是被镜头瞬间抓拍到的。

再向后看，照片的主角都是同一个人，或者是站立在图书架旁，或者是在校园运动会上奔跑，无一例外都是抓拍的，甚至每张照片都会附上一张手绘画，主角依旧是这个女孩，场景也一模一样，只是她身后多了一个男人。如果女孩是在认真学习，那男孩就在她身后为她披衣服，动作轻柔无比；如果女孩在操场上奔跑，表情坚定而固执，那男孩就在旁边陪跑，眼神温柔而眷恋……

真实的生活加上虚拟的想象，可以猜测出，抓拍的人暗恋这个女孩。

何一程冷笑一声，说："之前我很疑惑，为什么韩毅就跟吃了秤砣一样，铁了心不肯跟我合作。等我看到这些照片的时候，才知道原来是有这层关系！"

以为是得到了证据的何母一下子扑在上面，当看到只是几张照片和手绘画时，她眼底的希望瞬间又熄灭了。她不解地问："这些东西是什么？可以帮到小雪吗？"

何一程笑笑，脸上依旧是阴鸷而冷漠的笑容："等到了适当的时机，把这些东西放出去，绝对能掀起轩然大波。"

当然，那个适当的时机，马上就要到来了。

"这么做，小雪也不能被放出来呀。"

"我会尽全力让她出来。"何一程的声音冷到了冰川里，"就算最后小雪只能待在牢里，我也不会让路、沈两家有好日子过。"

凡是伤害他妹妹的人，他都会一一击败，决不手软。

临近六月，距离路瑾年自己定的六月六号的婚礼越来越近。不过他回国后，鲜少提婚礼的事情。

此时，杜唯微正在学校准备毕业论文，加上学校要安排学生实习，因此这段时间她异常忙碌。于是，对于婚礼事宜，杜唯微也不多问，她相信这些事情路瑾年自有安排。

某个阳光明媚的清晨，杜唯微刚到学校，路瑾年的电话便打来了。

“到校门口，我在等你。”

听着他霸道的话，杜唯微立刻说：“可是，我要上课。”

“马上请假。”

“可是……”

“我说请假！”路瑾年强调，“我有很重要的事要办。”

平时路瑾年对外人很冷漠，但是对她特别温柔，会全程展现暖男的气质。今天他的语气很是霸道，想必确实是有很重要的事。

杜唯微便不再推辞：“好，那你等我十分钟，我去请假。”她说到做到，挂了电话后，便以最快的速度找辅导员请好假，之后在校门口与路瑾年会合。

杜唯微坐上路瑾年的车后，在学校门口的同学才意识到，坐在驾驶室里、戴着黑色墨镜的“型男”很有可能是巨星路瑾年。

他们一窝蜂地围了上去，然而留给他们的，是轿车远去的背影。

路瑾年将车开到了一家豪华的摄影店门口，这种高级摄影店一般是对影视圈和富豪圈开放的，工作业务就是承接影视明星、富商大贾的婚纱摄影，或者给他们拍艺术写真，平时也会帮助影视明星量身打造个人形象，方便他们参加各种时装秀、影视发布会。

两人下车后，里面的员工热情地接待了他们。进去后，一个打扮时尚，自称“琳达”的美女上前道：“路少，您要求的风格，我们都准备好了。”

“那就快点开始。”路瑾年捉住杜唯微的手，将她的手放到了琳达的手心里，“要让我的老婆看起来是这个世界上最美的公主。”

琳达握住杜唯微的手，自信满满地道：“路少，请放心。我的化妆技术，在国内说第二，没人敢说第一。”随后，她带着一脸茫然的杜唯微进了化妆间。

化妆间里，琳达给杜唯微化了精致的公主妆容，整个流程约莫三十分钟。最后杜唯微换上了粉红色的公主裙，还戴上了王冠。

一切结束后，琳达欣赏着自己的“作品”，没想到外表看起来清秀的杜唯微化妆后简直就像是换了一个人，她看起来就像是一个皇家贵族，全身都透着公主的气质。纵使见过美女无数的琳达，也忍不住赞叹道："杜小姐真的很适合公主装呢，如果您能再笑得甜美一点，就更完美了。"

杜唯微对着镜子挤出笑容，可是怎么努力，也笑得不自然。

琳达面对这样的情景，下意识地以为杜唯微整过容。一般整过容的女人在微笑时，脸会非常不自然。琳达想着，杜唯微可能是整容过度，可是刚才给人化妆的时候，对方脸上又没有半点儿痕迹。

她到底是在哪家店里整的容，或者哪个医生的技术这么炉火纯青，能达到不留痕迹的地步？

随后，她引着杜唯微去了内景室。

内景室里，路瑾年已经换上了一身王子装。见到光鲜亮丽的杜唯微进来后，他很王子范儿地走了过去，托起了她的手，对着手背吻了下去："欢迎，我的公主。"

琳达看得全身都起了鸡皮疙瘩："路少，你能不能不要这样。我求你正常点儿，你这么温柔，我们大家都不习惯。"说着，她偏头看向内景室的摄影师、助手等人，问，"对吧？"

大家集体点头："路少，你还是冷点儿好，你不适合暖男形象。"怎么说呢，在众人眼里，路瑾年就是一个高冷的男神，对谁都冷傲得不可一世，这么多年来，他们已经接受了这样的人设。就像一个常年演坏蛋的演员，某天演一个正派角色，可是他每次笑的时候，观众都会误以为，他又要使坏并且"放大招"了。

路瑾年看向他们，马上就恢复成了高冷的样子，说话也惜字如金："你们的意思是我要不苟言笑？"

眼看高冷的男神又回来了，在场的人才感觉到心安，他刚才那"暖暖"的样子，真的好吓人，他们还以为他在"憋大招"呢。

琳达传达着大家共同的心声："不，你像平时一样就可以。"

路瑾年没再理会她，而是笑意满满地看着杜唯微，他很温柔地搂着她的腰，把她往前面带。他的每一个动作、每一个眼神都甜腻得让旁观者看得直冒冷汗。

摄影师在琳达耳边说："以前他们都说路少没演技，我觉得他演技挺好的。”

琳达点头：“是的，高冷和暖宠形态分分秒秒就切换了，这演技堪称大师级别。”

接下来，杜唯微跟路瑾年在摄影师的要求下摆出各种动作，为拍照做准备。一组公主和王子装拍完后，他们便要换上其他风格的服装继续拍。

趁着大家准备的空隙，杜唯微问：“这是在拍婚纱照吗？”

“不然你以为呢？”

“怎么不早点说。”杜唯微摸着脸说，“昨晚我熬夜了。”

“我老婆什么时候都是最美的。”

虽然她知道对方是在奉承，但听在耳里，还是非常喜悦。

一旁的琳达看着杜唯微和路瑾年说笑，嘀咕道：“这时候笑得很自然，看起来很舒服，那刚才怎么笑起来那么僵硬，像是整容崩坏了一样。”

如果杜唯微不是整过容的话，那就得了“路少症”。所谓的“路少症”是一些粉丝对路瑾年的“脑残粉”的褒义称呼。意思就是，平常不爱笑的粉丝，见到路瑾年后，就笑得特别自然，以此形容路瑾年的魅力巨大。

内景拍了十几组风格后，他们转战外景，外景整整拍了一整天才结束。两人回去的时候，已经是凌晨，杜唯微洗漱完毕后，躺在床上就睡着了。

路瑾年给她盖上被子，手指划过她纤长的睫毛，说：“老婆，晚安。”

六月的婚礼，他也会事无巨细地亲自操办，因为这是他们一辈子里最重要的事情，他一定会认真对待。

“杜唯微，我答应你，许你一个盛世流年。”

六月的西约特兰犹如风情万种的美人，既有绰约的风姿，又有优雅的气质，还慧心如兰。

路瑾年与杜唯微在哥德堡机场下机。两人出了机场，路宝亲自开车来迎接。

路上，路宝絮絮叨叨地说：“哥，你看我对你们多好，我不但提前从韩国来西约特兰给你们看场地，还亲自出马来接你们。”

路瑾年听出了他话里的弦外音：“无事献殷勤，非奸即盗。说吧，有什么要求趁我心情好的时候赶紧提出来。”

“哥——”路宝笑眯眯地问，“你跟嫂子的结婚礼金，上次……那个……你们旅行的费用，我全额报销了……然后……”提到旅行费用，路宝的心还在滴血。

“哦。”路瑾年轻描淡写地说，“我们结婚的礼金让你破费了。”

听到他表态了，路宝心里一阵窃喜。可是想到路瑾年一向狡猾，为了防止他解释出多重意思，路宝继续问：“那就是，后面你不会再讹我了？”

“讹？原来你是这么想的。”路瑾年长叹一声，“说好的兄弟情义呢。”

“哎，哥，我可不是这个意思。”路宝一边开车一边回答，之后又不知道说什么好，最后对杜唯微道，“嫂子，你可要评评理呀。”

“堂弟确实破费了。”

“……”

陆宝欲哭无泪：嫂子，你多说几句话会死吗？

就这样，三个人在东拉西扯中来到了哥德堡市的一家酒店。办理了入住手续后，三个人在大堂服务员的引领下去餐厅吃饭。

席间，路宝问：“你们婚礼的场地选好了吗？”

路瑾年将一张地图放到他面前，指着其中一个红点道：“这里。”

路宝边吃边看，之后眉头皱起，说：“这个地方，虽然场地很大，但似乎有些便宜。婚礼的场地选这个地方……真的好吗？”

路瑾年收起地图，嘴角含笑：“到时候你就知道我的用意了。”

路宝知道从他这里问不出任何信息，于是他的眼睛转向杜唯微，问：“嫂子，他那么神神秘秘的，我真的很好奇呢，婚礼的事情你跟我说说呗。”

杜唯微摊手，无奈地道：“我跟你一样，一无所知。”

“不会吧？”路宝再次看向了路瑾年，“你们夫妻这是夫唱妇随啊。”

“她确实不知道。”路瑾年说着把杜唯微面前的牛排拿到自己面前，他很细心地将牛排切好后，又将其推回她面前，之后才说，“这是我安排的惊喜，到时候就知道了。”

“嫂子，你都不问问具体安排的吗？”路宝的心里被抓得直痒痒，“你难道对婚礼的场地、流程一点儿都不好奇吗？”

“一切都听老公的。”

“哎哟喂，你们要不要这么甜腻？”路宝哀号，“你们这种性格，还真是般配。要是换一个人，那肯定吵翻天。”

路瑾年冷声吐槽道：“那就祝你找个吵翻天的另一半。”

“有你这么诅咒弟弟的吗？”路宝猛摇头，说，“你肯定不是我亲哥。”

“堂哥。”

“你又来这一招。”

路宝好奇归好奇，既然路瑾年保密工作做得那么好，他也不打算继续深究下去，反正六月六号那天，他就能见到真相。

用餐完毕后，刘京京抱着一束玫瑰花进来了。她将花送给路宝，说：“路总，这是您定的花。”

路宝接过花后，才说：“你去忙你的。”

“好的。”刘京京应声后，看了一眼路瑾年，随后也没多话，转身就走。

杜唯微见到刘京京后并没有感到任何意外，因为对方是路宝的助理，跟着他一起出行也是理所当然的事情。

路宝将花送到杜唯微怀里：“嫂子，这花是送给你的，为你接风洗尘。”

路瑾年见状，饭都吃不香了：“你知道玫瑰花的含义吗？”

“知道。”

“知道你还送自己的嫂子玫瑰花？”而且还当着他的面送。

路宝乐呵呵地说：“我就是想看到你不爽的表情，然后我就爽了。”

“恶趣味。”路瑾年抬眸，说，“算了，我不跟你计较。”

“哎？”路宝不高兴了，“哥，你要跟我计较啊，不计较怎么行？”要是路瑾年不计较，他就没乐趣了。

路瑾年淡定地“捅刀”：“我是理解作为单身狗的心情，我跟你嫂子这么相爱，已经超出了‘虐狗’这个级别，所以才让你丧失了理智。”

“哥，你也太自信了吧？难道还有比‘虐狗’更凶猛的级别？”

“那当然。”

“说说看，我洗耳恭听。”

“‘屠狗’。”

路宝：“……”

“噗……”一向冷静的“面瘫脸”也不厚道地笑了。

“太过分了，我不想再看到你们了。等哪天我找到了一个漂亮又有能力的老婆，就带来给你们一次反击！”路宝加快了吃饭的速度，气愤之余还不忘发誓。

杜唯微劝慰道：“凭堂弟的身家，和你这一表人才的长相，找个优秀的老婆是很简单的事情。堂弟一定是平时工作太忙了，所以忽略了感情。”

路瑾年顺势接话：“再忙有我这个拍戏的忙吗？他又不是国家主席，日理万机。”

“公司总裁，总要指点江山。”

“什么都做，还要下属干吗，全部开除，亲自上阵好了。”

“术业有专攻，哪里能全部兼得。”

“既然如此，那就更有空余时间了。至今单身必有妖孽。”

路宝在一旁听得眼泪都要掉下来了。

这果然很路瑾年，字字诛心。

“哥，我今年才二十七岁。”

“嗯。”

路宝悠悠地提醒他一个事实：“你结婚也不过是三十岁，你二十七岁的时候也单身。”

“我们看的是现在，同一时间、同一地点的结果。”路瑾年拍了拍路宝的肩膀，“虽然你现在落后很多，但没关系，你可以看着我们怎么秀恩爱。痛得久了，动力也就来了。”

路宝：“……”

闲聊一番后，三个人起身走出餐厅。

路宝要回自己房间的时候，路瑾年拉着他道：“等等。”

“哥，又怎么了？”

“跟我去准备礼品。”

路宝半天都没反应过来：“礼品这些不是你准备的吗，为什么要让我帮忙？”

“再废话，这些都交给你打理。”

“喂喂喂，我是你弟，不是你的手下啊！”路宝仰天大叫，“还没有没天理了。”

然而路瑾年根本不给他反驳的机会，只说道：“十分钟后，酒店门口见。见不到你的人，你知道后果。”

“知道了，知道了。”

路宝摆摆手，心中崩溃无比。摊上这么一个堂哥，他上辈子一定是折翼的天使。

随后，路瑾年将杜唯微送到酒店内。安排好一切后，他抱着她，在她的额头吻了吻：“在这儿等我回来。”

“准备礼品，为什么不叫我一起参谋参谋呢？”

“因为我想给你惊喜。”

杜唯微拉着他的手道：“那你为什么一定要自己亲自做呢？让别人处理就好了呀，你什么都亲力亲为，会很累的。”

路瑾年笑声朗朗，却依旧死咬牙关，神神秘秘地说：“微微，我想给你一场最完美的婚礼，而这场婚礼的每一个细节，我都要保证百分之百、毫无瑕疵，一点儿错都不能出。”

杜唯微顿了顿，半开玩笑地道：“你这么注重我们的婚礼，这是要把你的一生托付给我吗？”

“有人说过，‘我亦只有一个一生，不能慷慨赠予我不爱的人’。你是我这一生中最珍视的人，因此我们的婚礼，也一定要是最隆重的。”

杜唯微看了一眼窗外微凉的夜色，心里却暖暖的，饶是她平时写起文章来措辞华丽，行云流水，可是此时也只能说出这么一句话：“瑾年，我爱你。”

“我也爱你。”路瑾年在她的唇边吻了吻，但很快撤离，“你只需要当个美丽的新娘，其他一切事宜都交给我。”

眼看路瑾年没有打算让她参与的意思，杜唯微还想争取机会：“可是……我也想参与其中呢。”

“我知道。”路瑾年握住她的手，说，“这段时间，我总觉得不安，而且发生的事情不少，我怕结婚的时候会有人捣乱。我怕你跟我一起出现，容易引来国内媒体的注意力，所以为了安全起见，对于婚礼的事情，我一个人全程布置，以防中间出现问题。”

“你怀疑最近的事情，是有人在故意对你下手，是吗？”

“我感觉是跟何雪的事情有关。”

“何家？”

“很有可能，因为何雪的哥哥何一程回来了，他的性格就是有仇必报。”

“既然如此，那婚礼的事情，还是交给婚庆公司来安排吧。何一程要是想为何雪出气的话，主要还是会针对你吧？”

“我会很小心的。”路瑾年抬手刮了一下她的鼻子，“不用替我担心。”

“那……辛苦你了。”

“为了你，所有的付出都不辛苦。”

“老公真好。”

杜唯微亲了亲他的脸颊。

“乖乖在这里等我。”

“好。”

两人腻歪了一番后，路瑾年才依依不舍地出了门。出了酒店后，路瑾年便看到早早等候在那儿的路宝。

“说好的十分钟，你居然迟到了五分钟，晚上你不陪着嫂子，约我出来干什么？”

“带你看婚礼现场。”

听到这个，路宝立刻不抱怨了。他兴致勃勃地问：“你不是说保密吗，为什么又带我去看？”

“怕你好奇，到时候跟踪我，泄露我的秘密。”

“哥，在你心里，我就是这样一个人？”

路瑾年十分肯定地说：“是。”

面对路瑾年毫不掩饰的承认，路宝感觉天旋地转：“天啦，你居然这么看我，太伤心了。”

路瑾年看也不看他，便说：“今天午夜过后，我的岳父大人凌晨三点下飞机，麻烦你亲自去迎接。”

路宝一听，几乎要跳起来，他嚷嚷着：“为什么你的岳父大人要我去迎接？”

路瑾年理直气壮地道：“因为我要布置婚礼现场。”

“那你为什么不派别人去，而是选择我？”路宝更加不开心了，“我是你的弟弟，不是你家的佣人。”

“因为你身份高贵，所以可以代表我去迎接我的岳父大人，并且不失礼。”

“说得也有道理。”路宝支着下巴，显得很得意，“要说到身份问题，确实没有人比我去更合适了。”

“那不就行了。”路瑾年搂着他的肩膀，说，“这个艰巨的任务，只有你能胜任。”

路宝把胸脯拍得“啪啪”响：“哥，包在我身上，你安心忙你的事情。”

“好兄弟。”

……

路瑾年走后很长一段时间，杜唯微都躺在床上，翻来覆去。明明婚礼在即，她应该很开心才是，可是心里总是七上八下的，冥冥之中，有股不安的情绪愈演愈烈。

许久，她起身拉开窗帘，身体靠在窗边看着窗外，的霓虹灯让整个城市蒙上了虚幻的华彩。

“咚咚咚”，门外响起了一阵阵敲门声。

杜唯微以为是路瑾年回来了，她兴冲冲地去开门，说：“瑾年，你怎么这么快回来了？”

然而等她看到对方的脸时，心里的火焰迅速熄灭了：“刘京京？”

“有兴趣出去聊聊吗？”

杜唯微的语气相当不和善：“这么晚来找我，是想示威，还是有其他目的？”

刘京京苦笑道：“你觉得，我现在能拿什么跟你示威，你们早就领证了，而且三天后就要办酒席。”

木已成舟，她能怎样？

就算她发誓要夺回路瑾年，可是看到路瑾年满眼都是杜唯微，根本就没有自己时，心底的自尊心让她不能再做无用功了。

如果一个男人真的无法再挽回，那就潇洒地放手，给彼此留下一个好印象。

“如果你是来跟我说当年你们的爱情故事的，那我已经听过一遍了，现在还记忆犹新，不用你再次重复了。”

“原来杜小姐是这么看我的，那就当我……打扰你了。”刘京京咬着唇，转身就走。

杜唯微并没有过多客套，关上了门。

她可不是什么白莲花女主角，面对老公的情敌也能做到以礼相待。她不过是一个小女人，也有自私和阴暗的一面，面对刘京京时，自然会带有一丝嫉妒和敌意，她只是在克制着，不让自己变成“醋坛子”罢了。

刘京京吃了闭门羹后，一个人去酒店外散心，刚走几步，有个穿着制服的男人从一辆豪华轿车上走了下来。对方见到她后，表情很是惊喜，连忙叫住她：“请问是刘京京刘小姐吗？”

刘京京看着陌生的男人，自然很警惕：“你是谁？你怎么知道我的名字？”

“我们家少爷想邀请你叙叙旧。”

“叙旧？”

男人将一张名片递给了她。

刘京京拿过来一看，名片上的人是何一程。

“学长？”

“看来刘小姐还记得少爷，如果可以的话，何小姐跟我走一趟如何？何少爷只想跟刘小姐叙叙旧，不会打扰你很久。”

“既然是学长邀请，我倍觉荣幸。”

“请。”

男人很绅士地打开了车门，刘京京坐了进去。

第六章 嫁人当嫁路瑾年

轿车在过道上疾驰，很快就来到了一家酒店的门口。

刘京京跟着男人进入酒店的高级会客厅时，穿着一身正装的何一程正在调酒。

见到刘京京后，他将调好的鸡尾酒绅士地递给她："学妹，好久不见。"

刘京京接过酒，她没有喝，而是问："学长怎么也来瑞典了，你不是在美国吗？"

何一程没有回答她的问题。他喝了一口酒，之后道："你当年拒绝了我的邀请，执意要去路宝所在的韩国公司，据说现在发展得很一般。你不过是他的一个助理，这对你来说，会不会太屈才了？"

"学长叫我来，就是为了奚落我吗？"

"是心疼你。"何一程的杯子碰了碰刘京京的，酒杯相撞发出清脆的声音，"学妹能力出众，本应该得到更好的待遇，为什么跟着一个废物男人，当一个小小的助理呢？"

刘京京有那么一刻失了神。她苦涩地道："自己选择的路，哪里有什么道理可言。"

"学妹可曾后悔？"

刘京京坚定地摇头道："我曾以为，这样就能靠他更近一点，可是……"

“你嘴里的‘他’，指的是路瑾年吗？”

被人赤裸裸地拆穿了心事，刘京京下意识地开口想要否认，何一程却放下杯子，身体靠近她，他的手指捏住她的下巴，逼迫她与自己对视：“恨吗？是不是很不甘心？为什么他不选择曾经是校花的你，却选了一个灰姑娘？你是不是觉得，自己比杜唯微更配得上他？”

刘京京伸手拂开他的手，说：“学长，你想多了。”

“我想多了？你当年拒绝我给予你的高薪，去了路宝的公司低就，不就是为了能挽回路瑾年？然而他不识相，从来都没有注意过你，最终选了一个各方面都不如你的女人，这对你来说，不是一件耻辱的事情？你连一个一无是处的女人都比不上！”

“才没有！”刘京京忽然提高了音量，脸色苍白无比，“我怎么可能比不上那个女人！可是……在感情上，我是输给了她！但是其他方面……”

“输了就是输了！”何一程厉声道，“胜王败寇，没有任何道理可以讲！”随后，他说出来的每一个字，都像是一把刀扎在了她的心窝里，“你这个可怜的失败者。”

刘京京的态度软了下去。

是啊，她是一个失败者。

她输给了各方面都不如她的杜唯微。

何一程的声音像是魔咒一样，再次在她的耳边响起：“恨吗？”

“不甘心又能怎样，他的心里已经没有我了。”

“当年，他追你，全校皆知。现在，他负心于你，你就这么认命？”

刘京京的眼神中一片茫然，找不到焦距，她冷然道：“事实已成定局。”

“那就给负心汉一个惩罚。”

刘京京抬头看向何一程：“惩罚？”

何一程见她有所松动，于是趁热打铁，给她出主意：“破坏他们的婚礼，让他们出丑。”

“对他们的婚礼，路瑾年一直亲力亲为，我想要破坏的可能性几乎为零。”

“事在人为，想要见缝插针总会有机会的。”何一程循循善诱道，“而且你是路宝的助理，如果是你找机会的话，结果肯定就不一样了。”

“不，我不能这么做，我……”刘京京心里很是挣扎，“虽然我很不甘心，可是……”

这时，何一程将一沓照片放在了刘京京面前：“你看看。”

刘京京拿起照片，一张一张地看着，照片上的女生眉眼清秀、表情冰冷，与现在的杜唯微有几分相似。

“这是……杜唯微？”

“对。”

“你给我看这些干什么？”

“你再看看照片的背面。”

刘京京在何一程的指示下，将每张照片都翻了过来，只见照片的背面都附着手绘画，而且每张手绘画旁还标有“韩毅”字样的签名。

“杜唯微在学生时代跟自己继母的儿子韩毅……有过不伦的关系。”何一程道，“你输给这样的女人，我真替你觉得可耻。”

刘京京的脸色更加难看了：“学长，你让我知道这些事情到底有什么目的？”

“我只想给你争口气。”

“给我争口气？”刘京京失笑，“学长，据我所知，你的妹妹何雪似乎也心系路瑾年，结果同样败给了杜唯微。你是想替牢里的妹妹争口气吧。”

何一程心里异常恼怒，然而他表现得还是很镇定。

他淡淡地道：“明人不说暗话，我找你来，就是想让你做一件事。”

“什么事？”

“我调查过，路瑾年在婚礼当天，会播放嘉宾祝贺的视频，还有他和杜唯微的婚纱照。婚礼由路瑾年全程掌控，我的人进不去，但你是路宝的助理，有机会把这些东西植入到电脑里面。”

“你的意思是，让我在婚礼当天，把电脑里路瑾年和杜唯微的婚纱照变成我现在看到的这些照片？”

“聪明。”

“我为什么要做这种吃力不讨好的事情？”

“你可以不做，也可以做。”何一程将一个U盘放进刘京京的手里，“决定权在你的手里，而且如果你觉得我很过分，大可以把这个U盘交给路宝或者路瑾年来邀功。”

刘京京捏紧手心，脑子里一片混乱，以至于她后来何时离开、是怎么离开的也不知道了。

回到酒店后，刘京京把U盘放进酒店的电脑里查看，里面都是照片的副本。看完后，她拔出U盘很随意地丢在了一边。许久，她又忍不住拿起了U盘，反复看着，心里做着激烈的挣扎。

“可恶！”刘京京重重地捶着桌子：“难道我只能用这种卑劣的方式来找到平衡感吗？”

她是刘京京，她有自己的骄傲。

如果她做这种事情，就算最后滴水不漏，那也是非常掉人格的行为。

可是如果不做，她又不甘心。

她不知道，自己现在还有什么筹码可以从杜唯微那里扳回一局。

第二天一早，经过了一晚上的煎熬，刘京京的脸色很差。她出房间门的时候，恰巧遇上了路宝。此刻，路宝的精神看起来很不好。

“路总，你脸色怎么这么差？”

“今天凌晨接了我哥的岳父，回来就睡了几个小时不到，又被我哥的电话吵醒了，我的脸色能好才怪呢。”路宝见到她先是打了个哈欠，然后说，“今天你跟我一起去婚礼现场。”

“去那里做什么？”

路宝哀怨道：“当免费劳工。”

“啊？”

“打杂。”

“婚礼现场路少没有请人吗？”

“请了。”

“那为什么要路总你当免费劳工呢？”

“他只让那些人做好了大致的框架，说细节要自己动手，以及……我的协助。”

刘京京：“……”

她的心里既羡慕又失落。

原来看起来冷漠的路瑾年，细心起来也可以这么让人感到温暖，温暖到让她嫉妒得发狂。

为什么让他如此上心的女人不是她。

明明当年他是喜欢她的，明明她比杜唯微更优秀。

原本这一切都是属于她的，而如今……

她想：路瑾年，你当年为什么不再坚持一下？为什么你那么轻易地放弃爱我呢？

你只要稍稍等等我，再多守护一会儿，哪怕你真的一无所有，我也一定会放下所有的骄傲跟你走。

想到这里，她的眼睛又不争气地红了。

然而路宝并没有注意到刘京京的表情变化，只是一边抱怨着，一边往前走。

跟着路宝到达婚礼现场后，刘京京发现这个会场大得惊人，虽然整体框架已经全部打造完毕，但是需要填充的细节还有许多。

路瑾年穿着便装，正在给摆成了“杜唯微”字样的玫瑰花喷水，让它们看起来更鲜艳欲滴。而站在他身侧的一个中年男人也跟着在洒水，他边洒边说：“女婿呀……你这事无巨细的也太累了，心意到就可以了，你看……你看你这排场，会不会太浪费了？”

路瑾年似乎很享受这个过程，他看起来很放松，声音也柔和不已：“爸，婚礼这辈子只有一次，纵然我是男人，心里也是有追求的。而且，每个女人都希望拥有一场盛大的婚礼，我自然不会怠慢。”

杜宇还是心疼花费，因为光是这些新鲜的玫瑰就不便宜。在花店跟路瑾年结算资金的时候，他看到了价格。他说：“可是这也太花钱了。婚礼也就这一天，为了这一天的浪漫，不值得。”

“为微微花钱，从来都是值得的。我没什么爱好，赚来的钱，除了买车也没其他花费，办一场婚礼刚好让我找点儿存在感。”

杜宇："……"

怎么回事，他这个男人听了都要被感动哭了。

这换作女人，谁能把持住啊？

"小路呀——"杜宇面对如此优秀的女婿，也化身为"患得患失的婆婆心"，"你可要一辈子对我家微微好，以后不能抛弃她！虽然我之前跟你说过，如果不爱那就放手，因为女孩子的青春耽误不得，但是你这么好，很容易让一个独立自主的女人退化成依赖你的巨婴。一旦某天你抽身离开了，她的世界也就崩溃了。"

"如果有一天她变成巨婴，那我肯定也练就了'父母心'。"

路瑾年把话说到这个份上，杜宇也不好意思再质疑。他叹了一声："唉，你们年轻人的爱情，我不懂。只希望你们一辈子都好好的，一直这么爱护彼此。"

一旁的路宝听得浑身打战："我哥真肉麻，说起漂亮话一套一套的，受不了。"

刘京京涩然地低下头。

是的，她非常嫉妒，嫉妒到无以复加：路瑾年，你越是对她好，我就越生气！

下意识地，她把手放进口袋里，捏了捏口袋里的U盘，指尖在颤抖着。

几个人在会场布置到了天黑。

晚上，路瑾年打开电脑，投影仪在大屏幕上播放起了画面。路瑾年调节着视频的亮度以及音响的声音。祝贺的视频播放完毕后，便进入了秀新娘和新郎合影的阶段。

等一切检查完毕后，几个人离开了会场。

婚礼当天，风和日丽。

国内众多媒体受邀来到现场，也有跟路瑾年关系不错的人气演员登场。

一时间，整个会场里人气爆满，好不热闹。

婚礼的会场是露天的，一排排的花束加上铺展在地的鲜花组合成花的海洋，各类富有特色的花束将一个心形的礼台环绕。在礼台的不远处，有一个流水席区域，里面有各色美食与酒水，会场里的人可以随意享用。

地上铺着的红地毯贯穿了整个会场，参加婚礼的人像是在参加一场国际影视节一般。

婚礼现场，李茉与路西顾并肩走着。在会场逛了一圈后，李茉道："这小子还真舍得花钱。"

路西顾以为她不高兴，于是帮着他说好话："瑾年是明星，这种婚礼应该会有一些商家赞助。"

"你就别给他说好话了，他根本就没接受任何商家的赞助。因为这里，没有任何广告植入。"

路西顾知道李茉是久经商场的"老将"，也没打算用三言两语唬住她，他只是单纯地帮路瑾年解围，也让李茉消消气，否则她不配合，今天的婚礼也会非常难看。

此时，杜宇牵着杜唯微走了出来。

此时的杜唯微穿着一身洁白的婚纱，层层叠叠的裙摆上面镶嵌着紫水晶，而她的头上戴着钻石王冠，洁白的头纱让她的脸若隐若现。她仿佛临尘的仙子，看上去不染世俗的种种，纯洁得让人爱怜。

杜宇带着杜唯微走上礼台，牧师站在台前看着他们。当杜唯微站上主台时，杜宇走了下去。

新娘站在主台上，独缺新郎。

一时间，大家议论纷纷。

"怎么只有新娘，不见新郎？"

"路瑾年呢，他不会是反悔，逃婚了吧？"

"不可能吧，这婚礼的现场布置得这么豪华，而且阵容强大，花了不少钱，他逃婚？这不是开玩笑吗？"

……

这些议论，传到杜唯微的耳朵里。

杜唯微并没有表现出任何不适，她依旧保持着笑容，等待路瑾年的到来。

五分钟后，依旧没见路瑾年到场。

大家将目光投向李茉和路西顾。

两人都对此毫不知情，但也知道大家目光聚集过来的用意。他们全程保持微笑，不回答也不主动说话，让人感觉莫测高深。

待大家转移视线时，李茉压低声音问："他在搞什么名堂？"

"我……不知道。"

"你不知道？"

"瑾年并没有跟我透露过婚礼的细枝末节。"而路西顾之前因为公务在身，也没有细问。

"虽然我不喜欢杜唯微，但是既然走到这一步，如果婚礼出现什么纰漏，我也丢不起这个人。"

路西顾明白李茉的话外音，那就是虽然她没有认可杜唯微这个儿媳妇，但是既然路瑾年对外透露过他们已经领证，再加上婚礼都举办了，木已成舟，她再不高兴也只能选择接受。这时候如果出现问题，路家也丢不起这个人。

"怎么还没出现？"

"路瑾年不会真逃婚了吧？"

"有可能。男人嘛，都是一时热情，现在细细想来，自己要跟这么一个普通的姑娘结婚，自然是后悔了。"

"王子永远是要跟公主在一起的，哪儿有灰姑娘的事？"

"可是杜唯微也算不上灰姑娘吧，据说她家境还不错。"

"她爸爸破产了，就算没破产，她家资产也抵不上路家的千分之一。"

……

会场里的刘京京淡漠地看着台上的杜唯微，此时她的脸上保持着笑容，却显得那样孤立无援。

这一刻，刘京京的心里有着前所未有的愉悦：杜唯微，路瑾年肯定是后悔了。否则，为什么这么久都不出现呢？

他们说得没错，王子永远是属于公主的，哪儿有灰姑娘的地位。

童话都是骗骗无知的孩童的，现实社会永远都是残忍的。

我刘京京都要高攀的男人，岂是你这种女人能轻易得到的。

然而，就在大家讨论得越来越激烈时，耳边响起了巨大的轰鸣声，头顶一阵阵劲风刮过。

会场上的人不约而同地抬起了头。

“哇——”

“天哪……”

“这太任性了吧？”

……

只见会场上方，六架直升机整齐地飞着，而无数玫瑰花瓣被抛洒下来，一时间空中下起了玫瑰花雨。在场的每一个女生都忍不住捂住了嘴巴，眼里有泪光在闪动。

真的是太浪漫了！

紧接着，一群人抱着烟花将会场围成一个圆，但是又与会场里面的人保持着安全距离。随即，他们点燃了烟花。

烟花在白天也非常夺目，炸裂开来，变成了“遇见”这样的字眼。

杜唯微看到了，眼里一片湿润。

——直升机。

——遇见。

路瑾年这是在告诉她，他们相遇在机场，所以婚礼也用这样的方式来纪念。

难道这些天，他一直神神秘秘的，就是想给她这个惊喜吗？

花瓣雨持续了十几分钟后，其中一架直升机往下降落，随后，穿着新郎装的路瑾年走了下来。

他径直走到杜唯微面前，低头吻住了她的额头。

火红的玫瑰花瓣纷纷扬扬，漫天的红色美得如梦似幻，杜唯微仿佛置身于童话中的仙境，会场周遭的人仿佛都隐匿了，整个世界只剩下她和路瑾年。

路瑾年掀开她的头纱，然后送上深情的一吻。

这一吻，引起了无数的尖叫和欢声笑语。

一吻过后，路瑾年附在她耳边，说着悄悄话：“老婆，喜欢吗？”

“喜欢。”杜唯微轻笑，“但是对我来说，会场所有的繁华，都不及你一人。”

“老婆现在嘴巴是越来越甜了。”

“他们刚才都在说你逃婚了。”

“就算是逃婚，那也是我带着你私奔。”

他说着，再次托起她的手，将一枚钻戒戴在了她的手指上。

台上的牧师欲哭无泪，这种类似交换戒指的行为，不是应该在他的指示下做的吗？路少这么不按常理出牌真的好吗？而且会场的人因为声音嘈杂，所以听不到他们在说什么情话，可他是靠得最近的人呀！

虽然新婚夫妇秀恩爱很正常，可是不知道为什么，他看得好想哭！

然而在场的媒体记者不会错过这一幕，他们纷纷举起手里的相机和摄影机，把这甜蜜的一幕记录了下来。

不少女性记者和艺人看得泪眼汪汪，心里想着要是她们也能遇到这样的男人就好了。

某个女演员后悔不已：“唉，当年我还跟路瑾年演过对手戏呢。当时听说他喜欢男人，所以没下手，现在真后悔。”

另一个当红女演员听罢，也跟着说：“我跟他合作过三部戏，那一年我们相处的时间比他跟如今的杜唯微相处的时间还要多，我的机会更多。只可惜，当时我也听说过这个传闻，加上他平时不爱说话，不然……”

“我那时候采访他，问他为什么没有绯闻，是不是对女人没兴趣，他说‘我只会对自己未来的老婆好’，当时我以为这是他为了隐瞒自己性取向而编出来的话，没想到路少真的是有感情洁癖的男人。”某个女记者也忍不住发话了，“看他老婆挺普通的，我上我也行，当年我要是抓住机会就好了。”

“唉，一个男人好不好，还得等他生命中的那个人出现后才能看到。”

“真没想到，平时那么自傲的人，也有这么温暖的一面。”

……

那些跟路瑾年有过接触的女性忍不住热议，有遗憾自己没抓住机会的，有懊恼当年没主动出击的，也有暗自感慨时运不济的。

台下，穿着伴郎装的路宝皱眉道："哥也太任性了吧，这都不按照婚礼流程来，那要牧师干吗？让人家当背景墙也太过分了，现场这么多媒体看着呢，太不给配角面子了。"

站在一边的刘京京心里很不是滋味。

她没想到路瑾年居然在这场婚礼上花了这么大的精力，可想而知，杜唯微在他心里的地位有多高。高到他想倾尽自己的一切，来让杜唯微享受全世界羡慕的目光。

羡慕吗？这是毋庸置疑的。

可是，心底的嫉妒也越发控制不住。

这样完美的婚礼，那就让它加点儿瑕疵吧。

既然他们的婚礼注定难忘，那就让这种难忘更加深刻。

台上的路瑾年给杜唯微戴上戒指后，他们在牧师的指引下进行了一场西式婚礼。

牧师："路瑾年，你是否愿意娶杜唯微当你的妻子？是否愿意无论顺境或逆境，富裕或贫穷，健康或疾病，快乐或忧愁，你都将毫无保留地爱她，对她忠诚直到永远？"

路瑾年声情并茂地回答："我心永恒，此生不换。"

牧师："新娘杜唯微女士，你是否愿意与你面前的这位男士结为合法夫妻？无论健康或疾病，贫穷或富有，无论年轻漂亮还是容颜老去，你都始终愿意与他相亲相爱，相依相伴？"

杜唯微点头，眼里含着幸福的泪光："生死相依，白首不离。"

牧师原本想让他们交换戒指，但是路瑾年以"拉风式"上台时，就已经给新娘戴上了戒指，所以这个环节他只能忽略掉。

接下来，就是新娘抛花环节。

因为杜唯微备受路瑾年的呵护，所以在场的女性嘉宾非常激动，她们非常想接到花沾点儿喜气。说不定她们也能遇到像路瑾年这样的男人：一旦认定，就会无条件地宠着自己。

当杜唯微手里的花束抛下后，台下的人几乎是爆炸似的沸腾起来，有心急的女性什么形象也不顾了，直接跳起来抢花。大家你争我夺，花束在人群中像是皮球一样起起伏伏，最终这束花砸在了正在与一个演员交谈的沈清欢的头顶上。

猝不及防的沈清欢还没来得及搞清楚是怎么回事，花束就掉了下来。她下意识地伸手一抓，便看到了一束花。随后，周围传来了唉声叹气的声音。

“沈大小姐的运气也太好了吧。”

“这也能拿到。”

“无心插柳柳成荫，这运气，也是没谁了。”

……

抢花的人群在失望中散开了。

沈清欢拿着花束，一时间也不知道如何处理，拿在手里觉得别扭，放在一边又觉得不吉利，毕竟这是新娘手里的捧花，接到它，代表下一个得到美满婚姻的人就是自己。虽然她是一个女强人，但是对爱情也还是抱有期待的。

得到美满的爱情，这是所有正常女性的期盼，她也不例外。

“清欢，你这运气也没谁了。”就在这时，路宝凑过来，说，“你刚才没看见，那些女人为了这束花几乎都要疯了，你算是占了大便宜。”

沈清欢看向路宝，多年不见，他的长相和学生时代有了变化，看起来成熟了，长相也更有男人味了，然而说话的时候和以前没什么两样，像是个长不大的男孩子，性格永远开朗活泼，仿佛这个世界没有什么能影响他的心情。

“路宝，好久不见。”

“有五年了吧。”路宝端着酒与她碰杯，“听说你可能要跟我大哥西顾结婚，你跟何一程是怎么了？”

沈清欢扯开了这个话题：“听说你在韩国自立门户，公司做得如何？”

一提到自己的创业事迹，路宝就来了兴致，他很自然地拉着沈清欢的手往流水席的方向走。之后他摁着沈清欢的双肩示意她坐下，拉着椅子坐在她旁边，把自己在韩国的创业过程娓娓道来。

沈清欢安静地听着，很少发表个人意见，只是在路宝说得激动的时候，会附和几声。两个人相处的状态一动一静，很是和谐融洽。

那边的李茉见路宝和沈清欢相处得颇为不错，用手肘捣了一下路西顾："自己的未婚妻跟别的男人聊得正欢，你却在这儿闲逛，赶紧多跟沈清欢接触接触。"

"我……并没有跟清欢订婚，所以未婚妻这一说法有些唐突，我……"

"沈清欢就是你未来的妻子，你们订婚是必然的。路家已经跟何家近乎决裂，如果不靠近沈家，到时候怎么办？"

路西顾朝着路宝和沈清欢两人所在的方向看了一眼，随后淡然道："我看路宝和清欢聊得挺好，如果他们能在一起，也不是坏事。路宝也是我们路家人，他在韩国的公司做得不错，一个人独立创业，没有得到家族的任何支持。他真的很了不起。"

"虽然他是路家人，但你们毕竟不是亲兄弟。战场无父子，商场无兄弟，何况你们只是堂兄弟，以后说不定会成为对手。"

"妈……"

"快去呀！"李茉催促道，"瑾年的事情已成定局，我也没什么指望了。妈所有的希望都寄托在你的身上了，西顾……你不会让妈失望的，对吧？"

"我……"

"清欢很优秀，她值得你交付真心。"

"知道了，妈。"路西顾露出了温文尔雅的笑，而后端着酒杯朝着沈清欢和路宝所在的方向走去。很快，他加入其中，三个人聊起了其他的话题。

原本抛完花，等新郎和新娘共舞，嘉宾用席后，这场婚礼就算圆满完成了，然而路瑾年却在台上道："作为中国人，我们中国文化博大精深，婚礼的模式也很有意思。今天，我将和我的妻子杜唯微，把中、西式婚礼合在一起体验一遍。"

“咦？”

“中、西式婚礼一起体验？”

“在同一天感受不同风格的婚礼吗？”

“路少也太浪漫了吧？”

“天哪，真是嫉妒死杜唯微了，她怎么可以这么幸福。”

“做新娘当如杜唯微，嫁人当嫁路瑾年。”

……

在场的女性观众一次又一次地接受着狗粮的洗礼，心脏都要承受不住了。这一年的这一天，路瑾年和杜唯微夫妇再次给广大单身女性支起了梦想，而“做新娘当如杜唯微，嫁人当嫁路瑾年”，成为女性常挂嘴边的流行语。

杜唯微在化妆师的簇拥下，到场外的房车里换上了中式的凤冠霞帔，及地的裙摆蜿蜒如水，火红色的嫁衣如烈火般热情，繁重华丽的凤冠金光闪闪。穿上这一身衣服后，杜唯微感到走路都有些困难，心里却感到幸福不已。

当她在伴娘的护送下再次走到会场时，早已换了中式新郎装的路瑾年迎面而来，他牵着杜唯微的手说：“你就是我心里独一无二的皇后。”

杜唯微笑问：“有后宫佳丽三千吗？”

“如果你给我生三千个‘小情人’也不错，我会像对你一样对她们好。”

杜唯微了然地笑了。

都说女儿是父亲的小情人，他用这个回答，巧妙地告诉她“你是我的唯一，如若我生命中有其他的女人，那么她就是你跟我的女儿”。

深情如路瑾年，怎能不让她沦陷呢？

因为是中式婚礼，杜宇和李茉作为长辈坐在了台上。

两人在“一拜天地、二拜高堂、夫妻交拜”的喊声中完成了一系列的礼仪。

这一场中西合璧婚礼，一度成为娱乐圈新婚夫妻争相模仿的典范。

台上的杜唯微和路瑾年在主持人的引领下，做着问答游戏。李茉和杜宇手里拿着答案，根据两人的回答加减分数。

而台下的路宝则开始捣弄起电脑，因为根据流程，有大屏幕展示时间。这次路瑾年的婚礼因为场地和时间的关系，有很多影视明星与商界大佬不能亲临现场，只能录制祝福视频，这些需要在会场播放，而且在流水席期间，路瑾年与杜唯微的婚纱照、艺术照，会以轮播的方式在屏幕上展现。

路宝把路瑾年和杜唯微的照片打包成一个文档放在电脑桌面，并将其命名为“婚礼播放照片”。

做好这一切后，路宝伸了个懒腰。因为路瑾年再三强调，这件事不能有疏漏，所以路宝只能在电脑前坐着，从这个环节开始直至结束。

“路总，刚刚我似乎看到了我们公司最大的合作伙伴，上次他不是因为合作事宜很生气吗？要不……”

一听到“最大的合作伙伴”，路宝惊讶地道：“胡总来了？”

“对。”

“哥跟胡总也有交情？”路宝有些狐疑，“你在哪里看到的？”

刘京京随意指着人最多的地方：“那边。”

路宝也没顾得许多，起身朝着那边走去。路宝前脚刚走，刘京京便观察起四周，因为大家不是关注婚礼，就是想趁着机会结交人脉，谁也没注意到后台这边的电脑区。

刘京京紧张地坐下了。她一边注视前方，一边将U盘插了进去，然后把里面的照片复制到桌面的文件夹里，并在清理了一下电脑后拔出了U盘，接着装作若无其事地混进了人群中。

当路宝寻人无果原路返回时，便碰到了人群中的刘京京。

“路总，看到胡总了吗？”

路宝摇头：“没有。”

“那我再去找找，我刚刚也是偶然看见的，想去找他的时候，人很多，一下子就看不见了。”

“等主场结束后，再说吧。”路宝回到了电脑前，安静地等待着。

不一会儿，主持人说道：“因为某些原因，有不少人没办法到达现场，但是他们给新郎和新娘送上了诚挚的祝福，让我们看大屏幕，倾听他们的祝贺。”

主持人的话刚说完，路宝便点开了视频。

一个又一个视频播放完毕后，这场婚礼也算完美落幕。

之后，现场的嘉宾便开始自由活动，有些在吃饭聊天，有些三五成群地在一起照相。

路宝将桌面上的文件夹打开，开启了幻灯片播放模式，大屏幕上闪现着路瑾年与杜唯微的婚纱照、艺术照，幸福的氛围羡煞旁人。

随着幻灯片的重复播放，会场里的部分人起初在小声地说话，最后变成了大声地讨论，因为有人看到里面夹着一些杜唯微学生时代的照片，并且照片背面附着手绘的图片，图片下面写着“韩毅”这个名字。

原本看见的也只是几个人，随着幻灯片的重复播放，看到的人越来越多。

“怎么会有新娘学生时代的照片？”

“手绘画是韩毅画的？”

“韩毅是谁啊？”

“似乎是新晋的一个十八线的男演员。”

“韩毅？我有印象。去年的杜唯微被黑事件中，有媒体爆出韩毅是杜唯微的哥哥。”

“亲哥哥？”

“不是，是继母的儿子，没有血缘关系呢。”

“这些照片怎么会出现在幻灯片上？”

“天哪，不会是继母的儿子喜欢上了继父的女儿吧？这关系好混乱呢。”

……

随着人们猜疑和取笑的声音越来越大，一直跟着杜唯微与客人们敬酒的路瑾年也觉察到了不对劲儿，等他看向大屏幕上的幻灯片时，这组照片刚刚播放结束，他并没有看出什么端倪，但是从闲言碎语中，他知道是照片出现了问题。

他二话不说，径直走向后台的电脑区，因为路宝把文件夹放在桌面，一眼就能看见，他先是取消了幻灯片循环播放模式，随即打开文件夹翻看照片，终于在相片中看到了“异类”。

因为害怕婚礼出现纰漏，所以除了会场的框架是花钱找人搭设的，细节方面都是他和路宝一起布置的，而播放视频和相片的时候是他和杜唯微敬酒的环节，因此这事就交给了路宝。

所有的环节都很完美，唯独这里出现了纰漏！

那边的路宝也发现了不对劲，他赶紧来到了后台，便看到了满脸阴郁的路瑾年。

路宝在心里哀号：要死了，要死了！哥一定会杀了我。

然而，令他惊讶的是，路瑾年表现得格外平静，他只是盯着电脑看，并没有说一句责备的话。

“哥，都是我不好，我……我……我没想到会变成这样。”

“电脑只有你一个人接触吗？”

“电脑有密码，只有我一个人知道。大屏幕没开之前，电脑一直都是关机的，等这个环节即将开始的时候，我才开机的，相片我仔细地检查过，我……会不会是电脑中毒了？”

路瑾年开启了电脑病毒扫描，说：“我觉得中毒的可能性很小，一定是有人趁着你不在的时候，把这些照片混进去了。”

“啊？”路宝想起了自己确实离开了一会儿，他立刻拿出手机给刘京京打电话，很快的，刘京京也来到了现场。

“京京，我走后，有人来这边了吗？”

“路总，我后来进人群跟人聊天去了，这边我真的没注意，发生什么事了吗？”

路宝抓着脑袋，脑子乱如一团麻线：“哥，我真的不是故意的，我没想到事情会变成这样。”

“现在不是追责的时候，而是要想办法消除影响。”

现场有不少记者，想必其中很多人已经拍下了照片。而且会场里也有很多喜欢拍照的演员，照片这件事，如果要花钱封口的话，想来短时间内很难奏效。

路宝灵机一动，计从心来：“花钱搞定他们，让他们别对外乱说。”

“这招行不通。”

“为什么？”

“来者有备而来，我们能用钱封口，他们也能用钱解除封印。”

路宝焦急地问：“那怎么办？”

路瑾年坐在椅子上许久，最终，他勾起了嘴角。

见他笑得这么自信，路宝心里的石头终于沉下去了。

谢天谢地，路瑾年想到了应对的办法，不然他真的要以死谢罪了。

这时，电脑局部杀毒完毕，显示没有病毒。路瑾年继续播放起幻灯片。

“哥，你怎么还播啊，这些照片……”

“该看到的人都已经看到了，该拍的也已经被拍下了，这时候取消更有问题。”

话音刚落，路瑾年便走了出去。只见穿着红色礼服的杜唯微孤单地站在人群中，她看着大屏幕，虽然很努力地佯装镇定，可是身体还是在隐隐发抖。周围的人，用异常的眼光看着她，说出的各种猜测不堪入耳。

路瑾年走了过去，很温柔地搂着她的肩膀，然后带着她走上礼台。

“我的微微很优秀，在学生时代就被众人暗恋，这其中也包括韩毅。”

路瑾年的话刚说完，杜唯微就惊讶地看向他，然而他紧紧地握住了她的手。台下的好事者开始起哄，大家都想看看这场闹剧怎么收场。刘京京却很好奇，她很想知道路瑾年到底怎么看待这件事，只是看到他站在台上说出这些话的时候，她也迷糊了：路瑾年的葫芦里到底卖的是什么药?

“在我追求微微的时候，她的追求者众多，然而因为她本人十分优异且攻略难度高，自然，那些追求者便知难而退了。

“但有一些不知死活的人，以为自己近水楼台先得月就可以击败我，一直做着无谓的挣扎。”

台上的路瑾年侃侃而谈，台下的记者和宾客纷纷拍照。

“某个不知死活的竞争对手就是韩毅，他以为和微微长期相处，就能击败我这个外来者。但最终，还是我胜利了！今天，我把战败者的作品放在婚礼上播放，就是告诉所有暗恋我妻子的男人，杜唯微是我路瑾年的老婆，任何人都别想跟我争！我会打败所有的竞争对手，并狠狠地羞辱你们！”

路瑾年的话说完后，台下又是一阵议论。

“好霸气的男人。”

“没想到路少还有这么孩子气的一面，打败了情敌，还炫耀战利品。”

“这是拿着失败者韩毅的作品，向所有的情敌示威吗？”

“路少威武！”

“路少真爷儿们！”

“这样的路少太有男人味了。”

……

这一场闹剧，因为他的解释，似乎变得合情合理了。

原本正在写通稿的记者们，本来写的标题都类似于“路瑾年婚礼，大屏幕出现不雅照片”，但在路瑾年发布这声明后，他们赶紧改标题并修改内容，标题是“暖心婚礼上，路瑾年霸气挑战情敌”之类。

对于路瑾年把“战败者”的作品放在婚礼上“炫耀”这件事，网上褒贬不一。支持派认为路瑾年霸气无比，反对派认为路瑾年不尊重他人的人格尊严。

原本这场要烧在杜唯微身上的战火，最终在路瑾年身上点燃，一时间他又被推向了舆论的旋涡中心。

“这个浑小子！越来越不像话了。”席间，李茉气得要扔杯子。

一旁的路西顾劝慰道：“瑾年就是这样的性格。”

“他不嫌丢人，我还嫌丢档次。”李茉咬牙切齿道，“婚礼上宣战情敌，亏他想得出来。”

“这说明他们夫妻恩爱，这不是一件好事吗？”

“好什么好！”李茉还在气头上，她迅速起身，“我不想再看到他们。”

因为婚礼基本上算是落幕，李茉在这个时候走不会带来什么恶劣的影响，路西顾也没再劝阻，而是跟在她身后，护送她回酒店。

另一边的刘京京肺都要气炸了。

她本来是想看到杜唯微出丑的，结果事情变成了路瑾年的个人表演秀。

路瑾年对杜唯微的宠爱已经到了没有原则的地步，任何男人在看到这些照片的时候，都会想着妻子以前到底发生过什么，他不但出来给她解围，而且看他的样子，似乎还没有打算追究过往的意思。

可恶，可恨！

婚礼圆满结束后几天，媒体还在报道路瑾年与杜唯微的婚礼，他们的热度尚存余温。然而众人的焦点并不在杜唯微和韩毅在学生时代到底是怎么回事，而全部在路瑾年对待情敌的方式上。

之后，路瑾年让杜唯微请假，带她去韩国，把之前路宝花钱买下的房子重新装修了一遍，他们把这栋房子改造成了别墅，将二楼向阳的墙全部砸开，然后安装上了整面落地窗。

杜唯微踩着阶梯准备擦玻璃，而路瑾年道：“微微，这些粗活就交给我吧。”

“我可以的。”

“让我来。”

站在阶梯上的杜唯微低头看着他，两人对视许久。

“不是说了，这栋房子作为我们的婚房，装修除了不能自己动手的，其他的都由我们亲自来吗？”

“可是，我心疼老婆。你的手可以敲键盘，可以抱着我，但是不能因为干粗活而变得粗糙。”

“你是不是怕我变成皮糙肉厚的黄脸婆？”

“我的老婆怎么可能会变成黄脸婆呢？”

杜唯微也不知道怎么了，脸色突然变得很难看，她爬了下来，然后面色不悦地往阳台那边走。路瑾年觉察到了不对劲，他连忙追了上去："老婆，你怎么不高兴了？"

杜唯微没回话。

路瑾年伸手拉着她的手，她却很粗暴地甩开。

"微微，你这是怎么了？怎么生气了？"

杜唯微还是不说话。

"微微！"路瑾年猛地拉住杜唯微，将她逼到墙角，让她无法动弹，"为什么生气？"

"是啊，我是生气了！"杜唯微气急地吼着。

这还是路瑾年第一次看到杜唯微对他发火。

他们相处了这么久，杜唯微要么安静，要么内敛，要么笑靥如花，却没有像今天这般，用一种愤怒的眼光看着她。

"是我哪里做得不够好吗？"

杜唯微偏过头，她咬着嘴唇，眼里的泪光涌动，泪水似乎马上就要夺眶而出。

见她一副快哭出来的样子，路瑾年有些无措："你到底怎么了，为什么生气？"

"我生气……是因为……我爱你。爱到……离不开你。"

路瑾年："……"

"你总是那么霸道又任性，你从来都不问我的意见，就把一切都安排好。"杜唯微低声控诉，"你一直揽责在自己身上，一直都在为我付出……而我，想为你做点事情都找不到任何机会。

"婚礼上……明明那么难堪……你也把责任背了下来。事后，我不说话，你也不问。有时候……我也希望你会骂骂我、质问我……"

杜唯微说着，眼泪止不住地往下掉，她双手捂着脸，边哭边说："路瑾年，我想站在你身边，成为你离不开的女人，而不是做一朵被你一直保护着的温室里的花朵。我希望有一天，我也能成为你的支柱，就像我现在依赖你一样，你会依赖着我。

"夫妻本来就是相互扶持的，现在一直都是你在付出，为我遮风挡雨，而我……除了给你带来麻烦，却不能给你分担烦恼……我……

"我不仅仅是气你不给我表现的机会，也是气自己的能力不够，不能替你分忧解难！”

听着杜唯微的一番心里话，路瑾年笑得很甜。

“我家老婆是个十足的大笨蛋呢。”

“我很认真的。”

路瑾年一边给她擦眼泪一边说：“我知道，我知道，我都知道。是我太霸道了，让你受委屈了。”

“你以为我是在说笑？”

“你都哭了，我还认为你说笑？”路瑾年的双手扶着她的肩膀，说，“你站在阶梯上擦窗户真的很危险，因为它不稳。这样吧，你扶着阶梯，我来擦，也算是合作共赢了，怎么样？”

“那以后呢？”

“如果是你能承担的事情，我就不出头了。让老婆大人冲锋陷阵，我呢……就安静地当个美男子吧。”

“我以后会努力赚钱养你的。”

“好好好，没想到我路瑾年也可以吃软饭，娶个能赚钱的老婆也是一件很荣幸的事。”

杜唯微抬手在他的胸口上象征性地捶了一下：“这可是你说的，要是以后不承认，我把你砌进墙里去。”

“……”路瑾年无奈地说，“每天都砌墙，多不好。我不喜欢砌墙的老婆，喜欢写小说的老婆。”

“那以后我就专门写把霸道老公砌进墙里的故事。”

“怎样把负心汉花式砌进墙里的桥段吗？”路瑾年装作很害怕的样子，“为了以后我能死得体面一点，我一定会加倍呵护你的。”

就这样，路瑾年很好地化解了一段小插曲，接下来两个人一起合作装修房子时，默契十足。

因为房子还在装修期间，路瑾年便在附近租了一间房子，于是在一天的工期结束后，两人便动身回去了。

路上，杜唯微在附近的商场买了一些菜，回去后开始下厨。

厨房里，路瑾年负责洗菜，杜唯微切菜、配菜，之后她炒了几个家常菜，两个人吃得津津有味。

然而饭吃到一半，杜唯微的手机铃声响了起来，她掏出一看，给她打电话的人是韩毅。

杜唯微的脸色瞬间不好了。

路瑾年觉察到她的情绪不对，于是问：“谁的电话？”

“韩毅的电话。”

杜唯微说着把手机放在桌子上，接通后开了免提，这样路瑾年也就能听到她和对方在说什么。

“微微……很抱歉，你的婚礼我没能参加。”电话拨通后，韩毅直接说，“……今天我拍完戏……看到了新闻……那件事……真的……很抱歉，给你添麻烦了。”

“为什么你会有我学生时代的照片？”

“我……”韩毅迟疑了一会儿，鼓起勇气说，“是我偷拍的。”

“偷拍？”

“那时候……我……其实是喜欢你的。”

杜唯微：喜欢她？

她没听错吧？

当年他们的关系几乎是水火不容，每次韩毅见到她都会冷嘲热讽。如果那时候，他心里喜欢她的话，那她就搞不懂韩毅的爱情观了。

“微微……我没想到这件事带给你这么大的困扰，而且我也没打算跟你表白。”韩毅的声音很低很低，几乎低到了快听不见的地步，“那时候我喜欢你，却用最愚蠢的方式在表达。后来，我已经丧失了对你表白的资格。如今，就算你的身边没有路瑾年，我也配不上你。”

杜唯微对于他的表白没有感到自豪，也没觉得任何惊喜，她面无表情地问：“你打电话给我，就是为了跟我说现在的你配不上我？”

“一来我是想向你道歉，二来也是想跟你说，那些照片不是我故意放出去的。这件事的幕后指使者很有可能是何一程。”

“何一程？”

“那天，何一程的人把我带走了，我的照片一直在房里，我想这些照片应该是被他的人搜走了。因为后来回去的时候，我就发现照片不见了。我原本也很害怕，害怕他拿着这些照片做些不好的事情，我应该早点跟你说的，可是当时我没有勇气，一旦我告诉你照片的事情，就……就会泄漏暗恋你多年的秘密。”

他没想到，因为一次犹豫，他喜欢她这件事，会以这种方式被暴露。

于他，于杜唯微，这都是一场无言的尴尬。

“感谢你来提供幕后主使人的信息。”这时，路瑾年将手机拿到自己的面前，说，“不过，这件事并没有对她造成什么影响。”

“我……我……我是真心来道歉的，没有别的意思。”听到路瑾年的声音，韩毅更加窘迫。

“我知道你是真心来道歉的，但是我也想告诉你，微微往后的人生由我来守护。”路瑾年一字一板地道，“她需要的是一个能呵护她的成熟男人，而不是一个连爱情都不会表达的臭小子。”

“我……对不起。”

“还有其他的事情吗？”

“祝你们新婚快乐。”

路瑾年语气不善地道：“我一向不喜欢口头的祝福，喜欢实在的东西。”

韩毅沉默了一会儿，很快，他就反应过来：“礼金已经准备好了，等你们回来补上。”

“对于情敌的礼金，在我这里一向都是有去无回。”他的言外之意就是：以后你要是结婚了，路少爷我一毛不拔。

韩毅也是一个聪明人，自然听得懂路瑾年的话外音：“不求礼尚往来，只求你们能原谅我的无心之失。”

“好了，还有什么话要交代吗？”

“祝你们百年好合，永结同心。”

“谢了。”

说完这两个字，路瑾年果断地挂了电话。

杜唯微朝着他竖起大拇指：“我家老公真是越来越会持家了。”

不差钱的少爷都学会算计礼金了，真是可喜可贺。

路瑾年羞涩地一笑：“都是老婆大人教导有方。”

接下来，两个人继续享受晚餐。吃完饭后，路瑾年自告奋勇要洗碗，杜唯微只能站在他后面抱着他的腰，全程欣赏他作为“家庭主男”的这一面。

其间，两人的话题也转移到了何雪身上。

“听说何家不服气，已经提出了上诉，法庭受理了。”

“何一程想让何雪翻身，这是很正常的事情。”

“那他们会成功吗？”

“只要我跟清欢不推翻证据，何雪就没有翻身的机会。”

“是不是因为这样，何一程才针对我们？”

“他也只能耍耍小心机泄泄火气罢了。”路瑾年不怎么熟练地洗着碗，说，“这件事，我和清欢都不会妥协。”

“何一程这么针对我们，会不会也会对清欢不利？我们要不要跟她打个招呼？”

路瑾年的手顿了顿：“不用。”

“为什么？”

“因为清欢比我们更了解他。”路瑾年说，“而且，何一程不会针对她。”

“你这么肯定？”

“当然。”路瑾年将洗好的碗放进消毒柜里，说，“因为她们曾是情侣关系。”

杜唯微几乎不敢相信自己的耳朵：“啊……”

沈清欢与何一程，他们就像是两个世界的人，真的很难想象他们曾经是情侣。两个性格要强的人走到一起，他们的感情之路走得一定非常磕磕碰碰。

“很意外是不是？”

“确实很意外。”

“所以，清欢的事情你就别担心了。”路瑾年继续说，“她会处理好的。”

路瑾年这么自信，杜唯微也没再坚持。于是，两个人继续过着恩爱的小日子。

这日子一过就是十天。

十天后，杜唯微回国准备毕业论文，路瑾年则留下来拍戏。他在被雪藏之前接了一部古装剧，里面涉及古代高丽战争，因此有不少戏份要在韩国这边取景。这部古装剧五月份开机，他不是主要演员，因此没有全程跟组，但在韩国的戏份里面，有他所有的戏份，因此他不得不留在韩国，把这些戏补上。

连续拍了几天戏后，路瑾年度日如年，他每天都扳着手指算时间，希望能快点拍完这部戏，然后飞回国内与杜唯微团聚。

某天，刘京京给路瑾年发了条短信："路少，我是刘京京。"

路瑾年看到信息后，并没有回复，而是删掉了短信。

一天后，没有收到回信的刘京京很不甘心，她给对方打电话，然而对方并没有接。无奈之下，她只好发信息："路少，上次你婚礼上的事情，我想起了一些细节，所以想告诉你。"

路瑾年这才回了信息，但也是惜字如金："说。"

"短信上一时半会儿说不清。"

"我正在拍戏，待会儿给你打电话。"

"路少，有些事情还是见面说比较好。"

许久，路瑾年那边才回信息："时间、地点发给我。"

刘京京大喜过望，她赶紧把时间和地点发送过去了。

路瑾年是一个十分守时的人，刘京京发了时间和地点后，他便提前十分钟到了。这是一家环境优雅的咖啡店，店内的生意很好，包厢里的隔音效果也非常好。

路瑾年在包厢里品尝着咖啡，身边坐着剧组里的实习生。他安静地等着刘京京的到来。

"路少，你真好，还请我们喝咖啡。"

"路少，大家都说你很高冷，但我们觉得你很好接近呢。"

"路少，听说你老婆还没有毕业，是不是？"

……

面对着大家的提问，路瑾年会拣一些他觉得重要的问题回答。

半个小时后，打扮靓丽的刘京京姗姗来迟，当她推门而入，看到路瑾年不是单独一个人的时候，挂在脸上的笑容都僵住了。

“咦，路少，这位美女是谁呀？”

“长得这么好看，是不是你在韩国的明星朋友？”

“真的好有气质呢。”

……

这些实习生见到刘京京后，又是一阵猛夸。

刘京京朝着实习生笑了笑，她并没有因为这些人的夸赞而感到些愉悦，因为她本来是想跟路瑾年单独聊天的，却没想到他带来了这么多电灯泡。

刘京京将路瑾年拉到一边，低声问：“路少，我们单独见面，你带这么多人干吗？”

“怕传绯闻。”

“娱乐圈传闻中的路少可是无所畏惧的，你还怕别人说你？”

“特殊时期，更要谨慎。”路瑾年喝了一口咖啡道，“我怕不明真相的人会中伤我的微微。”

“……”刘京京沉默了一会儿，试探性地问，“她……让你那么难堪，你还护着她？”

“她从来都没有让我难堪过，是我这个丈夫没做好。”

刘京京不解道：“你为什么总是把责任往自己身上揽？”

“如果布置婚礼的时候，我更细心一点，微微也不会受到这么大的伤害。”

“你就那么信任她？当年她和韩毅……”

路瑾年没等她说完，就快速地打断了她的话：“我的微微是什么人，我最清楚。她和韩毅之间什么都没有，就算有什么，那也是过去的事情。我只是难过没有早点遇到她，给她更多的温暖和呵护。”

路瑾年：如果能早点遇到你，我会给予你全部的温暖，免你风雨，赠你一生无忧。

刘京京眼含泪光地问：“你这么做，值得吗？”

“她是我老婆，我为她所做的一切，不过是一个丈夫理应做到的事情。”

这一刻，刘京京才深深地感到绝望。

原来，她所做的一切全部是徒劳，她耍的那些心机，不过是自取其辱。她本是想借着这个机会，多靠近路瑾年，可现在她知道，路瑾年就是一个没有缝隙的蛋，她这只“苍蝇”没有叮的机会。

路瑾年当真这么坚贞不渝吗？

“你今天约我出来，不是说想起了婚礼上的一些细节，要告诉我吗？”

“哦。”被路瑾年这么一提醒，刘京京回过神来，“婚礼那天，我……我叫走路总后，看到了一个人在后台的电脑前出现过，对方穿着黑色衣服，长得……长得……哎呀，当时也只是一眼看过去，所以那人的样子我记得不是很清楚。”

“就这些？”

“就这些了。”刘京京叹了一口气，“希望能帮得上忙。”

这样的“碎片化记忆”能帮得上忙才怪，然而路瑾年并没有说其他的话，只是说：“谢谢刘小姐提供的这些线索，没其他事情，我就先回去忙了。”

“瑾年……”刘京京忽然开口挽留，“你就不能多陪陪我吗？”

“除了工作以外，我的时间只会用来陪伴自己的老婆。很抱歉，我不能把多余的时间花在无用功身上。”

说完这些，路瑾年走得头也不回。

剧组的实习生们见到路瑾年走了，赶紧跟了上去，谁也没多看大美人刘京京一眼，独留她一个人坐在包厢里黯然神伤。

此时，刘京京反复回味着路瑾年的话，心痛到无以复加。

无用功……原来在他的心里，陪陪她只是在做“无用功”。

本来今天，她约路瑾年出来，是想向他坦白自己在婚礼上的所作所为，也打算把何一程教唆她的事情供出来，并且放弃这段感情，把路瑾年让给杜唯微。然而路瑾年的言行举止，深深地刺伤了她的自尊。

刘京京：杜唯微，我刘京京是绝对不会输给你的。

路瑾年是我当初放弃的男人，你只是捡走了被我抛弃的东西。

我从来都不会输给任何女人！

刘京京回到公司后，路宝正在跟行政部门的人将一些礼品打包，这些礼品多数是一些贵重的古玩、珠宝、女性包包之类的。

刘京京从堆积如山的礼品中艰难地走过去，问："路总，你这是在准备什么？给客户的礼物吗？"如果是给客户的礼物，也不是这样打包的呀。

路宝一边包装，一边道："送给嫂子的礼物，婚礼上因为我导致她那么尴尬，我实在是过意不去。"

刘京京一听，整个人都要气炸了：杜唯微，你何德何能，为什么大家都围着你转？你还真当自己是玛丽苏女主角了吗？

"路总，这件事跟你无关吧。"刘京京说道，"那是她自己学生时代跟自己的哥哥不检点，才让人抓住了把柄。路总你在他们婚礼上付出的够多了，先不说那些夸张的旅行费了，也不提在韩国买房子的事情，就拿他们把你当婚礼上的免费劳动力来说，就算是……"

"好了，京京，我知道你是在关心我，但这件事，我有愧于哥哥和嫂子，这是事实。"路宝连忙打断刘京京，"如果当时我寸步不离，或者在幻灯片播放之前，再仔细检查一下电脑文件就好了。"

路宝顿了顿，继续说："那台电脑没中毒，是有人趁着我离开后人为地把照片放进去的，所以这件事是可防备的。是我失职，就是我的责任。哥虽然没有追究我的责任，但是我真的很内疚。"

刘京京知道自己阻止不了路宝的决定。从刚才的那番话里，她能感觉出路宝的懊悔。

"杜小姐已经回国了，你打算怎么把这些礼物送给她？让路瑾年带回去？"刘京京提出疑问，"个人从国外带物品回国是有金额限制的，这些礼品价值百万以上，肯定是没办法作为私人物品带回国的，如果作为出口物品走海关的话，也非常麻烦。"

路宝只想着怎么赔礼道歉，倒是没想到这些细节，被刘京京点出关节后，他觉得将这些礼品送回国确实是一件麻烦事。

刘京京说："路总公务繁忙，处理这些杂事费时又费力，不如我帮你处理。"

路宝稍稍迟疑了下才说："这……我亲自送会不会更有诚意呢？"

刘京京赶紧打消他的疑虑："心意到了就行，而且杜小姐知书达理，应该不会介意的。"

经过一番权衡后，路宝点头道："好吧，那这件事就全权交给你处理。"

"谢谢路总的信任，我一定不会辜负你的期望。"

此时此刻的国内，何一程坐在偌大的客厅里看着娱乐新闻。

婚礼上，路瑾年"羞辱情敌"的事情已经成为热谈，何一程却气得要吐血：路瑾年，没想到你还挺维护自己的女人。

本来，他以为婚礼上的这个小插曲会离间他们夫妻的感情，只要他们的感情出现了裂痕，他就可以见缝插针，到时候瓦解这对不般配的夫妻简直不费吹灰之力。谁知道，结局竟是这样。

不过也正因为如此，他发现了路瑾年的软肋。

如果他真的那么在乎杜唯微，那么从她身上着手，才能牵制住路瑾年。到时候他就可以对路瑾年提出任何要求，包括改变证词、推翻证据。

不过，他在婚礼上的那番宣言，是真的无条件地爱护杜唯微，还是为了消除影响不得已而为之，这还得继续试探。

"路瑾年，我们的游戏还没结束。"

路瑾年拍完自己的戏份后，火速回了国。杜唯微知道后，便开车去机场接他。

两人到家的时候，杜唯微一转身就被路瑾年抱了个正着。他的手开始不正经地滑到她柔若无骨的腰侧，对着那小小的耳垂气若游丝地吐气："老婆，好久不见，你是不是应该奖励我啊？"

虽然已经结婚了好长一段时间，但是对路瑾年这种露骨的挑逗，杜唯微还是有些难以招架，他的指尖仿佛带着电，滑到哪里，哪里就被引起一阵战栗。她扭动着想躲开，语气里含着半分求饶、半分示威："别闹了，刚刚在车上你可是很正人君子的！"

那剩下的半句她没说出口：怎么一到家就变成豺狼虎豹了？

满意地看着那白皙的小耳垂渐渐染上了红，路瑾年的声音更显得魅惑十足：“其实……刚刚在车上我也想这样……”

杜唯微无言以对。

在结婚之前，他全身上下都流露着“禁欲系男神”的气息，现在就像是换了一个人。不过比起以前，她更喜欢现在的路瑾年，温暖而易靠近，她能切实地感受到对方给予的呵护。

路瑾年低下头靠近杜唯微，而她下意识地抬起头，闭起了眼睛。他们相互搂着对方的腰，温馨的气息笼罩在周身。

倏然，从路瑾年口袋里传来的手机铃声打破了两人的兴致。他掏出手机一看，来电人居然是沈清欢。

他不由自主地看了一眼杜唯微，手没有再作乱。此刻的她脸色已经由绯红转为白皙，恢复了那一张面瘫脸。

“沈清欢？她这个时候找我干什么？”路瑾年觉得意外。

杜唯微拢了一下秀发，不咸不淡地提醒：“你是不是忘了，她现在是你的新东家？”

路瑾年已经被雪藏了几个月，名义上是“雪藏”，但是对于这个土豪少爷来说，不过是休了个长假而已，他根本没有“失业游民”的模样，反而乐得逍遥。看样子，他是真不记得沈清欢已经和他约定好的工作了。

“是哦！”路瑾年笑了笑，临了还要凑上去偷个香，这才接起了沈清欢的电话。

杜唯微嘴角挂着甜蜜的笑，知道他和沈清欢还有事要说，也就走开去忙自己的事情了。

“路瑾年，我这儿有部电影，资源非常好，男主角非你不可。”电话接通后，沈清欢没有寒暄，而是开门见山地说明了自己的来意。

收起了在杜唯微面前的轻佻和放肆，路瑾年的声色依旧如同大提琴般浑厚动听，却变得毫无感情：“什么资源？”

“这个机会，只能你自己把握，而且……”沈清欢停顿了一下，又接着说，“而且，对于你的复出，这是一个不可多得的好机会，考虑好了我们再见面详谈，具体地址我等会儿发你手机上。”

可以肯定的是沈清欢是个眼光独到的人，在影视方面，她有着超乎常人的判断力和决策力。既然她这么坚持，可见这个项目不容小觑，再说了他也不是拖泥带水的人，当即就决定赴约。

第二天，路瑾年准时见到了沈清欢，没有想到那个项目当真让他眼前一亮，那确实是个可以考虑的好机会。

对于路瑾年来说，拍戏也拍了那么多年，圈内大部分的题材或多或少也接触过，但是能让他眼前一亮的，确实不多。

这是一部宫廷大戏，并不是那种俗烂的——披着古装的外皮，用着现代的语言，上演一场现代总裁与灰姑娘的恋爱的穿越言情剧。

近年来宫廷戏的热度不减反增，尤其是制作精良的、有大IP的历史宫廷大剧。这种剧收视人群广，而且可以冲击各项电视剧大奖。

不过，这样的资源想拿下来也难，这种制作精良的剧本，制作方只要从事戏剧多年的老戏骨，一贯不考虑网络上爆红的小花、小生，就连路瑾年以前的公司拿着他的形象和资料去寻一个角色，结果也吃了一个硬钉子。

这一次的这个剧能让沈清欢拿到手，看来她不但在对项目的选择上眼光独辣、经验老到，在承接影视项目上也颇有手腕。毕竟拿下这样的项目不仅仅需要资金，还需要各类资源的聚拢。

路瑾年和沈清欢谈好了项目，晚上按照惯例还要与几个制片商、导演等见面，把这件事彻底拍板下来。同时路瑾年也给助理小王打了一个电话，语气依旧酷酷的："今晚八点，君临国际大饭店，晚一分钟扣一半的工资。"

那头的小王正在片场里忙，路瑾年被"放长假"没关系，他临时找了份兼职的活儿。因为想着路瑾年随时会复出，所以他没有贸然去做其他艺人的助理，平时就在片场做临时场记。每天的工作内容就是在电影和电视剧开拍之前负责打板。现在听到路瑾年招呼自己过去的话语，他简直像听到了天籁，把场记板子一丢，说："路少！你可算回来了！我都想死你了！"

路瑾年被他这表白弄得浑身难受，冷着声音威胁道："我是有老婆的人，对你不感兴趣！”

然后路瑾年二话不说就挂了电话，随手就把手机扔在了酒店的床上，还用嫌弃的眼神看了一眼。

过了一会儿，他又换上了一张笑意满满的脸，手指飞快地在手机屏幕上滑动，拨出某个号码，接通之后，声音都温和了好几百倍：“老婆！想不想我啊？”

那边的杜唯微正在写小说，她一只手敲字，另一只手拿着手机：“当然想。”

路瑾年听到了那边传来的键盘音，不悦地道：“老婆，是我重要，还是电脑重要？”

“这不是废话吗？”

“那你为什么还敲键盘？”

杜唯微立刻停止了敲击键盘的动作，专心致志地跟他聊天。

和杜唯微打完一通情意绵绵的电话后，他和沈清欢约定好的时间也差不多到了。路瑾年准备洗个澡就去赴约，却听到门外有窸窸窣窣的声音，像是有人在试探性地敲着门。

路瑾年一时之间提高了警惕，英挺的眉头拧起，一言不发地望着那扇门。

这年头的狗仔是越来越厉害了，就在不久前，他和杜唯微举办婚礼后，还有一个不怕死的狗仔越过高压线，想徒手爬到二楼偷拍他和杜唯微的日常，幸好被保安发现了，不然真要被拍到什么不该拍的东西……

这么想着，路瑾年望着门的脸色也越来越冷，他一把握住门把手，冷笑一声道：“偷拍得这么没技术含量，一定是新人。”既然是新人，那就口头上威胁几句，让对方别再跟踪自己。

他刚打开门，一个不明物体就一屁股坐在了他的脚背上。正是六月底，路瑾年穿着轻便，自然能感觉到那阵属于人体的温度，暖烘烘的。

他低下头一看，对方是个小女孩，嘴里还含着一块棒棒糖，哈喇子都快流出来了。看到路瑾年看她，小女孩圆乎乎、肉嘟嘟的脸上就扬起了笑容，黑漆漆的瞳孔仿佛水晶一样透明，里面倒映着路瑾年的影子，清澈干净。

她奶声奶气地笑着，吐露着不成词句的音节："巴……巴……"说着说着，就因为重心不稳向后倒。她赶紧用双手扶住了路瑾年的腿，而后又笑嘻嘻地看着他。

纵使是在外人面前冷漠如路瑾年，对待这么一个小奶娃也没办法太狠心。

这小奶娃白白嫩嫩的，就像是一颗软糯的棉花糖，身上全是香香的奶味儿，路瑾年看着看着，也笑起来。

不知道他和杜唯微的孩子有没有这么可爱。

这么一想，他的声线也柔软了下来，伸手一把抱起了这小奶娃。

"小朋友，你怎么会跑到我房间门口来？"路瑾年轻声细语地逗弄着她，他捏了捏小女孩肉嘟嘟的小脸蛋，透过她干净清澈的瞳仁，仿佛看到了杜唯微的缩小版正在朝着他微微地笑着。

小奶娃很明显还没有完全学会说话，咿咿呀呀地挥舞着手指，这会儿含着棒棒糖的嘴巴也一张一合的，哈喇子总算是滴了下来，一下子就滴在了路瑾年的手臂上，黏糊糊的一条晶莹剔透的口水线就这么挂在了她和路瑾年之间。

如果对方是个成年人，路瑾年肯定不会给其好脸色看，可这是个乳臭未干的小孩子，路瑾年只好自认倒霉，放下小孩去清理手臂上的"黏稠液体"。

等到路瑾年终于清理干净的时候，小女孩自己跌跌撞撞地跑进了他的屋子里，好奇地打量着房间里的一切。

路瑾年下意识地跟了上去，还没等他靠近小女孩，门外传来甜糯的声音："你好……请问看见我妹妹了吗？"

路瑾年走到门外，只见问话的女人长相看起来十分没有辨识度，就像大街上成千上万的女人一样平凡，不过让人觉得奇怪的是，这六月的天气，已经开始渐渐转为炎热了，女人却离奇地穿着一套长袖风衣。

"刚刚我确实见到了一个小女孩，她进去了。你稍等，我抱出来你辨认一下，看是不是你要找的妹妹。"

路瑾年的话刚说完，女人便冲进了屋子里："璐璐，果然是你，你怎么不听姐姐的话乱跑，姐姐都要被吓死了。”

小女孩见到女人后，并没有表现出过分亲昵的态度，反而撇着嘴，一副十分委屈的模样。一会儿，她黑漆漆的大眼珠里就冒出了盈盈的泪珠，继而哇哇大哭起来。

女人有些措手不及，急忙上前哄着，没想到小女孩反而哭得更厉害，怎么也不愿意跟着女人离开。

路瑾年怕她们待在他入住的酒店房间里太久会招来麻烦，加上小女孩的哭声太过刺耳，经过权衡，他快步上前，三下五除二就将那小女孩拎起来，往门外轻轻一放，然后转头对着屋内的女人说：“我要休息了。”

女人傻傻地愣在了原地，似乎没料到路瑾年会这么直截了当。

“还有事吗？”见女人没有离开的意思，路瑾年面色冷淡地下了逐客令，女人表情尴尬地退了出去，临了还不死心地回头看了几眼。

被这两人一耽搁，眼看约定好的时间就要到了，这下路瑾年也洗不了澡了，只好随意整理了一下发型，然后他又听到了门铃声。

路瑾年以为是助理小王来了，然而等他打开门一看，又是刚刚那个女人。他的脸色已经有些不好看了，冷冷地问道：“你怎么又来了？”

女人笑了笑，自顾自地踏进了路瑾年的房门，说：“我只是来感谢你的。”

“有什么好感谢的？”

“谢谢你收留我的妹妹，不然她走散了，我真不知道该怎么办。”

路瑾年双手抱着胸，一副冷冷淡淡的样子：“那就长点儿脑子，以后不要再犯同样的错误。”

女人没想到路瑾年这么毒舌，外界传闻他对女性十分不绅士，后来却跟一个名不见经传的小作者结婚了，并且表现出了十足的好男人的一面，让众多女粉丝更加癫狂。

现在，她见识到了路瑾年不绅士的一面，不知道他满是柔情蜜意的一面是怎样的，令人遐想。

许久，女人缓缓地拉开了黑色的风衣。白花花的一片让路瑾年迅速移开了视线，继而他手疾眼快地将被单丢了过去，声音里带着浓郁的讽刺："我房间里的温度很低，小心着凉。"

"我怕热。"女人用着魅惑的动作和声线，仿佛路瑾年的拒绝只是一种调情手段，她甚至恬不知耻地裸着向路瑾年走去。

"我就是怕你热。"

女人摆着诱人的Pose，话语挑逗："装什么假正经呢？"

"对于你这种段位的女人，我向来都十分正经，如假包换。"

"要不要假一赔十呀？"

女人说完便伸手来勾路瑾年的肩膀，被他一个错身躲过。

"那也是你赔我。"

路瑾年的手指在屏幕上滑动，一条短信就这么发给了酒店前台。

"我为什么要赔你？"

路瑾年冷淡地说："污染我的眼睛，刺激我的神经，难道不应该赔偿我的个人损失吗？"

女人呆住，她没想到路瑾年是真的丝毫没有动心。

她对自己的身材十分自信，饶是她的面容平淡，但还有不少男人为她的身体着迷，所以当有人花高价来找她勾引这个男人时，她是抱着十分的把握的，没想到……

路瑾年的脸色已经冷硬如冰块："你再不走的话，马上就会有警察来带走你。"

女人抱有侥幸心理，她以为这只是路瑾年的谎言："你骗人。"

路瑾年摇晃着手机说："我已经发信息给前台，如果你不想光着身子被人看得难堪，那你可以继续在我的房间里待着。"

女人恨恨地跺脚："你绝对不是个男人，去死吧。"

女人骂完后，捡起风衣套上，接着慌不择路地跑了。

女人走后，路瑾年坐在沙发上看向窗外，对面似乎有人正在观察他的房间。这时他才发现自己没有拉窗帘。

不知为何，他心里有种隐隐的不安。

今天这一系列的事情，怎么看都像是一个精心布置的局！

果不其然，到了第二天，网络上洋溢着各类新鲜又劲爆的八卦：

路瑾年不仅出轨，居然还有私生女！

有图有真相，路瑾年抱着小奶娃笑得温柔又和善，哪里像是娱乐圈传闻里冷到差点传出同性恋绯闻的路少？

甚至还有一女子频繁出入路瑾年酒店房间的视频。该女子全程包得严严实实，大热的天，搞得跟特工出街一样，这不是跟明星谈恋爱，还会是什么？

一瞬间，路瑾年的新闻再次被推到了网络首页，三人成虎，传言渐渐有了多种版本，有人说那女子出入酒店，是疑似与路瑾年吵了架负气出走，也有人说那女子肯定是去争夺孩子抚养权的。微博上还多出了不少“知情人”，说得有鼻子有眼，连吃瓜群众都无法分辨哪条信息是真实的。

杜唯微自然也看到了这条新闻，只是还没等她细看，路瑾年的电话就打了过来。

“老婆大人。”路瑾年的声音软软的，还充满了委屈，就像是心情不好想求得主人抚摸的忠犬。

“嗯。”杜唯微的声音淡淡的，没有什么起伏。

“你是不是也看到了那条新闻？”他撒娇的意味越来越浓，试探性地问着，“老婆大人既聪明又漂亮，一定不会相信那种荒谬的新闻吧？”

杜唯微还是那张面瘫脸：“我的智商确实还没蠢到去相信这种花边新闻，但是……”

她的话语停顿了一下，继而声音清冷地说：“但是，我讨厌看到这种新闻。”

陈述句，包含着警告的意味。

“收到！我已经让人去处理这件事情了，不出三天，这些新闻会消失得无影无踪！”对方满满的都是讨好的语气，“没有什么东西能抹黑我们之间的感情！”

“嗯。”虽说不相信那些流言蜚语，但是作为这个传言中的“受害者”，杜唯微的心情也实在是好不起来，之后她也提醒路瑾年要更加注意自己的行为举止，不要再让八卦狗仔队拍到这些似是而非的“证据”。

“老婆，亲亲！”电话那头的路瑾年也感受到了杜唯微心情低落，所以今天十分黏人。

“嗯，么。”杜唯微只好隔着电话亲了一下。

“不够，还要！”

“么么。”

“不够……”

杜唯微柳眉倒竖：“路瑾年，你不准备拍戏了是不是？”

路瑾年依依不舍地挂断了电话，嘴角还挂着能溺死人的甜蜜微笑，接着一扭头，就看到助理小王和高浩两个人正表情痴呆地看着他。

他迅速恢复了一脸严肃的表情：“看什么看，还要不要工作了？”

说完他就得意扬扬地走开了，脚步轻快，可脸上是笑意丛生。

身后两人对视了一眼。

“刚刚那个对着电话一个劲儿腻歪的人真的是我们的路少吗？”小王还是有点不敢相信，他知道人会变，但是没想到会变得这么快！

那个冷酷的路少，从此一去不复返了吗？刚刚那个对着空气撒娇撒到浑身就差扭起来的人，到底是谁？

“秀恩爱就算了，反正残害我们这些可怜的单身狗也不是一天两天的事情了！”高浩气呼呼地说，“现在倒好，不仅撒狗粮，还要往狗粮里面放毒！”

说着，他抖了抖手臂，仿佛是在甩掉身上的鸡皮疙瘩。

同一时间，远在另一座城市里的杜唯微在阳光明媚的午后，突然打了一个喷嚏。她揉着鼻子想了想，继续将精力投注在面前的新剧本上。

对于路瑾年传出来的花边新闻，她并没有放在心里。因为她相信，路瑾年绝对不会做让她难过的事情：

路瑾年，自从我选择你之后，与你并肩，再无惧黑暗。

愿往后的岁月静好，无波无浪亦无澜。

第八章 万千世界里，我只爱你

沸沸扬扬的传闻渐渐传遍了整个网络，一时间，全民都在讨论路瑾年的事情，媒体还不安好心地给其安上了一个“私生门”的称号。

原本路瑾年以为这只是一次普通的偷拍事件，对于他来说，上新闻头条已经是家常便饭，不少媒体整天都在盯着他，看他打个哈欠都想提笔做点文章，他都已经习惯了。

但是这一次他有心想控制事情的走向，结果发现事情愈演愈烈，大有燎原之势，这摆明了是有人刻意在搞鬼。

这个人，究竟会是谁呢？何一程？这种低级的伎俩，他会做？不过在婚礼上放杜唯微学生时代照片的事情，也高端不到哪里去。或许，这件事也跟他有关。

此时，路瑾年的眉头微皱，食指缓缓地摩擦着下巴，眼底泛着一片深沉的光。

而他的助理小王低着头在电脑键盘上一阵噼里啪啦之后，脸色同样严肃地道：“路少，我发现有人在你的粉丝群里胡言乱语，刻意煽动粉丝们的情绪。”

“说什么了？”路瑾年的声线波澜不惊，淡定自如。

小王将电脑移到了路瑾年的面前，手指着粉丝群里频繁跳跃的几个账号，说：“这个，这个，还有这个。”

“这个群只有顶级粉丝才能进入，也就是说只有粉了你很多年的老粉丝才有资格进去，而这几个人都不是普通的黑子，我怀疑这些账号要么就是被黑掉了，要么就是被收买了，所以他们黑你的招数高级多了，还采用了迂回战术。”小王一边滑动着页面，一边翻出证据给路瑾年看。

“他们先是表明自己是你老粉丝的身份，追忆一下青涩时代爱慕偶像的心情，引起一批真爱粉的共鸣，趁着众人回忆青春的时候，再慢慢地转移话题，声称曾‘亲眼所见’你出轨的事实，并出示一些莫须有的证据，最后再表达自己伤心欲绝的心情。”

小王冷笑一声：“被这几个人这么一搅和，还真有不少号称‘真爱粉’的老粉丝被煽动了，当下就表示要粉转黑。这些人的意志也太容易动摇了。”

网络世界就是这么让人摸不着头脑，这些口口声声爱路瑾年爱到把他当成了信仰的人，因为有心人的几句似是而非的挑拨而倒戈。这种爱是多么肤浅而薄弱！

只可惜身处娱乐圈，这种事情已经见怪不怪，路瑾年早就习惯了。

路瑾年笑了笑，满脸都是毫不在意的表情：“没事呀，就当是定期洗粉了。”

与此同时，A大的下课铃声刚刚响起，杜唯微正在收拾着桌面上的课本，就听到身后一阵叽叽喳喳的讨论的声音。

“你看看，路瑾年都和别的女人生孩子了，她怎么还能这么淡定地来上课？”有不明真相的围观群众问。

“哼，也就是她这种脸皮厚会这样了，要是我，早就找个地洞躲起来了。”也有讥讽的声音，然而语气里面更多的是嫉妒的味道。

“你们猜她会不会离婚？”

“她这种攀龙附凤的女人怎么可能会有离婚这种骨气呢，肯定会当作什么事情都没发生。”

“就是，她本来就是高攀了路瑾年，要是离婚了，还能找到跟他同段位的男人吗？为了经济利益，也为了当条不愁吃穿的米虫，她一定会选择隐忍。”

有女生醋意满满地道：“什么隐忍，她能嫁给路瑾年，简直就是祖坟放光了。”

“你们看看她那张面瘫脸，我要是路瑾年我也会出轨。”更有人如此恶毒地说道。

流言蜚语，杜唯微都听在耳里，然而她的面部表情依旧没有变化，唯有嘴角嘲讽地勾了一下。她站起身来整理了一下衣物，施施然地往讨论者的方向走去。等她一步一步走近的时候，那些人的表情渐渐变得慌张。杜唯微的心里闪过一丝鄙夷：就这点胆子，还敢黑人。

在经过她们身边的时候，杜唯微轻飘飘地丢下了一句话：“对于老公出轨你们会做出什么样的反应，就不要再讨论了。因为说这件事的时候，你们得确保身边有个男人。”

好毒——

在场的人八成以上都是单身狗，被她直接戳中痛点，整个人的脸色都不好了。

而杜唯微说完这些话后，丢下她们，继续朝着自己的方向走去，身后那几个八卦的女人脸色一阵青一阵白。

对于杜唯微来说，面对旁人的讨论和质疑已经是家常便饭了，而她也早已调整好了心态。

这几天，杜唯微的身边总是围绕着一群记者，此时见到杜唯微出了校门口，记者们就像闻到了血腥味的鲨鱼，一窝蜂地就拥了上来，话筒长枪短炮似的就堵到了她嘴边：

“杜唯微小姐，请针对您先生出轨的事情发表一下感想好吗？”

“杜小姐，传言路瑾年在外已经有私生女，这件事你怎么看？”

……

考虑到杜唯微最近的处境，远在外地拍戏的路瑾年早就给她配备了几名保镖。保镖们黑西装黑墨镜，大背头油光光的，看起来特别带感，这会儿早就围绕在杜唯微身侧，替她挡住了这些烦人的八卦记者。

杜唯微前几天已经和路瑾年说过，这件事由他来处理，所以这些天她面对媒体的时候大多数都保持着沉默。因为她知道，路瑾年不会任由她遭受这样的误会和委屈。

然而这些人没有打算放过她的意思。

其中有个记者问："杜小姐，你们刚新婚不久就发生这样的丑闻，您是选择原谅路瑾年，还是打算离婚呢？"

杜唯微回头看向提出这个问题的记者，直视了对方三秒钟，让那记者心里都有点发毛起来。

三秒之后，杜唯微嘴角微扯，针对这件事情发出了仅有的一个声明："我相信我的老公不会出轨，因为他是全世界最完美的男人，他没有任何的瑕疵。出轨这种事情，这辈子都不会在他身上发生。"

杜唯微的一番话，让在场的记者都听愣了。

现在明明是她回应事件的时候，怎么变成了她"炫老公"时间了？

在场的记者们赶紧拉回话题：

"杜小姐，可是路瑾年出轨的事情证据确凿，有图有真相，你怎么会否认呢？"

"杜小姐，虽然你相信路瑾年的人品，可是那些证据你怎么解释呢？"

……

杜唯微对着镜头发出了冷笑，眼神锐利似刀，一字一句仿佛隔着屏幕飞进了某个人的心里："在我的小说里，也总会出现这么几个既不讨人喜欢，又没什么戏份的小角色，也不知道是拿了谁的钱要来倒腾这出戏码，还是吃饱了撑得慌想找点存在感，但是我可以肯定地说，路瑾年出轨的事情是别有用心的人故意搞出来的……"

而后，她的面瘫脸上难得面对大众扬起了微笑。她示威般道："但是你的算盘打错了，我杜唯微不是那么没有脑子的女人，你想打倒我，你还差点儿本事。"

说完这句话，杜唯微就在保镖的守护下，一路回到了家。

家门一打开，她就被拥入了一个温暖的怀抱，带着熟悉的浅淡的青草香。杜唯微深深地一闻，下巴更深地陷进他的颈窝里面去。

"老婆，我想你！"路瑾年半撒娇地搂着她，下巴还在她的头顶上不断揉蹭，像是要把她嵌入身体里一般用力地拥抱着她，而后又像怕弄疼她似的而微微隔开了一些距离。

“我也是。”杜唯微闭上眼睛，一颗心在见到他的这一刻，才算是彻彻底底地落了地。她觉得，他不在自己身边的每个时刻，总是感觉自己正悬在空中，悠悠荡荡找不到方向。

路瑾年这次外出拍戏去了较远的西北地区，两人已有一个星期未见。

所谓小别胜新婚，两人享受着这静谧的时刻，不一会儿就听到路瑾年闷闷的声音响起：“老婆。”

“嗯？”

“我饿了。”

猜想到他应该是刚下飞机不久，杜唯微立马松开了手，作势要走：“我去厨房给你下碗面……”

话还没说完呢，她就感受到一阵天旋地转，双脚离地，落入了路瑾年的怀中。他坏坏地说：“我最想吃的是你！”

杜唯微的脸颊一片绯红。

路瑾年将她放在床上，火热的身体压了上去，还没等他好好享受美好的时刻，杜唯微的手机消息提示音一条接着一条地响起了。源源不断的提示音，冲淡了两人之间的小情调。

杜唯微和路瑾年同时起身，她拿起手机一看，是编剧群里的消息，几个人正在讨论着最新的剧本的剧情走向，而作为整部剧总编剧的高浩一直在发消息。

随后，杜唯微做了几样家常小菜，跟路瑾年一起用餐。

吃饭的时候，杜唯微一边吃饭，一边拿着手机在群里聊着剧本的事情，自然冷落了路瑾年。

这个编剧群，路瑾年之前进去过，但是后来他嫌吵，所以屏蔽了消息。眼看杜唯微这么专注于工作，都忘了许久不见的自己，路瑾年的心里很不是滋味。

片刻后，路瑾年也掏出手机，在群里发消息：同志们，我老婆正在吃饭，别打扰她！

然而大家继续聊天，都无视路瑾年的存在。

可恶，这些人太不识相了！

路瑾年很生气，后果不堪设想。

他连续向群里抛出了几十个两百钱块的红包，大家立刻开抢。

拿人手短后，几个人立刻变脸：

好的，路少！

知道了，路少！

路少好人一生平安！

路少，你们吃饭，就当我们都死了！

……

然后，群内鸦雀无声。杜唯微发了几条消息没人回应，只好埋头吃饭。

路瑾年勾起嘴角，露出了一抹得逞的笑。

这些编剧写一个剧本的收入都是好几十万，但是也抵挡不了小红包的诱惑。有时候，他也不理解喜欢在社交软件上抢红包的人，不管他们是普通民众还是富商大咖。不少人喜欢花大把的时间去抢一个几十块钱甚至是几毛钱的红包，还每次都会攀比谁的运气最好，他们明明在几个小时内的收入颇丰，却愿意把宝贵的时间浪费在这里。

他记得去年春节的时候，杜唯微就守着某个聊天软件抢红包，在固定的时间内手动滑屏。这对手速和臂力有非常高的要求，最终她不过抢了几毛钱，外加几个装饰栏。

那天，他无奈地说："你守着手机几个小时就抢了几毛钱，不如我给你发单人红包，你负责点开，省时省力又赚钱。"

杜唯微看了他几眼，然后继续手动滑屏。当时他的内心是崩溃的。

许久后，杜唯微的话打断了他的思绪："老公，以后你能不能不要这么败家？"

"为你花钱，怎么是败家呢？"

"可是你的老婆很节省的。"

路瑾年故作为难地皱眉道："那怎么办呢？我赚来的钱都是给你花的，可是你不会花钱，我都不知道自己赚来的钱有什么用途，所以只能撒着玩了。"

杜唯微："……"

吃完饭后，杜唯微下意识地起身收拾碗筷，然而路瑾年像只小饿狼一般，抱着她就往房间里去。

“老婆，我没吃饱，想要吃夜宵。”路瑾年说着吻住了她。

房间里面瞬间传遍了火热的气息。一对相爱着的人儿，贪婪地在对方身上汲取着自己想要的温度，不知疲倦，一遍又一遍。

第二天，天边晨光熹微，细碎而温暖的阳光浅浅地洒满了一床。

路瑾年早就醒了，看着正睡得香甜的杜唯微。她的刘海零碎地搭在耳侧，长长的睫毛一颤一颤的，脸上隐隐浮出笑意，也不知道她梦见了什么，睡梦中也带着笑容。

路瑾年越看，嘴角的弧度就上扬得越大。他的手指挑起她的一缕秀发放在鼻下，表情眷恋而柔和。

此时，他想起了自己在手机上看到的视频。视频里她对媒体说：“我相信我的老公不会出轨，因为他是全世界最完美的男人，他没有任何的瑕疵。出轨这种事情，这辈子都不会在他身上发生。”

她当着所有记者的面评价自己的样子，真令他着迷。

是的，没有什么能阻挡他们在一起。所有的困难，不过是让他们更加甜蜜的催化剂。

路瑾年：杜唯微，感谢你毫无保留的信任。此生，我会用尽所有的力气来爱你。

这边的杜唯微和路瑾年甜蜜共枕，那边的何一程心情可就不那么愉悦了。

他在视频网站看到杜唯微的声明后怒发冲冠。而站在他身边的女人，头都要低到地上去了，哆哆嗦嗦的，不敢说话。

“这就是你起的作用？”何一程的声音冷得像冰，“就这样的结局，你还好意思找我要钱？”

他看着眼前这个不争气的女人，心底的气就不打一处来。

何一程愤恨的眼神又投向了身边的跟班：“我千叮咛、万嘱咐，要那种风情万种的女人去勾引路瑾年，你却自己上阵！给我说说看，你能干点儿什么？”

那垂着头的女人委委屈屈地说：“何总，这也怪不了我啊，我在风月场这么多年，就没见过不买我账的男人，可是……”

那女人咬咬嘴唇，倒是一副受到了屈辱的样子：“但是那路瑾年，看都不看我一眼！”然后，她又愤愤不平地说，“要我说，他肯定那方面有问题！”

这会儿何一程倒像是懂了什么似的，低头沉思了一会儿后，挥手唤那女人过来。女人俯首过去，姿势卑微似兽类。

听完何一程的吩咐后，她立刻说：“好的，我会按照您的要求去做，这次绝对不会弄砸。”

路瑾年回来的这几天，时时和杜唯微粘在一起，就连她上课也不放过，戴着欲盖弥彰的棒球帽，亦步亦趋地跟在她后面。校园的林荫小道上，三三两两的全是上课的学生，路瑾年身姿颀长，气质斐然，早就引起了旁人的注意。

杜唯微面上带了些许无奈：“你干吗总这么跟着我？连上课你都跟着，真的好吗？”

路瑾年耸耸肩，近乎无赖地说：“我不管，我明天就要去机场了，又要有大半个月见不到你。现在的每一分每一秒，我都想看着你。”

他的眼神亮亮的，带着灼热的爱意。纵是面瘫脸如杜唯微，在面对路瑾年火热的表白时，还是有些羞红了脸庞，末了，也只能无奈地说：“行了，随你吧，但是你上课的时候不许跟我说话。”

但是杜唯微还是警告道，这堂课的教授是个不好惹的老姑婆，平时最看不惯的就是年轻情侣秀恩爱，她可不想因为上课带上老公被教授抓到而受到处分。

路瑾年点头如捣蒜，看起来竟然像个大男孩，一时半会儿，还真看不出来这是一个已经三十岁的天王巨星。

上课的时候，路瑾年就像答应过杜唯微的那样，全程没有和她交流过，只是眼神一直没有离开过她。

旁边已经有人在窃窃私语，关于这个不速之客究竟是不是路瑾年的讨论声已经越来越大，逐渐盖过了老师讲课的声音。这时候，穿着黑色套装、戴着古板的黑框眼镜的女教授果然发飙了，她尖刻的声音响起来："安静！安静！你们都不想毕业了是不是？信不信我给你们所有人处分？"

"给处分"这句话已然成了这老师的口头禅，已经有学生开始不放在心上，甚至还有大胆的学生直接发问："老师，你看那边那个戴着帽子的男生，像不像那个男明星？"

"男明星？我这是计算机理论课，可不是什么明星见面会！"女教授拍着桌子，咆哮如雷。

还有学生不服气地说："可是他真的很像……就是那个最近传得很热的，出轨了还有私生女的那个男明星！"

一时之间，教室里面一片哗然，已然成了八卦讨论会议的现场。而让人意外的是，这深处讨论中的两主人公倒是淡定得很，杜唯微还是那一张面瘫脸，路瑾年的脸上甚至还带着微笑，似乎对这些话语不以为意。

眼看这上课秩序已经越来越难以控制，无奈之下，女教授只好对着路瑾年说："那位同学，请你站起来解释一下，你并不是那个什么明星吧。"

路瑾年施施然地站起来，谁知道他一开口反而说："我就是路瑾年。"

饶是杜唯微，此刻嘴角也是一抽，刚想站起来替他说话，就感觉到课桌下路瑾年的手牢牢地抓紧了她，她的心神又是一定，静静地等待着。

路瑾年先抬手示意身边的学生都安静下来。不愧是开办过无数次粉丝见面会的人，举手投足之间洋溢着不可多得的魅力和让人不由自主就听从的威严。

"我确实是杜唯微的老公路瑾年，我是一名演员，今天打扰到您了，实在是抱歉。"平日的路瑾年虽然高冷，但并不表示他是一个没有教养的人，相反的，从小良好的生活作风和习惯使他看起来更加翩然和富有涵养。

或者是路瑾年道歉的态度很真诚，又或者是原本隐藏在棒球帽下面的那一张俊逸的脸显露出来了，A大号称最刚正不阿的女教授此刻也是两眼泛着桃心地看着他，不用多说，路瑾年的粉丝库又收入了一名中年妇女。

“我知道大家最近都听到了某些不实的传言，但是我路瑾年在此，以我的人格担保，我只爱杜唯微一人。假如我有孩子，那孩子的母亲除了杜唯微，再无他人。”

路瑾年深情的眼神一直萦绕在杜唯微身上，这种广撒狗粮的方式引起了现场单身狗不断哀号。但是如此浪漫的表白也让现场所有女生都惊呼起来，不少人甚至热泪盈眶。

而杜唯微呢，面对路瑾年的告白报以温柔的微笑。两人对视一笑的场景被周围的同学拍下了照片和视频发布到了网上。一瞬间，各大网站的浏览量又爆满了，各项社交软件的服务器差点儿瘫痪。

如果说之前的“私生女门”只是简单的捕风捉影和看图说话，再加伪装成真爱粉的人煽动粉丝倒戈的话，那这一次就是真真切切的视频了，没有任何作假的成分，相爱的眼神，恩爱的语言，一切都不假掩饰。而偌大的一个教室里，年轻的学生群体心思单纯、相信爱情，又热衷于网络分享，已然成了自发的水军，这下还有谁不知道路瑾年与杜唯微有多么恩爱呢？所有的谣言自然不攻自破。

三天时间已到，杜唯微送路瑾年去机场，一路上尽享艳羡的目光。

“老婆，我舍不得你。”一到杜唯微面前，路瑾年仿佛就变成了小孩子，此时他脸上满是不高兴的表情。

杜唯微抱着他的胳膊，安慰道：“拍完了就能回家了，我在家里等你回来。”

路瑾年的表情还是闷闷不乐的。

杜唯微提议道：“过两天等我没课了，我去看你吧。”

路瑾年摇头道：“不行，你不能去，那边的风沙很大的，刮起沙尘暴来，空气里的沙子跟刀子没什么区别。你这么嫩的皮肤，万一被刮伤了，我怎么可能舍得呢？”

两人又依依不舍了一会儿。路瑾年趁着还没开始机检，准备去买点儿食物，杜唯微一个人坐在VIP室里等他回来。

看着窗外停机坪里的一架架飞机，雪白的机身上面印着一串串编码，她心里不由得有些怅然，这样聚少离多的日子在今后只能习惯。因为她知道路瑾年是有追求，有梦想的男人，这样的分离带来的结果将是他的光芒会越来越闪耀。

而她也暗自决定，等毕了业，要在事业上奋起直追，做一个绝对配得上他的女人。

就像蝴蝶翻越千山，执着地飞过沧海，只为证明自己可以做雄鹰能做的事情。

杜唯微：路瑾年，我爱你的方式就是让自己足以与你相配。

就在杜唯微耐心地等待着路瑾年回来的时候，面前出现了一个不速之客。

女人面容平淡，但是衣着紧身，看起来身材凹凸有致，胸前一片波涛汹涌。她走到杜唯微面前，双手抱胸，眼神极其傲慢。

杜唯微看了女人一眼，又默默地将视线移开。

见自己被无视，女人并没有生气，恶声恶气地道："你就是杜唯微？"

"你是谁？"杜唯微总算正眼看了她一眼，但是记忆中她似乎不认识这个女人。

"你少给我装，你怎么可能不认识我？"

"对不起，我不知道你为什么这么说，但是我确实不认识你。"杜唯微面瘫归面瘫，对待陌生人，哪怕是神经有点问题的陌生人，还是保持着基本的礼貌的。

"哼，小丫头片子，老娘不跟你一般见识。"说着，那女人妩媚地将耳侧的头发撩到耳后，胸前那两团白花花的肉，随着女人的一举一动而颤颤巍巍地动弹着。

这下杜唯微想起了什么："你就是视频里面的那个女人？"

女人笑了，有些得意："没错，就是我。"

她一边说，一边抖动着胸部，似乎在示威。

"作为奶妈来说，你算是很称职了。"杜唯微保持着面瘫脸，由衷地表扬道，手却伸进了上衣口袋中握住了手机，悄无声息地点开屏幕，凭借记忆按下了一个快捷键。

“你！”女人气得要抓狂，而后想起了什么似的，硬是将怒气压抑了下来，继续笑着嘲讽道，“就你这样干煸四季豆似的身材，能满足得了他吗？”

女人话语中的暧昧与挑逗是存心要激怒她。很可惜杜唯微不是一般的女人，她根本无动于衷，只是说：“路瑾年的口味我很清楚，像你这种……”

说完，她上下扫视了一眼，做了一个很遗憾，很嫌弃的表情。

“你少给我装糊涂，男人都喜欢我这样的女人，你能否认吗？”说着女人又开始刻意挤胸，杜唯微看得眉头皱起，这女人是脑子有病吗？恨不得向全世界卖弄自己的低智商？

“不用跟我拐弯抹角，让你陷害路瑾年的人给你多少钱，我给你双倍，你去消除影响。”杜唯微懒得跟她废话，直截了当地说明。

女人眼底放光，贪婪的本性一览无余：“什么？你给得起双倍？”

果然是有人指使的。杜唯微依旧淡定地套着她的话：“双倍算什么，如果你倒戈来帮我，更高的价都好商量。”

低智商的女人开始低下头思量。杜唯微趁热打铁：“你先告诉我，那天那个孩子是哪儿来的？”

女人心中想着事，口中无意识地就回答了：“就是朋友家的孩子，我花了钱让对方把孩子借给我带几个小时，这年头有点儿钱能解决多少事……”

然后女人突然醒悟过来，脸色一阵青一阵白。这时，杜唯微面无表情地拿出了口袋中的手机，朝她晃了晃。女人的脸色更白了，什么话都来不及说，转身慌不择路地跑了。

杜唯微将之前女子所说的话全数录了下来。这段对话可以当一个关键的证据，这件事如果不发酵那就算了，如果幕后黑手还不依不饶，那么她就将这段录音公布出去，让群众自行分辨真假。

因为她的证据也只是“录音”，并没有视频。黑粉完全可以说，这是他们为了消除影响，故意找人唱双簧，演出来的。因此，信你的人自然会把它当作有力的证明，不信你的人，必须要有不容置疑的证据才能让他们消停。

等到路瑾年过来，杜唯微将这件事情和他简单地说了一下。

“老婆大人。”路瑾年严肃地喊她。

杜唯微不明所以地望着他。

“你怎么能这么聪明呢？”路瑾年搂着杜唯微的肩膀说。而杜唯微则是挑挑眉，十分霸气地回应：“那是，也不看看我是谁的老婆。”

两个人腻腻歪歪了好一会儿，眼看登机时间快到了，路瑾年才依依不舍地登机。之后一段时间，杜唯微的生活都很简单，不是写东西，就是在学校准备毕业论文，到了晚上就会跟路瑾年视频聊天。只是她没想到，路瑾年的“出轨事件”，自己已经录下了证据，那女人不仅没收敛一点，反而还是在无脑地碰钉子。

这天，杜唯微照例在图书馆里改剧本。上一次，沈清欢将她所有的小说都签下了，还把所有相关的影视翻拍计划都提上了日程。而这次准备翻拍的小说是她的心头爱，也是她第一次写的那本小说。

等到杜唯微把新小说的大纲列完一个章节，正在摩拳擦掌准备一鼓作气写下去的时候，微信群里不断传来的消息声让她实在无法再继续下去了。她只能打开手机，然后看到编剧群里像沸腾了的水一样地冒着新消息。

“微微，出大事了！”

“呼叫微微，呼叫微微！”

“微博上都传遍了，简直太毁人三观了！”

“简直辣眼睛啊！那个女人也太不要脸了吧！”

“套路，都是套路，你们城里人的套路太深了！”

……

群里人不明所以地吐槽，杜唯微云里雾里的。她急忙在群里回应：“我来了，什么事？”

当事人出现，群里讨论得更加疯狂了。大家各说各的，也没人讲讲事情的来龙去脉。只有高浩是冷静的，他私信给了杜唯微一个链接。

等到杜唯微点开链接，看完了全部内容后，原本的好心情跌入了低谷。

路瑾年“出轨绯闻”的女主角，竟然在微博上发了一篇长文，用相当委屈的口吻捏造了当天的情景。

在这篇长文中，路瑾年变成了一个好色之徒，而她是他的忠实粉丝。偶然的机遇下，他看到了她，便约她在酒店见面，她欣然赴约，用她自己的话来说，能和偶像见一面，不管付出什么都心甘情愿。后来一切都在她的意料之中，两人褪尽衣物，到了关键时刻……路瑾年无法“提枪上马”！

甚至在文章的结尾，那女人还居心叵测地配上了自己好几张性感到暴露的照片，照片上的她身材的凹凸一览无余，惹人遐想。看来，她似乎是想从侧面证明这件事情的真实性。

也就是说，这个女人居然冤枉路瑾年的性功能出现了问题！

娱乐圈里混乱的感情和低俗的话题最是吸引大众的目光，尤其是这个隐秘而低俗的话题跟一个当下最红的男偶像有关时，更是让人们津津乐道。这甚至变成了人们茶余饭后的谈资。

更何况，对于一个男人来说，这种诬赖简直就是羞辱！

她的男人此时尊严受到了屈辱，她怎么能袖手旁观呢？

杜唯微当即冷笑一声，翻出了那天保存完好的音频，凭着编剧和作家的功底，三下五除二就编辑出了一篇正式的官方声明，然后将其发送给了之前合作过几次的媒体朋友。

毕竟是媒体人，对待热点的敏感度十分给力。那位朋友当即给杜唯微秒回了一条消息：“放心，交给我了。”

声明和音频一经发送至网上，加上杜唯微花钱找人推动，还有粉丝的鼎力支持，同样掀起了一阵波澜，网络骂战也不断升级。他们分为两派，一派力挺路瑾年，说录音是最好的证据，陷害他的人居心叵测；而另一派则组团黑路瑾年，认为单纯的录音不过是请来了演员在“唱双簧”。

一时之间，“路瑾年”这三个字一连好几天霸占了国内各大媒体网站的新闻头条。这样的热度，纵使是绯闻，也让多少圈内的艺人红了眼眶。

而另一侧的路瑾年正在专心拍戏，对于流言蜚语并不在意。可是助理小王就不高兴了，他把路瑾年全身看了一遍，一边关掉手机网页一边说：“这个黑点 Low 爆了，手动再见，负分滚出！”说着，他忍不住问，“路少，你那方面……还好吧？”

路瑾年冷冷地看着他，半开玩笑地说：“怎么，你想试试？”

哎哟喂，一向高冷的路少居然也会说冷笑话了，可是为什么这个笑话让人听起来那么别扭呢？

“路少，你能不能严肃点儿，你以前不是爱说有色笑话的男人。”助理小王献媚，“像您这样有气质的男人，都是男神级别的，做事都是不食人间烟火的。”说了一通好话之后，他还是不死心地问，“那个……路少，你们夫妻的和谐生活到底如何？”

怎么说呢？他虽然不太相信路瑾年“不行”，可是就是按捺不住心里的八卦之心，不亲口听到答案，心里就不舒服。

路瑾年拔出烟，脸上难得露出了“娇羞”的笑容：“这个，你得问我老婆，她才有发言权。”

助理小王原本还想通过自己孜孜不倦的询问撬开路瑾年的嘴，可是外面嘈杂的声音让他无心再问八卦。此时，场记进来道：“路少，我们剧组外面被记者包围了，你出去讲几句话吧，不然今天的戏我看都不能正常拍下去了。”

路瑾年抽完烟后，才懒洋洋地起身应付这些记者。

闻风而来的记者们对着他围追堵截，一遍又一遍地重复着一些无聊的问题：

“路少，传闻说你的性功能有障碍，请问是真是假？”

“既然性功能有障碍，请问私生女一事最近有何进展？”

“请问你不行的事情，影响到了你们夫妻的感情吗？”

……

“其实你和杜唯微是形婚，你根本不喜欢女人，对吗？”

当这位记者问出这么一个脑洞大开的问题时，全场都不自觉变安静了。记者们互相对看一眼，齐刷刷地将话筒高高地举到了路瑾年的面前。

而路瑾年脖子僵硬地转过了头，就这么沉默不语地看着提问者，后者则是厚脸皮地耸耸肩，眼神里充满期待地看着他。与此同时，所有人都在等着路瑾年回答这个问题。

蓦地，路瑾年笑了，俊逸的脸上笑容如沐春风。他无所谓地耸耸肩，大方地承认道："是啊，我确实不行。"

此言一出，现场一片哗然，快门声此起彼伏，无数的摄像头都录下了这一幕。所有的记者都目瞪口呆，然后迅速抽出纸笔做记录。

而他身边的助理小王听到这句话则是脚下一软，差点就栽了一跟头。碍于人前，他不方便露出什么表情，内心却早已流出了宽面条泪：路少啊，你到底在想什么呀？这种问题是可以随便回答的吗？

路瑾年脸上微笑不改，凝视着镜头，深情地说道："除了我老婆以外，我对任何女人都不行！"

说着，路瑾年对着镜头调皮地眨眨眼，就像平时跟杜唯微调情一般，魅惑又迷人，直撷取人的心。

末了，他又对着刚刚提问的那个记者说："当然，也包括任何男人！"

说完这句话，路瑾年就戴上墨镜，钻进了房车中。车窗上摇，遮住了所有的镜头，却挡不住所有粉丝们的疯狂示爱。

路瑾年的这番话，又霸气又浪漫。

之后，"除了我老婆以外，我对任何女人都不行"这句话，毫无疑问地登上了今年的流行语排行榜。

那边，杜唯微看到这条新闻时，正在食堂里面吃饭。

高浩照例来到A大以旁听的理由找杜唯微蹭吃蹭喝，顺便聊一聊最近的剧本进展，两人就一个专业术语各执一词，讨论得热火朝天时，食堂的电视机播到了这一幕。高浩边看边笑，差点从椅子上滚了下去。

也只有这些不怕死的记者，敢在路瑾年面前问这些问题。

当那个记者问出"形婚"的问题时，高浩一口饭就喷了出去。他笑到捶着桌子说："厉害了我的哥，能问出这个问题的都是人才啊。

哈哈哈哈，我看路瑾年这次会不会整死他。”

杜唯微冷冷淡淡地看了他一眼，不发一语，静静地看着电视屏幕中路瑾年俊美而凛然的侧脸。那张仿佛刀削斧刻般完美的脸庞，此时沉默地凝视着镜头。

然后她看见他笑了，那一番说辞堪称完美，足以让所有的女人都为之痴迷。

杜唯微本身就是爱情小说家，所以她知道对于女人来说，最动人心弦、最深刻的爱在于唯一：

弱水纵有三千，我亦只饮一瓢。

在这万千世界，六十亿人口中，我只爱你一人。

我的灵魂，我的心，我的身体，统统只因你而有感应。

接下来，路瑾年的回答引起了食堂里面的女生们的尖叫。而杜唯微听在耳里，甜在心里。她一点一点地往嘴里递送着饭菜，嘴角却不知不觉上扬了起来，笑颜如花。

昏暗的房间内，一记响亮的耳光声骤然响起。

女子捂着脸颊摔坐在地上，鼻青脸肿的样子让她本就平凡的面容此刻显得更加丑陋不堪。她的眼神惶惶不安，口中还在不断求饶着：“何总，我错了，我真的错了，求你放过我……”

何一程的声线冷硬如磐石：“没用的东西，给我滚，我以后再也不想看到你。”

女人仿佛得到了恩赦般，忙不迭地爬起身来往门外跑去。只见何一程对着身边的跟班使了一个轻微的眼色，跟班得到了暗示，出声叫住了女人：“老大的意思是在A市再也不想见到你了！”

女人猛然回头，表情怔然：“可是我的家在这里啊……”

她所有的人脉关系都在这里。她没有什么别的生存技巧，在A市闯荡多年，不说多么有名气，在熟客们的照应下，好歹也算是生活无忧，如果贸然离开了这里，意味着一切都要从头开始。那满是羞辱又低廉的生活，她再也不想经历了！

“滚。”何一程嘴里轻飘飘地吐出了一个字。

“何总，你再给我一次机会！”女人眼里不断滚落出泪水。

“无能的人，不配有机会。”说完这句话，何一程又给了跟班一个眼色。跟班轻轻点头，女人被挟持着扔到了门外。

没有了那女人的哭喊声，房间里面又恢复了一贯的黑暗和安静。

何一程坐在沙发上，眉头紧锁，唇线深抿。

他自从回来后就没有见过小雪了。原本他自信地以为，他能很快营救她，然而最近的计划频频失误，他该拿什么去面对小雪？

气急败坏之时，何一程拿起一个茶杯就朝着墙上狠狠掷去。刺耳的破裂声随即传来，碎片四分五裂，飞向各处。

身后的跟班沉默了一阵，终于开口：“何总，法院已经通过了我们的上诉诉求，很快就要开庭了。”

何一程眼神凶狠地瞪着他：“你还有脸说，你们这些废物是干什么吃的？”

跟班知道何一程此时正在盛怒之上，多说一句话都可能触怒他，因此后面尽量保持不说话来降低自己的存在感，以免被他的怒火波及。

“给我安排好，我要见小雪。”久久之后，何一程忍着怒火吩咐道。

“是，少爷。”

跟班领命后，像是逃命一般地离开了。

暗漆漆的空间里，唯有铁窗外透进来一丁点儿微不足道的暖意。

何雪愣愣地看着空气中飘浮的细尘，心有戚戚焉，只觉得这空中的浮尘，正如她这一起一落、暗淡无光的人生。

她的眼神麻木，原本白嫩娇美的脸蛋此刻暗淡无光，嘴唇干裂到渗出血渍，身上穿着洗得发白的蓝白条纹囚服。因为干了太多繁重的手工活，她纤长娇嫩的手指已然磨出了茧子，变得粗糙不堪。

如果不说，谁会相信她几个月前是万千宅男的女神？谁会相信她曾是活跃在屏幕上的广告小公主？谁会相信她曾有一个无比美好的人生，还会有一个她爱着的、也许会爱她的男人？

那个男人叫，路瑾年。

她喃喃地念叨着这个名字，眼里突然射出仇恨的光！

这一切，她现在所遭受的一切，都是因为这个男人！

是他背叛了她！他居然爱上了一个恬不知耻的女人，还因此将她送到这个鬼地方来。

她咬牙切齿地在心里发誓：我何雪不报此仇，誓不为人！

就在这个时候，门外响起了狱警冷漠的声音："2697 号，有亲属探望。"

何雪一时半会儿还没有反应过来，这里的所有人都没有名字，只有一个冰冷的代号。

见何雪没有动，狱警不耐烦的声音再一次响起："2697 号，你听见没有？还要提醒你几次？"

就这号犯人事情多。当初进来的时候就搞得人尽皆知，更别说开庭那天，法院外面全是粉丝，都声称不能让这种恶毒的女人逃出法律的制裁。

说着，狱警看何雪的眼神里更加充满了鄙视。

何雪看在眼里。因为在监狱中，她也没有流露出以往的戾气，脚步匆匆地走向了接见室。

而正在等她的人是何一程！

一见到哥哥，何雪的眼眶里瞬间盈满了泪水，楚楚可怜地扒着透明窗，欲说还休。

而何一程看到了自己从小宠爱到大的妹妹，曾经娇生惯养、美貌动人，此时却宛如村姑一般，蓬头垢面、目光涣散，二十来岁，本该是花儿一般的年纪，现在却完全被葬送了！

自从何雪入狱以来，何一程已经来过这儿不知多少次，但每次还是会气得咬牙切齿。他一拳重重地砸在了玻璃上，沉闷的响声引起了狱警的注意。何雪急忙示意他忍耐一点，拿起了话筒就轻言细语地问："哥，外面情况怎么样了？我什么时候能出去？"

"小雪，你再忍忍。"

何雪咬着唇，不让眼泪掉下来。她越是这样故作坚强，何一程看在眼里就越心疼。

"哥，我相信你。你一定会救我出去的。"

何一程也压低了声音，言简意赅地道："放心，一切都在按照计划进行。"

何雪的眼神这才有了光彩。这看在何一程的眼里，他心里又是一阵刺痛。

第九章 我的玛丽苏女主

出了监狱后，何一程对司机吩咐道："直接去沈家。"

司机很是惊讶，之前他开车去沈家的时候，少爷还很愤怒，今天怎么主动要求去了？

看来，对于解救大小姐这件事，少爷也是没招了，所以只能哀求沈清欢了吗？

司机开着车子，一路疾驰，终于在沈家门口停下。

在何一程的示意下，司机下车摁门铃。许久才有一个管家模样的人开门问："请问您找谁？"

"请问沈清欢小姐在家吗？"

"清欢大小姐在公司。"

"好的，谢谢。"

司机回到车上后问："少爷，怎么办？"

"去她的公司。"

"可是……我不认识路。"

何一程开启了手机导航，说："跟着走。"

"好的，少爷。"

司机不敢多问，按照导航开着车去找沈清欢。

导航结束后，司机看着眼前的高楼大厦问："少爷，还有什么吩咐吗？"

“你在外面等我。”

“是，少爷。”

司机应声后，何一程开门走下了车。司机目送何一程上楼，随后叹息了一声，看来少爷真的是没辙了，否则他这么骄傲的人，跟沈清欢分手后从没有主动找过她一次，这次却不得不来到对方的公司。

何一程走到前台，交出了自己的名片：“我找沈清欢。”

前台小姐看了一眼名片后有些吃惊，因为对“何一程”这三个字非常熟悉，如果她没记错的话，员工之间聊八卦的时候提过这个人，据说他是沈总的前男友。

思及至此，服务员道：“您稍等，我致电给秘书办。”前台小姐说着就开始打电话。经过几分钟的沟通时间后，前台小姐道，“沈总的秘书说，她正在开会，不好打扰，何先生如果必须要见我们沈总，请跟我去 VIP 会客厅等候。”

何一程的眉头皱起：“我需要等多久？”

“最少一个小时。”

何一程的脸色瞬间暗沉下来，说：“你再说一遍？”他是何一程，什么时候遇到过这种冷遇？在国内，报上他的名字，有点儿眼光的公司都会给足面子，而此刻他居然要久等，难道是沈清欢故意这么做的？

“何先生，如果您不愿意等的话，可以下次再约时间。”

这是赶人的意思吗？

既然来了，哪有败兴而归的意思？何一程决定了，既然是一个小时，那就等。

无奈之下，何一程只能跟着服务员去 VIP 会客厅里等待。这一等就是两个小时，其间有人进来给他端茶倒水，然而他心里再愤怒，也只能隐忍不发。

大概又等了一个小时，沈清欢才姗姗来迟。见到何一程，她有些意外。会议结束后，秘书跟她说有人在等她，因为没细问，所以她也不知道对方是谁。

“清欢，好久不见。”何一程起身，言语中带着一丝嘲弄，“你现在是贵人事多，终于有一天是我等你了，这一等就是三个小时。”

沈清欢有了片刻的失神。

是啊，曾经他们在一起的时候，一直都是她在等他，而他呢，跟国家总统一样日理万机，总是拿着可怜到能忽略不计的时间来陪她。每次当她主动找他的时候，总是等啊等，等到了后来的心灰意冷。

后来，她大学毕业了。也不知道怎么了，在毕业的那一刻，她忽然成长了，心智也变得无比成熟，她不再是那个把爱情当作全部的小女生，而是把爱情当作生活中的一部分，并把其他的时间留给了工作和亲人朋友的“职业女强人”。

为了不再等待，她开始追求自己的事业，也变得忙碌起来。但是何一程不高兴了，他认为女人就应该待在家里，过着养尊处优的日子，没必要变得那么有能力。

如果她只是一个会花钱的家庭主妇，那么她就不是沈清欢了。

有一次，他们发生了恋爱以来最大的一次争吵。何一程要求她放弃公司跟自己结婚，她却要求公司与婚姻兼得。因为两个人的意见不一致，谁也不肯退让，这段感情就这样无疾而终了。

这一别，就是多年。

至于多少年，她记不清了，但现在想来，恍若隔世。

曾经的欢声笑语与爱恨，也不过是弹指一挥间。

轻得让人不愿意去接。

“抱歉，让何先生久等了。”沈清欢恢复了平常的神情。她坐在了何一程对面，然后挥了挥手，她的贴身秘书会意。很快，秘书端过来一套茶具。

沈清欢熟练地烧水、洗杯子、放茶、倒水，整个动作行云流水，衔接得非常自然，可见她经常会客，才能达到这样熟能生巧的水准。

何一程陷入了回忆中。

那时候，沈清欢为了见他，经常在公司里等他。有时候他在会客，时间具有不确定性，为了能更早见到他，沈清欢直接要求只要他在会客，自己就做秘书该做的事情——当个泡茶、倒水的背景板。

可是，端茶、倒水这样看似简单的事情，并不是往杯子里放点儿茶叶再倒水就行。会客中的“茶礼仪”复杂而考究，很多大学里都设有茶艺课。

那时，沈清欢很乐意去学习，但是一个千金大小姐，学习服务类的事情自然显得手拙。当年，他还嘲笑她笨，说她可能这辈子都是一个千金大小姐的命，哪会这些。却没想到有一天，她能做得如此熟练而精致。

“清欢，你变了。”许久，他才吐出一句话。

沈清欢已经泡好了一壶茶，她正用茶水将茶具全部烫了一遍，然后用镊子将小小的茶盏翻过来，倒掉了里面残余着的茶水。随后，她往其中一个茶盏里倒满茶水，再递到了何一程面前。

做完这些后，她才开口道：“人总会变的。”

“女人不该这么要强的，安静地当个大小姐，享受着富贵不是很好吗？”何一程叹息一声，“你应该出入高档美容店，进出免税店购买衣服和包包，然后结婚生子当一个贤妻良母。”

“何先生！”沈清欢提高了音量，目光变得无比幽深，“你今天来找我，该不会是因为看不惯我开公司，过来奉劝我当个家庭主妇的吧？”

何一程没想到沈清欢说话如此强势，一时间不知道如何应答。

几年前的沈清欢，在他面前唯唯诺诺，说话小心翼翼，生怕惹他不高兴。那时候他就喜欢这样的她，他享受着被人爱着的滋味，喜欢自己在感情中掌握主动权。一切事情都在他的意料之中，才是他想要的爱情。

而如今，物是人非。

“何先生……”沈清欢自顾自地端起了茶盏喝了一口，继续说，“咱们明人不说暗话，直接说你这次的来意吧。不过我猜……你应该是为了何雪吧？”

除了何雪这件事，她实在找不到何一程主动来找她的理由，而且能一等就是三个小时，这不符合他的性格。他们分手后，有段时间，她确实希望何一程能主动找自己，结果等到的是一次又一次的失望，之后，自尊心便不允许她再示弱了。

再后来，她也习惯了没有何一程的日子。随着事业的攀升，她很享受工作带给她的成就感，年少时为了爱情患得患失的现象再也没有发生过。

靠着与男人的爱情来维系自己的人生，你的人生最终会随着这个男人的兴衰而起伏。

而靠自己努力的人生，一切走向都由你自己来掌控。

现在何雪的案子已经进入了二审的流程中，如果何家再不做出相应的对策，何雪需要坐很多年的牢，这是板上钉钉的事。一旦二审维持原判，何家再无翻身的可能。

“对。”何一程回答后又纠正道，“但也不全是。”

“如果你是希望我手下留情的话，你现在可以走了。”沈清欢放下茶盏与他对视，“如果还有别的事情，我们可以聊聊。”说着，她看了一下手机上的时间，“不过只有二十分钟。后面我还有新的会议。”

何一程没想到自己还没开口提出要求，沈清欢就把底线抛了出来。

现在，他觉得自己越来越不了解沈清欢了。

“清欢，你以前没有这么多刺，你那么温柔……甚至不懂得拒绝别人，而且善解人意，总是……”

“停！”沈清欢很不客气地打断他，“何先生，我一直都是这个脾气。看来你对我的了解，还不如路家两兄弟，以及你的妹妹何雪。”

何一程很是尴尬：“你的意思是……”

“不瞒你说，当年我是因为深爱着你，所以在你面前失去了自己的性格。除了在你面前，我在任何人面前都是公事公办的，从来都不会露出软弱的一面。”

因为深爱，所以愿意收起自己的棱角。

因为喜欢，所以甘愿拔掉自己身上的刺，变成没有壳的刺猬，小心翼翼地爱着，默默地等待，却换来一身的伤痕累累。

“我不知道你……你……”

“现在知道也不迟。”沈清欢的声音冷冷的，“所以，如果是为了何雪的事情，恕我不送了。”

说着，她就起身准备走。这一刻，何一程下意识地上前，一把拉住了沈清欢的手。在拉扯间，沈清欢的衣袖被卷起，露出了胳膊上的伤疤。

这些伤疤触目惊心。

何一程的手一顿，而沈清欢勾起了嘴角，露出了笑意，她没有遮掩伤疤的意思，只是讽刺道：“我的伤痕，是你的妹妹何雪造成的。我的弟弟刚出生，就被她害死了。她很不错，那么小的年纪就知道一箭双雕。”

“小雪生性温柔，她不可能做那些事情。”何一程松开手，他不敢直视沈清欢的眼睛，“你不能听信路瑾年的片面之词。”

“好，就算路瑾年的是片面之词，但是她绑架杜唯微，这可是我亲眼所见的。”沈清欢毫不客气地说，“最后事情败露，她还想杀我灭口。这就是我们眼里生性温柔的小雪。”

“这……”

“你们想救小雪，但是你们想过我的弟弟吗？他刚出生，还没来得及好好地看看这个世界，还没感受到这个世界的温暖，就被这个世界里满满的恶意带走了。”沈清欢说得很是激动，“而我的妈妈，明明是大龄孕妇，在得知自己怀孕后，为了不伤害这个生命，她选择把他生下来。你知道这个孩子对一个母亲来说意味着什么吗？”

何一程不敢面对沈清欢的愤怒。

久久，他才说：“刚出生的孩子不算是生命体，而且……而且，你的弟弟是个男孩子，他长大了，家产会全部是他的。你现在不是很好吗？一个人坐拥家族的一切，没人跟你分享。”

“哈哈哈哈，何一程！原来你是这么想我的，原来你这么市侩。”沈清欢鄙夷道，“你既然尽力救何雪，就说明你还知道‘血浓于水’的亲情。在我眼里，我并不在意自己能得到多少家产，我在意的，是家人是否平安。钱我可以自己赚，而家人一旦失去，纵使我富可敌国又能怎样？”

“清欢，我希望你不要这么生硬地拒绝我。你跟小雪从小一起长大，我也知道你很照顾她、爱惜她。你能残忍地看着她坐牢吗？”

“做错事就要受到惩罚，这是亘古不变的真理。”

“你就不能放她一马，给她改过自新的机会吗？”

“真有改过自新的心，就会义无反顾地去牢里赎罪。”沈清欢冷淡地道，“其他一切的赎罪方式，都是道貌岸然。”

沈清欢把话说到这个份上，何一程知道自己已经没办法劝她了。

他不想主动找沈清欢，是因为不想放下当年的自尊。一旦他主动去找沈清欢，就代表自己示弱了。在他的剧情里，自己主动后，虽然男人的面子挂不住，但是她应该会卖人情，却没想到最终碰了这么大的钉子。

“那……不打扰你了。”

“慢走，不送。”

就这样，两人分手后的第一次见面，便以这种方式不欢而散。

毕业论文上交日在即，杜唯微住进了学校寝室奋战。

整理好之前断断续续写的论文碎片，加上现在的“全力进攻”，杜唯微终于完成了毕业论文的初稿。

初稿完成后，杜唯微又花了两天时间进行修改。一切都做完后，她才松了一口气。

晚上，她将毕业论文发送到辅导员的邮箱，还没躺下好好休息，路瑾年的电话便打了过来。因为时间太晚，她怕吵到室友，于是走到阳台上接电话。

“老婆，我回来了。”

“我在学校。”

“我来接你。”

“这么晚了，我出校也不太方便，明天一早我就回家。”

路瑾年表示很委屈：“可是，我很想你。”

“我也想你。”

“你说谎。”

“你为什么断定我说谎？”

“如果你真心想我，就应该回家。”

杜唯微叹气，说：“好吧，我错了，那我收拾一下。”

听到这个回答后，路瑾年似乎很满意，电话那边传来了愉悦的笑声。很快，路瑾年道：“你来学校操场。”

“去操场干什么？”

“来了就知道了。”

杜唯微也没再细问。她穿上衣服后蹑手蹑脚地走出了寝室，生怕吵醒了已经躺下的室友。等她跑到操场，便看到了一排排蜡烛被摆成了心形，中间的玫瑰花摆成了“杜唯微”三个字。

这个场面过于壮观，一大半的操场都被占领了，因此引来了无数同学围观。

杜唯微惊讶不已。

这是出自路瑾年之手？

可是，他们已经结婚了，这种用于求婚的行动，不是该在婚前做的吗？

就在这时，戴着大墨镜、穿着便装的路瑾年朝着她走了过来。他伸手弹了一下杜唯微的额头，说：“玛丽苏女主，你终于出现了。”

“你这是干吗？”

“给你惊喜，适时制造浪漫。”

“你钱多了没处花吗？”

“现在你应该捂着嘴巴，哭着投向我的怀抱，然后我抱你回家，度过一个愉快的夜晚，这才是剧情的正确走向吧？”

“那我的表现岂不是让你失望了？”

路瑾年的手指戳着胸口：“万分绝望。”

“哎……”杜唯微抱着他的胳膊，拉着他往外走。她觉得，应该趁着现在同学们没发现他是路瑾年的时候赶快撤离，以免引起骚动。

出了学校后，杜唯微说道：“我知道你是无可挑剔的男主角，但是你经常这样做，这在小说里，读者都要弃文的。”

“几年前，观众喜欢看鬼畜男主角，就是那种我作为男人都看不下去的渣男设定。这几年，观众喜欢看甜剧情，女主角负责傻，顺便闯祸，男主角负责收拾残局就行了，不用费脑子，看完就好。”

“甜多了，男主角的设定会被骂死。”

“哦？为什么？”

“读者会说不真实，这么玛丽苏的剧情是给弱智儿童看的，剧情狗血，要弃掉！”

“想看真实的故事，还买什么玛丽苏言情文，直接看纪录片就好了。”路瑾年反驳道，“这类莫名其妙的读者，不用在乎他们的言行。”

杜唯微：“……”

怎么回事，他的话听起来很欠揍，但是她绞尽脑汁也想不到反驳的话。

“所以，我的老婆就接受目前的设定和剧情吧。”路瑾年揽着她的腰，随即将她推进车内，然后自己坐上驾驶的位子，说，“日子是过给自己看的，别想那么多。”

“我……的本意是……”杜唯微小声说，“不要乱花钱。”

“我没花钱。”

“虽然买玫瑰花和蜡烛的钱在少爷你的眼里是毛毛细雨，但是……”

路瑾年一边开车一边说：“是赞助商花的钱。”

“啊？”

“因为我结婚没接受任何赞助，所以最近总是有赞助商找我，说是要投资。为了不辜负他们，我就让他们提供蜡烛和玫瑰花，在你们学校搞了一场浪漫的表白。”

杜唯微：土豪，让我们下辈子也做夫妻吧！

两人回家后，还没来得及亲热，路宝的电话便打了过来。路瑾年想飞到韩国直接打死他的心都有了，但最后还是接了他的电话。

“哥，新婚过得不错吧。”

“如果没有你这个电话，现在确实不错。”

路宝一时间没反应过来，继续说：“我又不是你们的男小三，打个电话为什么会破坏你们之间的气氛，而且……”说着，他才猛然醒悟，随即接着说，“难不成，你们正在享受美好的夜晚？”

“不然你以为呢？”

路宝为自己默哀：“哥，我错了！”

“原谅你了。”

“哥，你真好。”

“毕竟婚姻幸福美满的人，总会引来单身人士不怀好意，我已经习惯了。”

路宝：“……”

把自己的堂弟想得这么猥琐真的好吗？作为堂哥就不能说一些能促进兄弟间感情的话吗？为什么每次一出口总是击中他的要害？他也是高富帅一枚，身边也有很多爱慕者，好吗？他目前单身是因为不想将就，好吗？

等等，为什么他现在这么心酸？

他好想知道未来的另一半在哪儿，是不是因为没遇到他，所以迷路了？

“我现在没空跟你来韩式对白，有什么事赶紧说。”

路瑾年每次跟路宝说话，总感觉自己在演韩剧，对方一口一个“哥”，喊得他浑身发麻。以前他没进入娱乐圈，还不觉得他们之间的交流有什么问题。自从拍多了中韩合资的电视剧后，他就越发觉得违和。

“那我就短话长说啦。”

“嗯？”路瑾年眉头蹙起，说，“你还想跟我煲电话粥？”

“是长话短说。”路宝赶紧纠正，“第一，我给嫂子准备了礼物，算是赔礼；第二，因为我很忙，这事儿交给了刘京京处理，她应该会在这周内回国；第三，我准备把产业延伸到国内，下个月开始着手。”

“然后？”

“哥，我资金有些问题，可否支援？”

“可以。”

哎？这么爽快地答应了？

虽然这个堂哥经常敲诈他这个弟弟，但是关键时刻还是很靠谱的。

“我知道，你跟嫂子结婚，所有的钱都是你自己出的，没有接受任何的赞助。”路宝说道，“资金方面，哥你能支援多少就多少。”

“你把预算发给我，我先看看，如果不够的话，我可以招商引资。”

“那就太好了。”

他是混娱乐圈的，名气大，应该积累了不少商业资源。如果他真的愿意帮忙，那么路宝在国内的产业，就资金方面来说，就有了很大的保证。

“那这次刘京京回去，我让她把资料一并带给你。”

“好。”路瑾年没有提出异议，又问，“还有别的事情吗？”

“没了。”

“再见。”

路瑾年也没有跟他继续客套的意思，直接挂断了电话。

电话结束后，杜唯微问：“谁的电话？”

“我弟。”

“路宝吗？”杜唯微继续问，“有重要的事情？”

“老婆——”路瑾年拉着杜唯微坐在床边，他无比认真地用商量的语气问，“我有一件事要跟你商量。”

见他表情严肃，杜唯微的心不自觉地跳动着，她怎么感觉是不好的事情？

“路宝要在国内拓展新的产业，需要一些资金，我可能会支持。”

杜唯微悬着的心落了下来，她还以为是什么不得了的事情，原来是资金问题。

“按照你的意思去做啊，为什么要问我？”

“因为这可能是一笔很大的资金，你是家庭里的一分子，我当然要跟你商量。”

杜唯微的心里泛起了暖意，她没想到路瑾年会在这种事情上征求她的同意。她说：“钱都是你挣来的，你有权处理，没必要经过我的同意啊。”

“我的钱就是你的钱。”路瑾年亲吻着她的额头，说，“夫妻共同财产，一方没有同意，另一方是无权处理的。”

他这是在确定她的家庭地位吗？

“既然关系到堂弟的事业，我们当然要鼎力支持。”杜唯微抱住了路瑾年，说，“遗憾的是，我挣的钱不多，不能帮你分担压力。”

“你有我就够了。”

“可是，我也想当一个有用的人，而不是花你钱的蛀虫。”

“我不介意你是蛀虫，只蛀我就可以了。”

杜唯微：“……”

“好了，别总是想这些问题，安心地当个少奶奶。”

路瑾年脸上露出了坏笑。他的身体一翻，将杜唯微压在身下。

杜唯微的脸色一阵绯红。她轻轻地笑着，双手搂着他的脖子，热情地回应着对方。

刘京京下了飞机后，便有人派车来接她。

“刘小姐，我们又见面了。”来人是一个壮实的男子，在西约特兰的时候，他们见过一面。当时是他邀请她与学长何一程见面的。

“你怎么知道我这个时候会下飞机？”

“没有什么是何少爷查不到的。”

“学长找我又有什么事？”

“刘小姐去了就知道了。”

刘京京虽然有疑虑，但还是跟着对方上了车。

这一次，刘京京见何一程的地点是在他的别墅内。何家的别墅背山靠水，风水特别好。别墅四周山水相映，鸟语花香，一派风景和谐的景象。

刘京京站在别墅二楼的阳台上，看着远山和近水。这儿视野开阔得令她咋舌，她以为自己接触的路家已经很奢侈了，没想到有钱人的世界是没有终点，一山总比另一山高。

许久，何一程才出现，见到她就说：“我们又见面了。”

刘京京这才回身，只见何一程坐在离阳台很近的花房内，正站在那些绿植中间。他穿着一身正装，加上颜值颇高，总体来说是人景相宜，令人赏心悦目。

何一程当年在学校也算是一个神话级别的存在，当时很多女学生对他前赴后继，然而他有一个未婚妻，对方似乎叫沈清欢。而且对方很高调，经常来学校找他，有时候还会陪他上课、吃饭，久而久之，那些女学生就自动退散了。

她们不是不敢追求幸福，而是不得不退缩。那时候学校里的普通学生，哪怕是才华横溢的，又怎么能跟豪门大小姐媲美呢？

她们的出身无法改变，而沈清欢从出生起，就高高在上。

这个世界本来就不公平，有人出身贫寒之家，有人含着金汤匙来到这个世界上，集万千宠爱于一身，就连日后择偶，也有着得天独厚的优势。

就像刘京京，跟路瑾年是两个世界的人。可是，她没想到的是，对方最终娶回家的，是个跟她不相上下的女生。从某些方面来说，她甚至能碾压杜唯微。

连杜唯微都可以站在路瑾年身边，为什么她却失去了资格？

她不甘心！

久久，何一程的声音拉回了她的思绪：“上次在婚礼上，你做得很好。”

提到这件事，刘京京的心情是复杂的，既感到羞耻又觉得愤怒，感到羞耻的是，她这种清高的性格，也会做这种无耻的事；感到愤怒的是，明明是杜唯微的往事让他们的感情染上了尘埃，可路瑾年还在无条件地维护她。

凭什么杜唯微能得到路瑾年这样的宠爱？

“很好？”刘京京冷哼了一声，“不但没有伤到杜唯微分毫，反而让她荣光无限。”

路瑾年在婚礼上的表态，让杜唯微成了网络热搜榜的第一名，韩毅也因此沾光保持了活跃的话题度。现实中的女性在网上表达着对杜唯微的羡慕，能让路瑾年吃醋到在婚礼上宣战，这是多少女人梦寐以求的结果，而她轻易地成了主角。

“你确定路瑾年当时的表态是发自内心的？”

“你的意思是……”

“面子对男人来说是得首要维护的东西，如果当时他不这么做的话，结果伤的不仅仅是杜唯微，还有他作为男人的尊严。但那毕竟是过去的事情，如果婚礼上或者婚礼后他立刻算账，那些粉丝和非粉丝会怎么评价他？‘啊，路瑾年真不是男人，对老婆过去的事情也如此介怀’，如果是这样，他的人气会随之下滑，商业价值也会一落千丈。反之，装作大度的样子向情敌宣战，表面上看他是在吃醋，但是因此带给他的人气和商业价值是不可估量的。”

“学长的意思是，他是不得已而为之？”

“不得不说，路瑾年的反应速度比任何公关团体都要厉害，他看起来目中无人，但是一旦处理起事情来，真是妥帖得让人无懈可击。”何一程不得不承认路瑾年的厉害之处，“是我低估了他的能力，想来也是，他进娱乐圈这事儿本来是被整个家族否决的，但是他还能在艰难中走到一线明星的位置，这不仅仅是运气，没有超高的情商是做不到的。”

“学长跟我感慨这么多，就是为了夸赞他吗？”

“我只是在理智地分析我们失败的原因。”

“你还想有下次？”

“难道你不想吗？”何一程敏锐地反问。

刘京京心里一沉，她故作镇定地道：“学长你是在说笑吧？”

“我是不是说笑，你心里最清楚。”何一程说着，开始修剪花房里的富贵竹，“我知道，你心里也很不甘心。”

“学长为什么这么说？”

“如果你认命了，就不会回国。”

刘京京的脸色一片煞白。

“虽然我不看好路宝的能力，但是他很重视你，也给了你不少机会。如果你专心发展，必然能成为他的左膀右臂，留在韩国，能对你的事业带来最好的提升。”

“路总最近想在国内拓展业务，我是为了……”

何一程不客气地打断道：“相比前途未知的国内业务，已经发展稳妥的在韩国的公司更能让你的事业起飞吧。”

刘京京的心思被何一程看穿了。她知道此时再解释都是徒劳。

“你心里的不甘心让你回国，你对路瑾年还抱有期待。”何一程继续说，“据我所知，你进入路宝的公司，就是为了他在韩国拍戏住进路宝家的时候能遇到他。然而韩国那么小，几年来他在那边拍过不少戏，你却没有遇到过他一次。你只是在剧组默默地看着他，当然，也想过制造偶遇，但都失败了。”

自己的秘密被人这样揭穿，刘京京感到异常难堪。

“你仔细想想，你在剧组出现了那么多次，他真的没有注意到你吗？”何一程说话的音量变得更高了，“学妹，你心里很清楚，他根本就是在无视你。在他心里，你还不如一个一无是处的杜唯微。”

“够了，别再说了！”刘京京忽然恼怒地开口，“是啊，我被无视了，你是不是很开心？在你的心里，我们这些女人都是平民，都是劣等的底层人。只有你的妹妹何雪，才是这世间最好的女性，然而她呢？比我高贵多少？还不是被送进了监狱！”

对于刘京京这样评价何雪，何一程的内心是震怒的，然而他并没有因为她的三言两语而失去理智。他依旧保持自己得体的姿态，继而说道：“学妹有兴趣跟我联手吗？”

“没兴趣！”

“你不想夺回路瑾年？”

“我已经死心了。”

“那你为什么回国？就是为了给情敌送礼物？”

“这你也知道？”

“没有我不知道的事情。”

“你到底想怎样？”

“我知道你家境不好。你这些年在韩国打拼赚来的那些钱，全部都拿去补贴家用了，你的父母常年靠着药物续命，你还有一个接近三十岁的弟弟，他如今一无是处，没有一技之长，平时做着散工，到了适婚年龄却连个女朋友都没有。就连村里的智障姑娘，人家家里人也不愿意让她嫁给你的弟弟。”

何一程的每一句话都像是一把刀，插进了刘京京的心窝里。

刘京京咬着唇，许久才缓过神来：“你是在提醒我，我出身于这样破碎又阴暗的家庭，根本就高攀不上路瑾年吗？”

“跟我合作，我来改变你的家庭。你的父母会有药可吃，有病可医。你的弟弟可以在A市得到一套不错的房子，甚至还会有一个好工作。等一切都稳妥后，他的婚姻大事还需要操心吗？”

“学长是在跟我谈交易？”

“你可以这么理解。”

“我需要付出什么？”

“配合我。”

“我需要做些什么？”

“到时候告诉你。”

“如果是杀人放火的勾当，我不会配合。”

“那就是你答应了？”

“前提是，不能违法。”

“成交。”

何一程这才停下自己修剪花花草草的动作，他放下剪刀，从花房的玻璃桌上拿出了一份合约放到了她面前，说：“本着和平、公平、公正的原则，签下这个合约吧。”

刘京京拿着合约翻看了一会儿，然后她合上合约，失笑道：“看来学长是早有准备。”

“因为我相信，我们会合作得很愉快。”

刘京京愣了一下，之后再次翻开合约，签上了自己的名字。再后来，两人没有过多攀谈，刘京京离开了。

刘京京走后不久，何一程继续修剪着花草。过了好一会儿，外面有人说道：“何少，您邀请的人来了。”

何一程放下工具，勾起嘴角笑道：“让他在客厅等我。”

“好的，何少。”

何一程换了一件正装后，对着镜子看了一会儿才往客厅的方向走去。此时，坐在客厅里的是一个理着板寸头的男性，长相硬朗帅气。

见到何一程后，男子恭敬地起身问好，言谈之间满是崇拜与敬畏。

“你叫梅嘉树，对吧？”

“对对对。”

何一程没空跟他寒暄，他直截了当地问：“想当一线明星吗？”

"啊……"

"像路瑾年那样的地位。"

"我可以吗？"

"只要我捧你，一切皆有可能。"

梅嘉树喜不自禁，但是惊喜之后，他谨慎地问："何少为什么要捧我呢？据我所知，何少似乎对娱乐产业并不感兴趣。"

"人总会变的。"何一程淡淡地说着，"现在我想涉及娱乐产业，因为国家对文化产业有扶持。都说出名要趁早，想进入一个行业也不例外，先来者吃肉，后来者连骨头都啃不到。"

梅嘉树对于何一程想要捧他当一线明星这事，自然是欢喜得不得了，加上对方还说想踏足这个圈子，便更加兴奋。但是他还是有些疑惑，于是继续问："何少为什么选择我？"

娱乐圈新人辈出，比他有资历的人很多，为什么偏偏选中他呢？

"我想试水。"

"那为什么是我？"

何一程乜斜着梅嘉树，声音陡然变冷："怎么，你不乐意？"

"不不不，我当然是十二分地感激和兴奋。"梅嘉树生怕何一程不高兴，赶紧解释道，"只是我在娱乐圈人气不上不下，年龄也不小了。我只是好奇为什么何少你不捧更有潜力的新人。"

"新人当然也会签，但是在试水阶段，先捧你。现在大家都喜欢'小鲜肉'，我喜欢打造'老干部'，反其道行之，成功率更高。"何一程说着，话锋一转，"还有一个我必会捧你的理由。"

"什么理由？"

"据说你跟路瑾年的关系很差。"

"啊……"梅嘉树以为何一程要对自己发难，但是想到去年那则轰动性的新闻后，他又迅速冷静了下来。

那则新闻在全国范围内都很有影响力，就是路瑾年和沈清欢一起作证，并拿出了证据，将何雪送进了监狱那件事。何雪伤害沈清欢年幼的弟弟，致其死亡，因为岁月久远，没有确凿的证据，所以不能判刑。只是她又故意诱导藏獒攻击杜唯微，导致她受重伤，加上实施绑架让杜唯微身心受到巨大的损伤，于是法院以“故意伤害罪”加上“恶劣绑架”两罪并罚，一审判决何雪将接受十五年有期徒刑，并被剥夺政治权利一年。

根据媒体报道，何家不服，已经上诉。

这就说明，何家对路瑾年必然十分不满。

何一程是何雪的哥哥，梅嘉树非常清楚。难道何一程捧他，是为了跟路瑾年对抗？可是路瑾年在娱乐圈有了一定的地位，就算现在被雪藏，但是经过这段时间各种事件的发酵，他的人气不降反升。很多商家和投资方都看中了他的商业价值，只要他愿意复出，会有人愿意替他付高额的违约金，让他恢复自由身。

想到这里，梅嘉树再次说道：“我确实跟路瑾年交恶过，去年我接了一部网剧，他居然无缘无故地截和。因为他在娱乐圈的地位很稳固，所以剧组临时把我撤掉了，让他当主演。这些人，都是利益第一，把合同当儿戏。”

何一程知道梅嘉树在避轻就重地说明问题，在尽量把自己说成处于弱势的那方。

对于梅嘉树被换掉主角的这件事，他调查过。当时梅嘉树暗讽网络剧掉身价，只是自己缺钱才勉强接的。以沈清欢现在的性格，就算没有路瑾年，只要她听到了也会把他撤掉。

如果是在当年，他认为沈清欢不会做得这么果断，那一定是路瑾年从中作梗。

但经过前几天的交流之后，他已经知道了沈清欢真实的性格。

说到底，梅嘉树失去了男主角的角色，是他自己口无遮拦。但是他怎么会承认这点呢？不过他承不承认对何一程来说并不重要。何一程的目的是提升梅嘉树在娱乐圈的地位，至于跟路瑾年交恶的因果，不是他关注的重点。

“既然如此，那我们签份合同吧，我来捧你。”

何一程对着身后招了招手，很快，就有一个助手把合同递给了他。

他将合同放在梅嘉树面前，说：“你看看。”

梅嘉树仔细地阅读了合同的内容，并对一些细节提出了问题。何一程似乎耐心很好，对于能接受的更改，都一一答应了。

合同签好后，梅嘉树道："何少重金捧我，难道就不需要我做什么吗？"

"你超越了路瑾年，就是最大的回报。"

有这么好的事情，梅嘉树自然是惊喜不已："谢谢何少，何少你真的是一个好总裁。"

"今天有事，我就不留你用餐了，以后有时间再聊。"

"好的，好的。"梅嘉树点头哈腰。

助手送走梅嘉树后，回到了客厅。何一程坐在沙发上，似乎在想事情。

助手沉默了一会儿，忍不住问："何少，你为什么要捧这么一个人？他演技一般，长相在娱乐圈也不出众，气质也达不到'老干部'级别，你……"

"我只要梅嘉树超越路瑾年，然后俯视他。"何一程说道，"我要捧红跟路瑾年关系不和的小演员，日后等路瑾年落台的时候，那墙倒众人推的场面，一定不亚于好莱坞大片。"

他不仅仅要捧红跟路瑾年交恶的小演员，还要拉路瑾年下水：

路瑾年，你就再得意一段时间吧。

你让小雪坐十几年的牢，我就让你在现实世界里享受比坐牢还要痛苦的滋味。

第十章 我的男人，闲人勿近

毕业论文上交后，杜唯微开始等着六月底的毕业季合影留念。

因为班上大部分同学是路瑾年的粉丝，虽然杜唯微平时不爱说话，跟同学的相处一般，但是还是有很多同学对她提出要求，希望毕业那天，她能带着路瑾年来学校跟他们合影，这样他们可以在朋友圈里炫耀。

因为关系到路瑾年时间的问题，杜唯微没有立刻答应，而是说需要征求路瑾年的同意。

同学们怕杜唯微以此为借口，到时候会说路瑾年不答应，因此他们要求杜唯微当着全班同学的面，以免提的方式给路瑾年打电话。

无奈之下，杜唯微只好拨通了路瑾年的电话，并开了免提。

电话响了十几声后，路瑾年浑厚的声音传来："老婆，有什么事？"

"啊……"

杜唯微看了看四周，她已经被全班同学包围了，连动都不能动一下。

"怎么了，老婆？"

包围杜唯微的同学们屏住了呼吸。靠她最近的同学开始挤眉弄眼，示意她快点说话。

"那个……"杜唯微缓缓开口，"我马上要毕业了。"

"恭喜老婆，也恭喜我。"

“为什么要恭喜你？”

“这样老婆就不用上课了，我也可以有更多的时间陪着你了。”

周围的同学们听了，差点流出了眼泪。

这可是一个超级巨星啊，居然还是个暖男。杜唯微这个玛丽苏女主角，真是太令人嫉妒了。

“原来是这样啊。”杜唯微笑了笑，说，“不过有件事，我想征求你的意见。”

“只要是你的事情，我能做到的，一定尽全力。”

听到路瑾年说这话，全班同学的心情是高涨的，要不是现在不能起哄，他们一定当场沸腾起来。

“那个……我的同学……希望在毕业季，跟你合影。”

“在学校？”

杜唯微扭头看向同学们，所有的同学点头如捣蒜。

“对，是在学校。”

“白天？”

杜唯微再次看向同学们，他们集体竖起了大拇指。

“对，是白天。”

“拍照、合影我是不会拒绝的。”路瑾年说道，“但是白天去学校，我不能停留太久，否则被其他同学看见，会出问题……”

这时候，班长终于忍不住了，她凑过来说：“路瑾年大大，你说的问题我们都想到了，你是一个超级巨星，在学校公开抛头露面肯定会引起混乱，为了防止这件事发生，我们已经做好了措施。”

杜唯微没想到她居然这么说话，这不就等于跟路瑾年表示自己打电话是用的免提？

她感到万分尴尬，不知道路瑾年会不会生气，毕竟他还说了一些夫妻间的情话。

没想到电话那端的路瑾年只是短暂地沉默了一下，然后很淡然地问：“你是我家微微的同学吗？”

班长做梦也没想到自己有一天能跟超级巨星通话。她的眼睛笑得眯成了一条缝，说：“是的，我是班长。”

“班长你好。”

“你好你好。”

“请多多关照我们家微微。”

“一定一定。”

“拍照的事情，我可以答应。”

“那真是太好了！”

“但是我想问问，你说的措施是什么措施呢？”

“我们会跟学校申请到半天的会堂使用权，到时候全班同学在那儿合影，你可以乔装打扮进来，再默默地离开。我们保证除了我们全班同学，不会有其他同学知道。”

“那就辛苦你了。”

“不辛苦不辛苦。”班长激动得都要晕过去了。

其他同学听了，心里全是美滋滋的。

他们没想到，媒体报道的性格高冷的路瑾年，原来这么平易近人，一点儿巨星架子也没有，说话也非常礼貌。

因为路瑾年，原本跟杜唯微关系一般的同学，也越发喜欢她了。

晚上，杜唯微回去后，路瑾年已经做好了一桌饭菜，正在餐厅等着她。

见到桌子上丰富的晚餐，杜唯微惊讶不已：“你做的？”

“这里还有第三个人吗？”

路瑾年说着将杜唯微拉到桌子前坐下，随后给她盛了一碗饭。她端着饭碗，还没来得及夹菜，路瑾年便往她的碗里堆起了菜。

“老公，你怎么……突然……”杜唯微可能是过于惊讶了，都不敢下筷子吃饭，“是不是我做错了什么？白天在学校的时候，我不是故意开免提的，我……同学们要求我这样，他们怕我表面上答应跟你商量，但是实际上根本就没问过你，所以……”

“这种小事，我怎么会记挂在心呢？”

“那为什么……为什么你会亲自做饭？”

“先别问，吃完还有惊喜。”

杜唯微只好跟着路瑾年吃饭。这一顿饭她吃得很忐忑，总觉得路瑾年是在生气，因为他们在一起一年多，路瑾年并没有主动做过饭，而且他炒的菜味道一般，不过吃起来，还是让她觉得幸福感爆棚。

吃完饭之后，路瑾年亲自收拾桌子，并且将碗筷洗干净了，全程让杜唯微当了一个甩手掌柜，这让她有些无所适从。就在她想追问缘由时，路瑾年拉着她的手将她带到房间里，推开门的瞬间，她的眼里被房间里的华彩填满。

房间布置得非常梦幻，窗帘上挂着五颜六色的装饰灯，墙壁上贴了梦幻般的墙纸，飘窗上摆满了玫瑰花，床单和被套也焕然一新。

“这……”

“喜欢吗？”

“我们已经过了新婚期，这是……”

“今天是值得纪念的一天。”

“啊？”

今天不是情人节，也不是七夕节，为什么他要制造浪漫？

“看你一脸迷茫的样子，看来你是忘了今天是什么日子了。”

杜唯微正在努力地想着，难道是他们第一次相遇的日子？可是他们第一次相遇是在六月六号，路瑾年把婚礼也安排在这一天。她左思右想，没有想到可以庆祝的日子，可是看路瑾年的行为和表情，她觉得应该是自己忘了一件特别重要的事情。

如果记不起来的话，路瑾年一定会很失落的。

就在她苦思冥想时，手机铃声适时响起。她拿出手机一看，是爸爸打来的，于是赶紧接听电话。

“微微，生日快乐。”

电话接通的瞬间，杜宇的话便传到了她的耳边。

啊——

原来今天是她的生日，她都忘掉了！

她不是一个喜欢记着数字的人，尤其是自己的生日，她更是记不住。小时候爸妈一起给她过生日，她只需要享受小公主一样的待遇就可以了，至于日期，她从来都没问过。长大后，等她记得自己的生日了，可爸爸再婚后，就再也没有给她过过一个完整的生日。久而久之，她也就习惯了不过生日。

每一年她生日那天的晚上，爸爸总会打电话说“微微，生日快乐”，她才知道自己还有生日。在没有妈妈的这些年里，她已经习惯了孤单，习惯了从爸爸的话语中得知自己的出生日。

此时此刻，杜唯微的心里泛起一阵阵酸涩，之后又变成喜悦。

跟爸爸通完电话后，路瑾年从后面抱住她的腰，低声在她耳边说：“老婆，生日快乐。”

杜唯微笑着流下了眼泪，泪水滴落在路瑾年的手上。

路瑾年转身到她面前，他用双手拭去她眼角的泪水：“怎么哭了，是因为我祝贺晚了吗？”

“我自己都不记得自己的生日，又怎么会抱怨你庆祝晚了呢？”

“那为什么哭呢？”

杜唯微吸了一口气，说：“自从妈妈走了后，就再也没有人陪我过生日了。后来我几乎都忘了自己还有生日。”

“爸爸不陪你吗？”

“他常年在外，但是每年都会在晚上给我打电话。”

路瑾年抬手揉着她的长发，说：“以后有我陪你，你再也不是一个人。”

“好。”

是的，以后她再也不是一个人。

她是他的老婆，他是她的老公，他们在一起就是一个家庭，以后还会有孩子。从今往后，她不再是孤单一人，而那些年的落寞，会随着路瑾年给予的温暖消失殆尽。

“瑾年，谢谢你为我做的一切。”

“傻瓜，这是一个丈夫理应做的。”路瑾年道，“今天你在上课，我也没能带你出去。”

“我不需要逛街，不需要任何东西。只要你在身边，就是最好的生日礼物。”

“嘴甜的老婆，我很喜欢。”

路瑾年说着，低下了头，吻住了她。而她的双手环住他的脖子，予以回应。

这一夜，温馨而美好，两个人的心越来越近。

第二天一大早，杜唯微便接到了辅导员的电话，对方也没具体说事情，只是说有急事，让她去一趟学校。杜唯微应允后，便去了学校。

到了学校后，辅导员将装订好的资料放在她面前，问："这是你写的毕业论文吗？"

杜唯微下意识地问："老师，怎么了？论文不合格？"

"写得很好。"

难道辅导员叫她来就是为了夸奖她？

然而辅导员的话锋一转："但这是M大一位风云学生写的，人家今年还在哈佛演讲过，是全国性的名人学生。"

"什么？"

杜唯微拿起了论文。她翻看了一遍后，说："这不是我写的论文。"

"但是根据我的邮箱信息显示，这是你发过来的。"

杜唯微立刻掏出手机，登录邮箱。她道："我给老师发了毕业论文，邮箱里会有记录的，不信……"等她翻看起邮箱的发件信息时，整个人都蒙了。

因为，她的邮箱全部被清空了，一点儿记录也没留下。

这是怎么回事？

"给我看看。"此时，辅导员的话传到她耳边。

"我……"杜唯微知道自己这次是跳进黄河也洗不清了，但是她也明白了，一定是有人故意这样做的。

"怎么不说话了？"

"老师，毕业论文我并没有抄袭，而且我写的也不是这个。"杜唯微摇了摇手上的毕业论文装订本，"我能否看看老师的收件邮箱呢？"

"你不是说要拿出邮件记录作为证据吗？"

"被黑客删掉了。"杜唯微道，"但是我之前用自己的邮箱给老师发过毕业论文，也许老师的邮箱里还有我之前发过去的毕业论文呢。”

“你是让我相信你所说的一切？”

“抄袭毕业论文对我有什么好处呢？老师你也知道我的业余工作是什么，我有必要为了一篇毕业论文来败坏自己的名声吗？”

辅导员想了想，觉得她说得很有道理，于是打开了邮箱。杜唯微下意识地伸头去看，结果翻遍邮箱，她的号只给辅导员发过一封邮件，而邮件的内容就是她现在看到的毕业论文。

这也就意味着，黑客攻破了她的邮箱，删掉了她所有的记录，并且还用她的邮箱给辅导员发送了一篇抄袭的毕业论文。

“只有一篇毕业论文。”

“老师，我知道现在我说什么你都会怀疑。但是，我的电脑里有存档，你给我几个小时的时间，我回去就重新给你发一份。”

“既然如此，那好吧。”

辅导员答应给杜唯微证明自己的机会，她自然很是感激，她以最快的速度回家翻看电脑。然而等翻遍了所有的文件夹后，她的心情变得无比阴沉。

电脑里只有空着的文件夹，根本没有文档。

她的电脑不知道在什么时候，也被动了手脚。

可恶！

现在临时写的话，在短短几个小时内，是写不出一篇完整的毕业论文的。

因为交不出毕业论文，加上杜唯微没办法替自己证明，她的毕业证书不能像其他同学一样被正常发放，并且校内关于她抄袭毕业论文的小道消息，也迅速传开了。

万般无奈之下，杜唯微只好向路瑾年求助。而此时的路瑾年正在外地拍戏，因为这部剧非常重要，他不能立刻回来帮她处理，但是在电话中，他详细地问了事情的来龙去脉，接着让杜唯微把她邮箱的账号、密码以信息的方式发送给他。之后他把这些信息交给了助理小王，让对方找人追查。

两周后，临近学校毕业季拍照之日，路瑾年结束了第一阶段的拍摄。他抽空回了一趟家，以免爽约让自家的老婆在同学面前没面子。

拍毕业照那天，全班同学穿着学士服按照网上流行的“恶搞”模式，进行毕业照花式摆拍，校园里充满了欢声笑语。虽然毕业时会有感伤，但在拍照的时候，所有人的心情都是前所未有地好。尤其是想到之后会有超级巨星出现，他们的心里更是满满的期待。

杜唯微的心情却跟他们大相径庭，他们都能拿到毕业证，而自己因为毕业论文这件事，什么时候能拿到毕业证还是未知数。不过按照她现在的身份，学校也不会过分地为难她，只要她补上新的毕业论文，那么发放毕业证是早晚的事情。

现在“毕业论文抄袭”的负面信息只在校园里流传，如果被媒体知道了，路瑾年恐怕又要丢脸了吧？虽然她相信清者自清，但是人言可畏，何况路瑾年本身就是一个公众人物，她所有的负面消息最终都会加诸在路瑾年身上。

“唉……”

很少叹气的杜唯微坐在最偏的角落，看着同学们有说有笑地拍照，心里满是惆怅。

就在这时，路瑾年的电话打了过来。

“微微，我在去你们学校的路上。”

“这么快？”

“为了想快点儿见到你。”

“什么时候能到？”

“两个小时左右。”

“那你进学校的时候低调点儿。”杜唯微说着，又不放心地道，“你不会是开着豪车过来的吧？”

“让助理开车送我过来的。”路瑾年继续说，“把你们定的位置发给我，我悄悄地进去。”

“我和你共享位置吧，我去那里等你。”

“也行。”

杜唯微打开一款社交软件，跟路瑾年共享了位置后，便往班长申请到的会堂方向走。到了会堂后，她找了中间的位子坐下，并在班级群里发了一条消息："路瑾年大概还有两个小时会到场，请各位同学安排好时间。"她发送完毕后，群里炸开了锅。

"我的天，路瑾年来得这么早？"

"那岂不是我们有很多时间可以跟他合影？"

"我们去校门口接他。"

"哎……可以和超级巨星近距离接触，感觉像是在做梦。"

……

同学们纷纷表达着自己的喜悦之情。

杜唯微继续打字回复："我已经跟他共享了位置，他自己会找到这里来。大家不用太热情去迎接，否则会被其他同学看穿。"

"遵命。"

"好的。"

"我们听你的。"

……

面对杜唯微的提示，同学们并没有感到任何不适，也没有提出抗议，而是表现出了高度的配合。

就这样，杜唯微独自在会堂里等待着路瑾年。

不到半个小时，杜唯微的手机铃声又响了起来，她看了看，发现是一个陌生又熟悉的号码。她立刻接听，电话里面传来了刘京京的声音："杜小姐你好。"

杜唯微并没有打算跟刘京京做朋友的意思，于是她的声音陡然变冷："不用跟我问好，直接说事。"

电话彼端的刘京京在一阵短暂的沉默后，才说："杜小姐还真是性情中人。"

"你不用刻意夸我，我不吃这套。"

"我怎么听这语气，杜小姐对我有很深的敌意呢？在韩国和瑞典的时候，杜小姐表现得可是很女王范儿呢，对一切都不屑一顾似的。"

"怎么，刘小姐希望我继续保持之前的态度，还是希望我有所改变呢？”杜唯微针锋相对，“如果希望我跟以前一样是女王范儿，那么我现在可以对你不屑一顾，立刻挂掉电话，你后续想说什么，我也不用听了。”

“……”

刘京京一时间被堵得无话可说。

她在这个女人面前，从来就没占到过嘴巴上的便宜。

霸道总裁身边的灰姑娘都是傻白甜的人设，杜唯微倒好，傻白甜一样不占，还有毒舌属性。

“是这样的，杜小姐。”刘京京也不打算跟她拌嘴了，而是直接说明了自己的来意，“路总因为对在你婚礼上的疏忽感到十分歉疚，于是给你准备了致歉的礼物，现在由我送给你。”

路宝给她送礼物？还是致歉的？

婚礼上的事情已经被路瑾年很好地处理了，他的人气没有下降，反而好到离谱，最近几乎是接代言接到手软。

“让路总不要破费了，他并没有做错什么，我没有抱怨他的意思，路瑾年也没有。相反，我们很感激他在婚礼上为我们所做的努力和付出。”

路瑾年虽然在平日里处处“算计”自己的活宝堂弟，但是在对方需要帮助的时候，他向来都会不遗余力。

就像这次，路宝想在国内拓展业务。在见到财务预算后，路瑾年发现自己的资产不够，于是他这段时间拼命地工作。按照路瑾年以往的性格，他只要赚到足够的钱，就不会再接任何工作，他的意思是“我要留一些时间陪伴老婆”。

“这也是路总的一番心意。”刘京京道，“而且东西我已经带到国内了。”

“那好吧，我待会儿把地址发给你，你让托运公司在明、后天把礼物送到我家就可以了。”既然东西已经到了，杜唯微也不会假意推辞，否则就是劳人伤财。

“好的。”刘京京应声后觉得不对劲，但是她又不好细问，只好说，“还有一个东西贵重了点儿，我还是亲自送到杜小姐手上比较好。”

“你可以联系高浩，把东西交给他。”

“杜小姐不方便见面吗？”

杜唯微很耿直地道：“是。”

越是这样，刘京京越是好奇。她继续道：“杜小姐，这个礼物真的不方便外人接，而且回去后，我也不好向路总交代。”

“那我们明天约个时间见面。”

“杜小姐，我明天要回韩国。”

那就是非今天不可的意思？

杜唯微无奈之下只好说：“我把地址发到你的手机上，你来学校见我，最好两个小时以内到。”

两个小时以内的话，刘京京和路瑾年就不会碰面。

每个女人心里或多或少都会有些嫉妒老公的前任，她也不例外。虽然她每次都表现得云淡风轻，也知道路瑾年对她的爱从来不会因为刘京京而消减半分，但是人性的自私，还是在支配着她。

她希望路瑾年和刘京京不要再见到彼此，如果能永远不相见，就是最好的结局。

原谅她的小心眼，她也不过是一个普通的女人，有着小小的心思。

“好的。杜小姐，我们待会儿见。”

挂了电话后，刘京京看了一眼天空：

杜唯微，等会儿我就知道你葫芦里卖的是什么药了。

她在国内的时间充沛，明天也根本不用回韩国，这些都是她的借口。她总觉得，这次跟杜唯微见面的话，能遇到什么不得了的事情呢。

随后，她看了看时间，对方要求她最好在两个小时内见面，那么她就故意拖一下时间吧。想到这里，她在路宝准备的那些礼品中，随意挑了一件稍显贵重的礼物，然后包装好。

而在学校会堂里的杜唯微原本打算在学校的其他地方跟刘京京见面，然而同学们太想见到路瑾年，在看到群消息、忙完手头的事情后就第一时间在会堂内集合了。就这样，大家拉着她不停地问东问西，一时间，她也没办法离开。

大概等了两个小时，还没见到刘京京，杜唯微在想对方是不是不会来了。就在这时，她接到了刘京京的电话。

“杜小姐，请问你还在学校里吗？”

“我说希望你在两个小时内见我，然而你爽约了。”

“抱歉，我对A市也不是很了解，所以来晚了。”

对于刘京京这样的解释，杜唯微没有帮她含糊过去的意思：“刘小姐，这个世界上有一种交通工具叫‘出租车’，本市的司机只要你说出地名，绝对能将你送到目的地，尤其是A大这种标志性的学校。”

“路上很堵。”

“现在并非上下班时间，再者A大是A市所有司机最想来的地方，因为偏远、路多，来往没有堵车的时候，通畅得让人想成为直线专车司机。”

面对杜唯微毫不客气的拆台，刘京京干笑了两声，说：“有事耽搁了，实在是不好意思。”

杜唯微也不是得理不饶人的性格，既然拆穿了刘京京，让对方感到很尴尬了，她也见好就收，不再继续嘲讽。但是因为现在被同学们围着，她实在没办法脱身，于是说道：“我在学校会堂里，因为很忙，不能亲自出校门接你，失礼了，刘小姐。”

“没关系，我也没有遵守约定的时间。你忙你的，我自己找路。”

“辛苦了。”

“应该的。”

跟刘京京的通话结束后，路瑾年的电话也打了过来：“老婆，我从你们学校侧门进来了。”

杜唯微的心里很是复杂，有些事情既然避免不了，那就淡然地面对吧。

“路上没被其他同学发现吧？”

“放心，我的保密措施做得很好。”

“就怕你戴帽子、戴口罩、戴墨镜，给人的感觉就很神秘，想不被人关注都很难。”

“你的老公可是能躲过国内出名狗仔的男人，对方跟踪我六年，什么料都没挖出来。”

“我的老公这么洁身自好，哪会有什么猛料。”

路瑾年听着很舒心，他的老婆真是越来越会说话了。

之后，路瑾年比刘京京先到会堂。他刚进来的时候，全班的同学激动得说不出话来，等他们回过神来，立刻把路瑾年拉到了会堂的主台上，让他几乎无法动弹。

很快，刘京京也找到了会场。刘京京进来后，杜唯微怕学校其他同学也进入会堂，会发现路瑾年的存在，从而引发一系列的安全问题，于是她将会堂的门反锁了。

当看到一群同学围住一个男人时，刘京京就猜测出对方是路瑾年，他的身高就算被同学们团团围住，也傲然醒目。加上他的穿戴，是为了避人耳目的装扮。

这不是路瑾年，还能是谁？

忽然，她就明白了杜唯微的用意，对方是不想自己跟路瑾年见面。

原来，杜唯微也是一个小心眼的女人，也在患得患失。之前，她表现出来的自信，恐怕都是装出来的吧？

“这里好热闹啊。”刘京京下意识地感慨了一句。

杜唯微没有心思跟她聊家常，而是直截了当地道：“你不是来给我送礼物吗？说是只能当面给我的礼物，给我吧，你可以走了。”

“杜小姐的话很有攻击性呢。”刘京京笑着道，“难不成还在为我爽约的事情生气吗？”

“不管我是友善的还是有攻击性的，你的目的就是来送礼物，不是吗？”

刘京京也不想争辩，她将包装好的礼物拿了出来，说：“这是路总送给你的贵重礼物，说希望你亲自打开，所以我只能亲自交到你手里。”

因为礼物是经过层层包装的，杜唯微不知道里面是什么，但这个环境下她也不好当场拆开查看，于是把它装进了自己的包包内，说：“辛苦刘小姐。”

“这是我应该做的。”

然后，两个人对视，双方都无话可说。

就在这时，被包围的路瑾年开口道："各位同学，如果我们一直这样的话，肯定不能达到今天的目的。今天，你们想跟我合影，应该不是想照大团圆的合照，或者是你们围着我的照片吧？"

"当然不是，我们希望能单独跟你照。"

"对，我们想单独合影。"

……

同学们赶紧表达起自己的诉求。

路瑾年礼貌地问："请问，你们全班有多少同学？"

班长赶紧说："一共四十人。"

"这样吧，为了能方便、快速地合影，你们排好队，每个人有五分钟的时间跟我拍照，我可以满足你们要求的任何Pose，这样可以吗？"

"可以可以。"

"五分钟？可以的。"

"路大大，你真是太好了。"

"各种报道都说你不好讲话，但是你真的好亲切。"

……

同学们又是一阵叽叽喳喳。随后在班长的组织下，大家以抓阄的方式，公平地得到了各自的顺序。

排好序后，同学们对各自的顺序都没有意见，毕竟是用的抓阄的方式，公平公正。随后，他们按照先后顺序上台，跟路瑾年合影。

开始的几名同学因为害羞和紧张，只是比出剪刀手，然后露出笑容拍照。后面的同学见路瑾年很配合，有些女生开始大胆地抱着他来合照，对于不是过分的身体接触，路瑾年都不会拒绝。

第十个同学上台，是一个长相清秀的女生。她小心翼翼地问："路大大，我能跟你拍张亲密照吗？"

"请问是什么尺度的亲密照呢？"

"就是……我亲你的脸那种，可以吗？或者伪装成情侣那样的，两个人的脸贴在一起，然后对着镜头自拍的那种。"

路瑾年面带微笑道："这个尺度，不是我能做主的，还请你先过问一下我的老婆。”

路瑾年的话刚落定，靠主台最近的几个同学听到了他的话，男生们感慨路瑾年还是个“妻管严”，看来大明星也不例外，而女生们都快被“苏”化了，没想到现实世界真的有玛丽苏世界里的完美男主角。

这位提出“亲密要求”的女同学下意识地看向了杜唯微所在的方向，路瑾年也随着她的眼光看了过去，只见杜唯微坐在最靠近角落的地方，而她身侧还有一个长相艳丽的女子。

那个女子是刘京京！

感受到了路瑾年的目光后，刘京京下意识地朝着路瑾年望过来，微笑。

杜唯微也感觉到了两个人的对视，心里熊熊的醋意燃烧得根本停不下来。

那位女同学走到杜唯微身边问：“杜同学，我想跟路大大拍一些亲密的照片，可以吗？”

杜唯微立刻问：“什么尺度的呢？”

面对别人的老婆，她肯定不能说“我想亲着你老公的脸拍照”，于是她说道：“伪装成情侣那样的，两个人的脸贴在一起，然后对着镜头自拍的那种。”

“同学，我知道你的想法是单纯的，我也很理解你的要求，但路瑾年是一个明星，如果这张照片流出去的话，可能会引起一些误会，到时候要澄清很麻烦。”杜唯微说得尽量显示出自己不是在吃醋，“我想在座的同学，既然想合影，应该都希望照片能放在公众平台上。既然如此，最好还是照类似的路人合影，个人觉得更好一些。”

这位同学听着，觉得她说得有道理，于是也没再反驳。上台后，她老老实实地跟路瑾年合影，没有要求过分的动作。

随着这位女同学跟杜唯微的接触，正在排队的同学们才发现刘京京的存在。之前，他们所有的注意力都放在路瑾年身上，以至于会堂进来了陌生人都没察觉到。

班长赶紧上前道：“杜唯微同学，不好意思，我今天申请的会堂，按理说不会有其他人进来的，我……我……”

“班长不用解释，这位……是我邀请过来的。”

一听到是她邀请过来的，班长松了一口气，否则会堂进了陌生人，就代表她办事不力，要是让其他同学进来，发现了路瑾年的存在，就会在短时间内让全校师生得到消息，到时候整个会堂都要沦陷。

上次路瑾年跟着杜唯微来学校上学后被发现了，当时下课后，全校听到风声的同学把教室围得水泄不通，还是校方出面，费了好大的力气，才疏散了人群。好在他们走得快，否则就会被一大群同学围堵。

“既然是你的朋友，那我就安心了。”

班长的话刚说完，刘京京就自我介绍道：“你好，我叫刘京京，是路瑾年的大学学姐。”

“哦，原来有这层关系啊。”班长不知道为什么眼前的女子会自我介绍，她并没有主动询问对方的身份呀。

不过，眼前的女子长得真的很美，成熟又有气质，说起来，跟路瑾年更般配呢。

“刘小姐，现在时间不早了，你还不走吗？”杜唯微开始下逐客令，“晚了可赶不上飞机了呢。”

“杜小姐，我是明天的飞机。”

“难道你今天都不需要准备吗？”

“我准备得向来很快。”

“刘小姐也不是X大的学生，这里也没有值得你回忆的地方，我们现在也没什么要说的话，我没有时间陪你聊天呢。”

“没关系，我自己坐一会儿。”

班长：“……”

听着她们两个之间充满火药味的对话，班长缩了缩头：怎么回事？根据女人的第六感，她总感觉杜唯微跟这位叫刘京京的美女是情敌关系。

那边的班长在心里猜测两个人的关系，这边的杜唯微心情很不好。

明明她已经两次直接让刘京京走了，结果她还在这里待着，难不成是想找机会跟路瑾年聊天？

随着时间慢慢推移，等待拍照的同学越来越少，而刘京京也没有离开的意思。其间，杜唯微暗示了几次，然而对方的心理承受能力很好，无论杜唯微是直接说还是暗讽，她都一笑置之。

这倒显得杜唯微有些小肚鸡肠了。无奈之下，杜唯微也只好充耳不闻，把刘京京当成空气一般的存在，这样她就不闹心了。

当最后一个同学拍完照之后，刘京京走上台，说：“瑾年，我们又见面了。”

亲昵而暧昧的称呼，加上她言语间的深情款款，让在场的同学下意识地看向了杜唯微。此时的杜唯微摆着一张面瘫脸，谁也猜不到她在想什么。

“学姐什么时候回国的？”

“这几天。”

“哦。”路瑾年应了一声就要往台下走。

然而刘京京一把拉住了路瑾年的手，路瑾年本能地想甩开，然而她抓得很紧，如果他执意甩开，动作幅度必定会很大，会引来更多的围观和猜测。

刘京京仰起头，满眼期待地说：“我能不能也跟你合照呢？”

“这……”

“只是合照而已。”刘京京故意提高了声音，让下面的同学也能听到，“就当是为我们当年的关系画一个句号吧。”

“咦，当年的关系？”

“这个人是路瑾年的前女友吗？”

“好漂亮的前女友，我要是男人肯定选这一款。”

“路瑾年是与众不同的，可能他喜欢面瘫类型的。”

“不过这个场景，怎么看着有点儿挑衅的意思？”

随着同学们的议论，杜唯微只是沉默了一会儿，随后，她起身理了理自己的头发。

同学们屏住呼吸，想看她的反应，可是她的脸上还是没有任何表情，连眉头也没皱一下，似乎对刘京京的挑衅并不在意。

很快，她走了过去。

“我的天，是要上演大战了吗？”

“吵架吗？”

“掌掴的戏码？”

“哎呀，好期待接下来的剧情哟。”

杜唯微在同学们的闲言碎语中走上了主台，与刘京京对视。

刘京京并没有松开自己的手，她紧紧地抓着路瑾年的手，眼里都是示威，似乎想看杜唯微的反应，如果她对自己出手的话，那就更有好戏看了。

路瑾年不喜欢在公开场合撒泼的女人吧？如果杜唯微不撒泼，那还有什么更好的方式来维护自己的地位呢？她可是很期待杜唯微的表现呢！

接下来，杜唯微一把揪住了路瑾年的衣领，路瑾年的头下意识地低了下去。

她踮起脚，吻住了路瑾年。

路瑾年没想到杜唯微在人前这么主动，一时间，他呆住了，好半天都没有回过神来。

台下鸦雀无声。

许久，下面的同学才回过神来，大家纷纷拿出了相机和手机，对着他们拍照。

在闪光灯的照耀下，刘京京的脸色一阵青一阵白。

一吻过后，杜唯微才撤离，之后很随意地拂开了刘京京的手，然后与路瑾年十指相扣。

“刘小姐，不好意思，我跟路瑾年早就结婚了，婚礼你也参加了。”杜唯微难得地露出了笑容，“我的男人，闲人勿近。以后还请刘小姐跟我的老公保持距离比较好，否则你很有可能被人误解成小三，这样对未婚女性的名誉不太好，刘小姐你说是不是？”

“哎呀，她原来参加过他们的婚礼。”

“既然知道他们结婚了，还在这里要求合影，说什么为过去画上句号，这也太不要脸了。”

“前女友怎么了，那也是前任，现任才是正牌的好吗？既然分手了，就应该好聚好散。”

……

这些闲言碎语般的议论，刘京京自然全部听到了。

这一次，她再次输给了杜唯微。

她毫无颜面地输了，一败涂地！

之后，刘京京落荒而逃，杜唯微很好地打了一个漂亮的胜仗。

事后，在离开会堂之前，班长主动找杜唯微聊天。

“微微，能借一步说话吗？几分钟。”

杜唯微应允，两人在角落坐下，路瑾年在会堂的出口处等待。

“杜唯微，之前我确实讨厌过你，但是现在不了。”

“因为路瑾年？”

“是的。”班长说道，“明明你跟我们一样，只是一个普通的学生，为什么你能像总裁小说里的女主角一样走上巅峰，而我们，还是要在现实中挣扎呢？

“你明明不是很优秀，论长相，你确实算好看，可是全校比你好看的女生也不少。

“论学习成绩，你确实是好学生，可是纵观学校，比你成绩好的女生也是大有人在。

“确实，可能全校没有几个人像你一样会写小说，可是在大家看来，这也不算什么特别厉害的技能，起码在般配路瑾年这点上，算不上优势。

“你可以轻松地走上人生巅峰，而我们呢……我们还在苦苦挣扎，未来还不知道是什么样子。

“想到这里，我就止不住地想要嫉妒你。”

班长絮絮叨叨地说着，杜唯微一直充当倾听的角色，她没有反驳，也没有为自己辩解。

“以前我觉得你是靠的运气，现在我才知道，幸运永远都不会给异想天开的人。它能看中你，必然是因为你有过人之处，而这些，是我们无法企及的。”

班长说到这里，杜唯微才开口道：“为什么你会突然有这样的感慨呢？”

“就拿那位刘京京来说吧，换作学校里任何一位女生，都会自怨自艾吧，觉得在那么漂亮的女人面前不堪一击，而你……很自信。这种自信，是从骨子里发出来的。”班长笑着说，“说老实话，如果换成是我，我一定会躲在角落里哭，然后会问路瑾年，是不是她比我更好，你是不是心里还有着她，甚至担心哪一天他们会旧情复燃。但是……”

“不，班长。”杜唯微主动打断了她，“我也有患得患失的时候。”

“啊？”

“刚开始的时候，我也觉得自己不够优秀，可是他对我特别好。那种害怕是从骨子里透出来的，那段时间我睡不好，上课也没办法集中精神。”

“那为什么现在你……那么自信？”

杜唯微看向了路瑾年所在的方向，此时他靠着门，眼睛看着脚下，在等待她的时候，没有露出半点不耐烦的神色。

“是他给了我勇气和希望。”杜唯微由衷地说道，“爱情最好的模样，不是你嫁的人多么优秀，而是他能给你多少自信。两个人共同成长，相互匹敌，才是爱情最终的样子。”

路瑾年，一直用身体力行来给她安全感。

他不会主动接触貌美的女性，永远夸赞着自己的老婆，还会永远给予她安全感。

这才是她自信的源泉。

她爱着的这个男人，让她变得与众不同。

“那么……”班长笑着说，“你的意思是，你很幸运？”

“我很幸运，但同时我也会努力。”

“那祝你幸福。”

“我会的。”

“加油。”

跟班长的对话结束后，杜唯微走到了路瑾年身边。

“你们在聊什么？”

杜唯微神秘地笑了：“不告诉你。”

“其实，我都听到了。”路瑾年挑眉，“我的老婆不愧是写小说的，说话都那么文艺，道理一套一套的。”

杜唯微：“……”

杜唯微在心底默默地咆哮着：请问你是顺风耳吗？路先生！

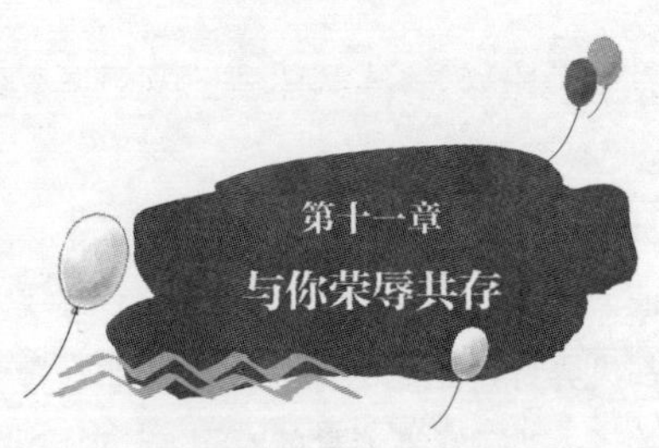

第十一章 与你荣辱共存

路瑾年最近很爱上网，因为网上有很多关于杜唯微揪着他的衣领主动吻他的照片。照片上的自己表情吃惊但是又很享受，而杜唯微完全就是一个女王，他看得爱不释手，都舍不得关掉网页。

那天的事情结束后，同学们把照片发到了学校论坛上，之后照片就传播开来，成为全网热议的话题。对此路瑾年很是满意。

原来自家老婆，还是很在乎自己的，而且示威的方式，他很是喜欢。这种场景再多出现几次，那也是极好的。

在他反复观摩了N遍后，忍无可忍的杜唯微红着脸关了网页。

“路先生，你已经看了三天了。”

“杜女士，这是路先生的兴趣爱好，请多多支持。”

“如果想看女主角的话，她就在你的面前，可以看真人，为何要看照片？”

路瑾年笑着抬起手扣住她的后脑勺，将她的脸压向自己。两人深情地吻住了彼此。

许久，路瑾年撤离，他嘴角含笑地道：“要我不看照片，还请杜女士以后多主动做出这样的行为才好。”

杜唯微：“……”

半晌，她才说：“哎，你还有心情乐呵。”

“还在为毕业证烦恼吗？”

“是啊，毕业论文是怎么写的我都忘了，现在重新写又不甘心。”

“我的少奶奶就别担心这个问题了，过两天你的辅导员会主动打电话给你的。”

“你怎么确定？”

“我未卜先知。”

“那你说辅导员打电话给我干吗？”

“让你领毕业证。”

“我毕业论文都没弄好，她怎么给我发毕业证？”

路瑾年故意卖关子：“好好等消息就对了。”说完，他又道，“我今天要出门，大概一个月后回来。另外，沈清欢告诉我，她有新剧，想跟你合作。你抽空去她的公司跟她聊聊。”

“哦，好的。”

就这样，两人一起吃完饭后，路瑾年再次踏上了一个月不归的征途。

杜唯微收拾了一番后，主动去了沈清欢的公司。到了沈清欢的公司后，她得知来人是杜唯微后，便将一些事情押后了，先接待杜唯微。

“杜小姐，你好。”

“沈小姐，你好。”杜唯微客套了一会儿，说，“我听路瑾年说，你有新剧的计划想找我合作，对吗？”

“是的。”

“请问是什么类型的呢？”

“我暂时想拍一部科幻爱情题材的剧，内容还没有想好。”沈清欢道，“既然你来了，那我们想想人设和大纲。”

“科幻爱情是立足于未来，还是现在？”

“现在。”

“男主角有异能，还是女主角有异能？”

“都可以。”

“明白了。”杜唯微说，“我想要一套纸和笔构思一下。”

沈清欢朝着外面的助理招了招手：“拿两台平板电脑进来。”

助理接到命令后快速撤离，一会儿，她拿着两台平板电脑进来，将其中一台给了杜唯微，另一台交到了沈清欢手里。

“电脑上记录更方便，修改也简单。”

“谢谢。”

“应该的。”沈清欢简短地说了之后，继续道，“我们各自构思一个故事，时间是一个小时。”

杜唯微应允。

两个人面对面地坐着，对着平板电脑编织着各自的故事。一个小时很快就结束了，沈清欢和杜唯微交换平板电脑，看对方的人设和大纲。

杜唯微编织的故事是这样的：

她是为了拯救Angel而生的克隆人，她从诞生的那刻起，就注定了日后会为Angel而死。

她追他长达十年，他却在追逐一个不爱自己的女人，最后她为了这个女人而死。得知真相的他想救回这个自己从来没正视过的女人。于是随着时空逆转，他回到了她十八岁时，陪着她慢慢成长。

因为时空秩序，他不能告诉对方以前的事情，也不能通过暗示让她知道现在与过去。他甚至不能与她相处超过三个小时，以及……不能与她有过多的身体触碰。

随着相处，他慢慢喜欢上了这个克隆人。心底无法压抑的爱情，让他忍不住想靠近她。但每一次靠近她，他就像是踩在了刀尖上，浑身都有着难以言喻的痛。

后来，她问：“为什么你能为我做到这种程度？”

他忍着噬骨的痛笑着回答：“这是我爱你的唯一的方式。”

看完了人设和大纲后，沈清欢道：“女主角是男主角研究出来的克隆人，男主角是外星人，对吗？”

“是的。”

“故事和创意都不错，而且人物设定也很出彩。故事跌宕起伏，既有温暖，又有虐心的情节。”沈清欢夸赞后，问杜唯微，“我的故事呢？”

“俗套，中规中矩，没亮点。”杜唯微如实评价。

沈清欢："……"

沉默了良久，沈清欢的手托着下巴道："杜小姐，你这些话说得也太直接了吧？"

"沈总希望我委婉一点吗？"

"我喜欢你这性格。"沈清欢笑了笑，"只是作为一个投资人，你不怕你刚才的实话实说，会影响到我对你的印象吗？一般的编剧，面对投资人，哪怕投资人想出来的东西不能看，也会唯命是从。"

杜唯微的语气淡然如风："我知道沈总的性格，所以当然能说出心里话。"

沈清欢道："如果你不了解我，就会跟其他编剧一样，说出谄媚的话来？"

"我会保持沉默，不予评价。因为我不会跟他们合作，哪怕投资人是这个世界上最有钱的老板。"

"虽然听起来有点儿吹嘘的嫌疑，但是这种果敢的性格，我十分欣赏。"

"沈总不要太夸我，我会骄傲的。"杜唯微坐直了身子，说，"看来，沈总对我的故事很感兴趣？"

"非常感兴趣，这个项目我会作为年度重点案子去做。"

"那我希望我是这部剧的独立编剧。"

"你要一个人写？"

"是的。"

"这可是很艰巨的任务，你确定？"

"之前我没有经验，后来沈总给了我两次机会。我很相信自己的实力。"

"既然你毛遂自荐，那我就给你这个机会。"

"谢谢沈总。"

"我等你的分集大纲，但我要求在两天内完成，你能做到吗？"

杜唯微不紧不慢地道："如果沈总不要求质量，我可以做到。"

"你还真是直接，别的编剧只会答应投资人的要求。"

"就是因为编剧的地位太低，没有话语权，国内的影视剧才被人诟病，他们没有太多的时间打磨作品，就算有时间，也会因为各方提出不合理的要求反复整改剧本，最终导致一个很好的剧本变成了四不像。”

“你把话说到这个份上了，我还能逼你吗？你说吧，分集大纲你需要多久能写完？”

“最快两周。”

“够久的。”沈清欢继续问，“前三集的剧本呢？”

“一个月。”

沈清欢很是无奈：“如果我要求一周内呢？”

“如果沈总不要求质量的话，我可以满足。”

“又来这些说辞，我服了你了。行吧，这个项目就按照你的时间和速度来定。”沈清欢妥协，“但是你要确保故事情节有亮点。”

“没问题。”

随后，杜唯微跟沈清欢约好一个月后再见面，这段时间内杜唯微会闭关写完分集大纲和前三集的剧本。细节商定后，杜唯微离开了沈清欢的公司。

杜唯微前脚刚走，沈清欢的助理就不满地说：“沈总，圈内的编剧多了去了，那些写得快、写得好的老编剧那么多，为什么你要把机会让给她？先不说她只是新人，还不知道能不能担任整部剧的独立编剧，就拿她的速度来说，这是非常拖项目进度的。”

“圈内真正写得好的编剧，都是任性的。M编剧每隔三年才出一部作品，他不接受任何投资方和导演以及演员的建议，只写自己的故事，也不接受任何修改，但是他的剧拍出来后，一定是收视率最高的。有些投资方为了得到他的新剧，会直接往他的银行卡里打定金，不要求他立刻写完，只需要他在新剧写完后，能优先考虑他们。”

“M编剧我知道，他的东西质量过关，但是人家从业三十年了，杜唯微她……”

“谁都是从新人过来的，既然她有自信，我为何不能给她一次机会呢？”沈清欢起身道，“国内的编剧处于食物链的底端，投资方、导演、演员都能对他们的作品提出意见，他们不厌其烦地修改，最终失去了自我，导致影视剧市场一片混乱。我想做的，就是靠拢欧美与韩国的模式。

“他们是编剧当家制，导演和演员逢年过节都会去看望编剧，编剧有任免权，甚至拥有一切的话语权，地位非常高。可是，这样的制度也有不合理的地方。

“但我知道，他们的编剧当家制，让影视剧的质量非常高，只要有这一点就足够了。”

“我明白了，沈总。”

杜唯微回家后，一直在完善着人设和总体大纲，直到凌晨四点才入睡。早上九点左右，她的电话一遍又一遍地响了起来。迷糊中，杜唯微抓起手机接听了。

“杜唯微，我给你打了那么多电话你怎么不接？”

从音色来判断，这是她的辅导员。

“对不起老师，我昨晚熬夜了，刚刚醒。”

“熬夜对身体不好，以后早睡早起。”

“知道了，老师。”

“你来学校一趟。”

“去学校？”

“你不要毕业证了？”

“啊，可是我的毕业论文……”

“你来就知道了。”辅导员似乎不打算在电话里详细说明原因，“恭喜你毕业。”

听到是关于毕业证的事情，杜唯微立刻清醒了过来。她心里喜滋滋的，就连梳洗的时候，脸上都带着笑容，熬夜后的疲倦都因此烟消云散了。

到了学校后，杜唯微见到了辅导员，对方热情地将毕业证送到了她手里。

“杜同学，不是老师之前不相信你，确实是我的邮箱收到的是那篇抄袭的论文，而你又拿不出新的论文，我也很为难。但老师心里还是相信你的。”

“老师，我能问问为什么你现在确定我……是清白的？”

见她一脸茫然的样子，辅导员惊讶地问：“你还没看到新闻吗？”

“新闻？”

“可能这件事对你的打击很大，所以你都没关注网上的消息吧。最近的新闻报道说，是一家公司的程序员黑了你的邮箱，删除了你发给我的毕业论文，然后用你的邮箱发送了一篇抄袭的论文给我。”

“哪家公司？”

“不清楚。好像说对方是伺机报复，为了何雪的事情。”

“何家？”

“应该是吧。”

杜唯微隐约明白了这件事的来龙去脉。一定是何家对何雪的遭遇不满，因此在暗地里使坏，但这件事还是被查出来了。联想到昨天路瑾年的信誓旦旦，她知道，这件事的大功臣就是他了。

拿到毕业证后，杜唯微给路瑾年打电话，对方接通后，她没有主动说话。

“怎么不说话，是感动了，还是有别的原因？”

“你什么时候开始调查的？”

路瑾年知道杜唯微问的是什么事情，他很干脆地回答：“在我知道消息的第一时间。”

“怎么不告诉我呢？”

“你现在不是知道了吗？”路瑾年的声音里带着笑意，“你只要安静地等着结果就好，过程并不是你应该关心的。”

“可是，你直接把何家的程序员曝光在大众之下，这不就是在打何一程的脸吗？”

“我就是这个意思。”

杜唯微对路瑾年为自己所做的一切表示感动，但她还是担忧地道：“何、路两家的关系已经很紧张了，妈妈为了这件事也很生气，你才安抚了她不久，现在又出了这种事情，不怕她更生气？”

“难道我们要装作不知道，让何一程继续使坏下去？我就是要打击他的信心。”

“老公，我知道你为我好，但是你也要为自己考虑，我不希望你因为我的事情而……”

路瑾年适时地打断她，说：“我的杜少奶奶，你不要忘了，我们是夫妻，所以我们就是一个整体。你的利益受损了，也就是我的权益受到了侵犯，我为你所做的一切不是‘不考虑自己’，恰恰是‘清楚明白地维护着自身的利益’，你懂了吗？”

他伶牙俐齿，饶是喜欢一句话把人说死的杜唯微，也不是他的对手。

只是，这件事虽然圆满地结束了，可是她的心里总是很不安。

似乎，暴风雨就要来临了。

但愿心底所有的不安，都是她想太多了。

这一次，路家再次爆发火药味。

李茉看到新闻后，气得两眼发黑。要不是陈瑶伸手扶得快，她一定会就地倒下。

陈瑶将李茉扶到沙发上坐定，随后她给路西顾打电话，小声地说：“西顾少爷，请问你在哪儿？”

“在外面处理一些事情。”

“西顾少爷，李总现在心情不好，请问你是否有时间回来一趟呢？”

路西顾一听到李茉心情不好，加上是陈瑶主动打电话求救，就知道这个“心情不好”应该是“极度震怒”。在外面的时候，他也恰巧看到了新闻，没想到妈妈也看到了。看来他必须回家一趟了。

“我很快就回去。”

听到这句话，陈瑶悬着的心才落定。

然而她刚结束了跟路西顾的通话，坐在客厅沙发上的李茉又开始用摔东西的方式来发泄心中的怒火了。陈瑶全程观看，也不好制止。

直到她要砸唐三彩的时候，陈瑶才急忙上前道：“李总，息怒，息怒，这是唐三彩，不能砸！”

“这就是那个不省心的儿媳妇送给我的，我就要砸了它，我看到它就想起那个女人，我咽不下这口气，她抢走了我的瑾年，我忍了！可是，她一直在蛊惑我的儿子为她出风头，我不能忍！”

“李总，你消消气。”陈瑶安慰道，“我也不喜欢杜唯微，但是这件事，也不能全怪她！”

李茉瞪着陈瑶道：“你的意思就是我是非不分？”

陈瑶吓得好一阵儿不敢说话。为了降低李茉的愤怒值，她赶紧说：“李总，西顾少爷说要回来，他似乎把我们公司新拓展的业务打理得很好，而且……而且你不是还有西顾少爷吗，杜唯微都不算个事儿。”

一提到路西顾，李茉的心里好受了很多。

现在对她来说，也只有路西顾能安慰她伤痕累累的心了。

好在她有两个儿子，好在她有一个听话的路西顾。

否则，她真不知道，自己要怎么面对这漫漫人生路。

路西顾回来后，他温和的话语、明媚的笑容，让李茉心里的阴霾悉数散尽。

李茉恢复后，对陈瑶吩咐：“约杜唯微明天跟我见面。”

“李总，你……你该不会是……”

陈瑶生怕李茉在这个时候跟杜唯微置气、争吵。李茉却说道：“我有自己的分寸。”

陈瑶只好联系杜唯微，约杜唯微明天跟李茉见面，地点选在了一家高档俱乐部内。

第二天，杜唯微提前一个小时在这家俱乐部里等待李茉，而李茉也是一个准时的人，到点便出现了，没早一分也没慢一秒。在商场上驰骋多年的女强人，是非常有时间观念的。

见到自己的婆婆坐下，杜唯微心里说不紧张那是假的，但是面上还是一副淡定自若的样子。

“妈。”杜唯微亲密地叫着，“好久不见。”

“跟我就不要来客气这套了，我跟你也没那么熟悉。”李茉的语气不善。

杜唯微没有生气：“你是在生我的气，是不是？”

“你是什么人，我为什么要生你的气？”

“对于这段时间给你造成的困扰，我很抱歉。”杜唯微说道，“这不是我的本意。”

“不是你的本意，但是事情已经发生了，我们路家感到了很大的困扰。我最讨厌你们这种白莲花，每次闯祸都让别人给你们收拾烂摊子，事后摆出娇弱的姿态祈求别人原谅。你以为我是你们写的那种三流小说的读者群体，会无脑地原谅你们吗？”李茉越说越生气，“我儿子是鬼迷心窍了，我就当没有这个儿子，可是你三番五次闯祸，最终还连累到我们。你什么时候能消停一些？”

面对李茉的愤怒，杜唯微没有急着反驳，而是很耐心地听着她的斥责。

等李茉说了足足有半个小时，实在是没有可以抱怨的话了后，杜唯微才说了自己想说的话。

“妈，你的心情我很能理解。你一直不认可我，如果我跟你说我心里一点儿都不难过，那肯定是假话，我也希望能得到你的认可。我知道，我跟路瑾年的差距很大，但我并没有贪图他带给我的稳定生活，我也在努力，我……”

“你努力什么？努力地当个蛀虫吗？”李茉很不客气地斥责她，“你吃我儿子的，用我儿子的，花我儿子的，住我儿子的。我不求你让他的事业有更好的发展，也不想你引导他跟西顾一起继承家族企业，我现在只求你们安分守己，不求能有多大贡献。结果你们呢？瑾年以前是很叛逆，而且经常忤逆我，可是我们路家从来都没有遇到过类似的事情。你的到来，让我们整个家族都很难做。你现在让我接受你，换作是你，你能做到吗？”

“将心比心，我或许会跟你一样愤怒，但我……会实事求是地分析事情。我承认，因为我的事情，让路瑾年帮我善后，这些给路家造成了不必要的困扰。可是，我没有主动找麻烦，是麻烦来找我的。”

“如果你当初拿着我给你的钱，直接离开了我的儿子，也不会有今天的事情。”李茉盛怒之下，将面前的水泼到了杜唯微的脸上，“你这个言而无信的女人，你拿了我的钱，说离开他，结果自己吞了钱不说，还跟我玩儿文字游戏。”

当时，李茉让陈瑶私下找到杜唯微，给了一笔钱打发她，想让她离开路瑾年。

这个女人表面上收了钱，却把这件事告诉了路瑾年。事后，面对陈瑶的质问，这个女人竟然回答“你们是让我离开他，但是他不愿意离开我，你让我怎么办”。她将文字玩弄于股掌，让她们吃了一次哑巴亏。

杜唯微知道自己在这件事上耍了小聪明，只是每个人都有自己的私心，她也不例外。那时候，她以为路瑾年就是自己心心念念的路老师，她一直都想站在他的身边，怎么可能因为外来的阻拦，就放弃自己的爱情呢？

后来她发现自己认错了人，可也因为私心，还是舍不得离开。她跟这个世界上所有贪恋温暖的女人一样，安于眼前的幸福，想抓住属于自己的良人。

“妈，已经发生的事情，我无法改变。但是我希望你能放下偏见，给我一次机会，我会证明自己。”

“证明自己？证明你就是个祸水，会害惨我们路家吗？”

“妈，你扪心自问，就算没有我的出现，路瑾年会和按照你指定的人生活下去吗？他跟何雪结婚，真的是最好的结局吗？你明知道何雪心思阴暗，还让他娶这样的女人回家？”

“这是门当户对，不是你这种小家小户的女人能理解的。他们的结合是强强联手。”

“如果有一天，妈你得罪了何雪呢？你以为她会因为路瑾年，不去针对你？沈清欢对她是交心地爱着的，把她当作自己的亲妹妹一样呵护，最后得到了什么？”杜唯微发表着自己的观点，“可怕的不是狼本身，而是我们明明知道对方是狼，明明可以避开，却主动把自己送上去了。”

虽然杜唯微的话说得很有道理，但是在人生中很少受到质疑的李茉，很显然对这些话难以消化。她不悦地道：“你是在对我说教？”

“我知道，我现在很弱小。我跟路瑾年的差距，不需要任何人提，我最清楚不过。但是，总有一天，我会成为可以跟他匹敌的女人，请你相信我。”

“你有什么本事？你是长得艳丽动人，还是有一个可以助你登上巅峰的富爸爸？你拿什么跟我儿子匹敌？就凭你那写三流小说的能力吗？”

李茉的话句句戳心，杜唯微听得心都在滴血。

如果眼前的女人是“别人”，她一定会反击，但是对方是路瑾年的母亲，她不能这么做。

纵使心里有万千委屈，她也要装作淡然如风。

“走向成功，为什么要借助别人的力量呢？这不是自己要做好的事情吗？”杜唯微缓缓地说着，语气很平淡，但是句句透着自信与不屈，“这个世界含着金汤匙出生的总是寥寥可数，大部分人连我这种‘小家小户’的出身都达不到。如果没有富爸爸，就把自己变成未来儿女的富爸爸或者富妈妈，让自己的下一代成为含着金汤匙出生的幸运儿。”

这个世界没有那么多的富爸爸，她从来都不会抱怨自己的出身，也不会责怪父母给予不了自己丰厚的金钱。要想得到，首先要自己付出。把自己变成想要的模样，这才是人生真正的模样。

“道理说得倒是一套一套的，我要的不是漂亮话，我要看的是结果。现在的结果是，我们路家已经彻底失去了何家这个合作伙伴，我们的股票一直在跳水。”

“如果一个公司只有一个合作方，它的荣辱都维系在这个合作方身上，这难道不是高层的失误和无能吗？”

“你居然质疑我？我一个人撑起了整个家族，你居然说我‘失误和无能’？有本事你做一个公司给我看看？”

“可能我说的话有些偏激，但是妈你可以仔细想想，路家离不开何家是不是一件可怕的事情？与其以后依赖得更深，现在撤离也是一件好事，不是吗？”

长痛不如短痛，在这时候跟何家划清界限，重新挖掘合作方，也是一种自救和上进的策略。

“哼，你说得倒是轻松。”

李茉冷哼了一声后，婆媳两人面对面地坐着，周围的空气像是被冻住了，两个人的呼吸都有些不畅。就在气氛尴尬的时候，陈瑶的声音打破了沉静：“李总，路宝少爷的助理刘小姐到了。”

路宝的助理刘小姐？刘京京？

杜唯微苦笑，刘京京最近还真是阴魂不散，哪儿都能遇到她。这种缘分，不知道上辈子自己是不是欠了她什么。

“李总，我叫刘京京。”刘京京被陈瑶引进来的时候，首先做了一番自我介绍。在看到杜唯微后，她很是惊讶，她也没想到能在这里再次遇见对方。

“杜小姐原来也在，你好。”

“我还以为刘小姐回韩国了呢，没想到还有再见面的机会。”

刘京京知道自己的谎言被拆穿了，不过这尴尬她并没有太在意。她将手里的资料放到了李茉面前，道：“这是我们路总回国拓展业务的计划，路瑾年投了不少钱，路总说最好给夫人过目一遍。”

李茉看也不看，道：“他们两兄弟关系好，路瑾年资助他，那是他们的事情，这些东西不需要经过我的手，我不会反对。”

“谢谢李总的支持。”

“路宝在韩国这几年的发展，我也是看在眼里的。”李茉难得露出了好脸色，说，“他现在想拓展业务，也是上进的表现。”

“李总这么想，我相信路总会很高兴的。”

李茉忽然反复打量着刘京京道：“你是不是还有什么事情要跟我汇报？”

刘京京不知道李茉为什么突然这么说，她支支吾吾：“啊？没……没……”

“你应该是忘了什么重要的事情，路宝应该不会让你来说这么无关紧要的事情吧？”

“这……”

刘京京不知道李茉的行为有什么深层次的含义，所以心里七上八下的。

杜唯微是一个聪明的人，她知道李茉是在故意赶自己走，只是没有直接说出来罢了。她很配合，起身道：“妈，既然你还有事，那我先走了，就不打扰你跟刘小姐的交流了。”

李茉没有给她好脸色，只是冷哼了一声算是回应。

刘京京这才明白过来李茉的用意何在，看来是婆媳不和。她很遗憾自己没有早点来，否则肯定能看到好戏。

第十二章 这剧不火，天理难容

杜唯微写新剧期间，何雪的二审官司也在进行中。虽然过程冗长而复杂，距离二审判决的日子还很长，但是根据推断，二审一定会维持原判，意味着何雪要坐十多年牢。

二审还没结束，何雪眼看自己出狱无望，在狱中自杀过一次，好在狱警发现得早，让她捡回了一条命。而狱警也将这个消息告诉了何家。何家夫妇听到何雪自杀的事情，生了一场大病，又责备自己无能，因此一直不敢去看何雪。

这天，何一程去狱中探望何雪。

此时的何雪，脸色苍白，神情哀怨，见到何一程，她的眼泪不断地往下掉："哥，我不想活了，你就让我死了吧。

"我真的不想坐牢。

"哥，你不知道牢里有多可怕。

"如果我注定要坐牢，我宁愿死。

"我不是傻子，我知道二审也会维持原判。哥，你那么有能力，以你的本事，回国后这么久都没有帮我解决这件事，说明很棘手。"

……

何雪一边哭一边说。她的眼泪像是落进了何一程的心里，让他无比难受。

这是他唯一的妹妹，他却没办法拯救。

“小雪，这件事，是哥对不起你，是我……没办法说服沈清欢。”何一程的声音很低，“但是你相信我，我不会让你白白受苦的。”

“哥的意思是，我不会再有出狱的机会了是吗？”

许久，何一程挤出八个字：“好好表现，争取减刑。”

这一瞬间，何雪的眼泪掉得更汹涌了。

她心里知道，这件事很难扭转。她很了解沈清欢的脾气，对方是一个爱憎分明的女人，她会对一个人加倍地好，也可以对一个人加倍地冷漠，一旦被她认定是恶人，就再没有翻身的机会了。以沈清欢的性格，不会帮她翻供的。

在牢狱中，沈清欢来见过她一次，她试图求对方放过自己，却被对方无情拒绝。

她知道，自己坐牢几乎成了板上钉钉的事。可是因为何一程强大的能力，她心底还有小小的期盼。但在她心里强大如神的哥哥，在她面前说出实情的时候，她还是忍不住绝望和难过。

为什么奇迹，就不肯降临呢？

“哥，我真的不想坐牢，真的！”

何一程很是无奈：“你就不应该那么做。”

“可是我真的很喜欢路瑾年，我跟他认识那么多年，为什么就比不上一个杜唯微呢？”

“不，我说的是你有意杀害沈清欢弟弟这件事。”

何雪的脸色一变。

“我……我当时……”

“小雪，这件事，你确实做得不对。”

“哥，你也觉得我是恶人吗？”

“不管你做了什么，在我心里你永远都是我的妹妹。”何一程道，“虽然我知道希望渺茫，但我还是不会放弃救你出来的。哪怕只有一丝可能性。”随后他又说，“小雪，以后不要再做傻事，你要好好地活着，好好地看着路瑾年堕落。”

“哥，你的意思是……”

“他让你身陷牢狱，我怎么会轻易放过他？”

“哥，你不要做傻事，现在家里只有你一个，你要是跟我一样，我……我……”

“放心，我不会做杀人越货的事情。”何一程阴冷地笑着说，“毁掉一个人，不必杀了他，而是要让他生不如死。”

“可是路瑾年在娱乐圈很有地位，路家之前也想封杀他，甚至连沈清欢都掺和了一脚，最后他还是崛起了。”

“现在他的对手是我何一程。”何一程继续说，“你就看着他落魄吧。”

“我最恨的不是路瑾年，而是杜唯微。”

“夫妻之间，一荣俱荣，一损俱损。她不过是依附于路瑾年的蛀虫而已，大树倒了，虫子还有什么生存的空间？”

听到这些话，何雪的心死灰复燃。

是啊，她不能再寻死，她要坚强地活着，要看杜唯微这个蛀虫落到无树可攀的那天。

离开监狱后，何一程还是抱有一丝幻想，准备去找沈清欢。或许上次，她是在跟他置气，而且当时他的态度跟以前一样高高在上，可能因为这个，才让对方没有好脸色。这一次他稍加示弱，事情也许会有转机。

想到这里，他还是去了沈清欢的公司。

第二次来沈清欢的公司，他依旧需要等待，这一次他的心境发生了改变，没有第一次的恼怒与不耐烦。为了表现出自己的诚意，他显得很有耐心。

沈清欢坐在办公室里听着秘书汇报，表情微微有些发愣：“他还在等？”

“是的，沈总您看……”

“直接告诉他，该说的我上次已经说明，何雪的事情恕我无能为力。”她的表情已经恢复平静，然后垂眸打开了文件，明显是要继续办公。

秘书了然地微微退了几步，随即转身离开。

沈清欢听见房门关闭的声音时，苦涩地一笑。何一程为了亲妹妹可以放弃高傲的自尊，却偏偏忘了她也可以为了亲弟弟而不顾一切。

她今天的做法，算是彻底给两人之间的情感画上了句号。

何一程站在会客厅内听着沈清欢秘书传达的话，脸色阴沉无比。他没想到对方甚至都不想见自己，他说："所以她决定不见我？"

秘书有些震慑于何一程此时所散发出的强大气场，只好说："抱歉，何先生，沈总接下来还有紧急会议要开，要不您……"

"行了，她的意思我明白！"他的骄傲不允许自己再多加停留。今天这一笔账，他会牢牢记着。

何一程神情阴郁地回到了车中，司机也感受到了他此刻的愤怒。

他怎么都没料到自己居然会在沈清欢这里吃了个闭门羹，看来果真如小雪说的那样，沈清欢已经被杜唯微他们给彻底蛊惑了。

可恶，他就说女人应该好好地在家相夫教子，养尊处优，否则小雪怎么会进沈清欢的公司？如果不进她的公司当演员，小雪又怎么会跟杜唯微这种唯利是图的女人搅和在一起？看来真应该加快对这些人惩治的步伐了！

司机看着何一程冷漠的表情，小心地询问道："少爷，现在要去哪儿？"

"回别墅。"

"是。"司机看出他心情不好，知道事情又没谈妥，也不敢再多询问。

何一程回到别墅后，通过属下联系上了东陵传媒的向总来家中做客。

他站在别墅二楼的阳台上，看着一辆黑色宾利由远而近，最终慢慢停靠了。

身材有些发福的向超从车中走出，理一理西装，一抬眸就正好跟阳台上站着的何一程打了个照面。

向超朝着他点了点头。何一程瞥了他一眼，转身走入屋内。

向超也不在乎他的冷傲，毕竟何家在这座城市的地位也是不容小觑的。

他进屋前特意打量了一眼周围环境，视野开阔得连他也忍不住咋舌：这块地的风水真是不一般啊。

何一程双腿交叠，轻描淡写地道："坐。"

"好的，何总。"向超坐在何一程旁边的沙发上，眼神里带着好奇。

"长话短说，我准备涉足娱乐产业，毕竟现在国家对文化产业有扶持，而我也想在这块儿上分杯羹。向总是明白人，你应该知道我的意思？"

"是是是，影视这块儿的产业链确实风头正旺，先来者先得嘛，免得什么时候又疲软了，啥都捞不着。"

"那你对沈清欢的影视公司有什么看法？"

向超愣了愣，关于沈清欢跟何一程的感情纠葛，在商场内从来都不是秘密，对方这个时候询问，自己该怎么回答？

何一程似乎察觉出了向超的迟疑，冷冷地提醒道："只问影视这块儿。"

"这块儿啊，沈小姐的眼光还是独到的，凭借着第一部网络剧就打响了她公司的名头，确实是个女强人。"

何一程听见"女强人"三个字时，脸色更为阴沉，他说："既然你把她说得这么好，那么她即将开发的新剧，你去投资吧。"

"啊……"

"钱我出，盈利后五五分，全程不能提及我的参与。"

"……何总，您的意思我不太明白，总不能让我坐享其成吧？"

何一程斜睨了一眼向超："天上从来不会掉馅饼，我这么做只不过是想从你的公司里找出合适的演员培养起来，试试水而已。如果不行，也不会亏。"

"培养演员？那何总您看中了谁？"

"梅嘉树。"

"……"向超愣了愣，"他？"梅嘉树这几年一年不如一年，他都准备合约到期之后不再跟对方续约了。

何一程勾起嘴角，冷笑："比起'小鲜肉'，我反而更想打造贴近人心的'老干部'形象。"

向超点头，原来何一程是想反其道而行之。

确实，梅嘉树的颜值在“老干部”行列里面也不算太差，如果好好打造，搞不好真有翻身的机会。到了那个时候，向超的传媒公司也会跟着再红一把。

等等，向超忽然想到了一件事，那就是最近闹得沸沸扬扬的何家二小姐牢狱之案，据说牵扯到的似乎就包含了沈家、路家以及沈清欢指定的新编剧杜唯微。

向超心中一紧，他开始有些明白何一程的用意了，对方摆明就是想站在暗处，拿曾经跟路瑾年有恩怨的梅嘉树来恶心让他妹妹坐牢的所有人，这步棋，走得够巧妙啊！

“何总，我现在是不是可以这样理解，您是想让我顶着大投资方的名义跟沈清欢的公司合作，然后让梅嘉树带资进组，明确他的男一号地位，但是全程都不能跟任何人提及您的存在，连带梅嘉树也不能说，对吗？”

何一程挑眉道：“是。”

向超了然，故意说道：“那我明白了，毕竟沈清欢出品的影视剧大多都是精品，您借着这东风来踏入涉足娱乐产业的顺风路，也是非常完美的走法。期待我们东陵传媒能在何总的手中更加壮大。”

何一程并不想跟他多费唇舌，把自己的意图和需求说明后，便请他离开了。

小雨淅淅沥沥地从空中落下，原本应该一个月后回归的路瑾年因为事情完成顺利，所以提前回来了。主要原因还是他接下了一部年代大戏，后天就要到剧组开机，所以想趁着这两天的休闲时光陪陪他心爱的老婆。

难得休息在家，路瑾年托着腮，手撑在桌面，眼里满是柔情蜜意地看着杜唯微不停地敲打着面前的笔记本键盘。随着时钟嘀嗒嘀嗒的声响，她终于在一小时后举手欢呼：“耶，我终于写好了人设和分集大纲。”

路瑾年故意嘟了嘟嘴：“唉，孤家寡人好可怜。我家老婆的眼里只有电脑，没有我！”

杜唯微一僵，立马转身搂住了路瑾年的脖子，快速地安抚他随时随地都可以破裂的小心脏：“老公，我工作任务早点儿完成，不就能早点儿陪着你了吗？”

路瑾年看着双手吊着自己、左右摇摆的心爱女人，眼底是满满的笑意，但偏要拿乔：“如果我不出声，估计老婆大人都不知道我的存在吧？”

杜唯微有些尴尬，为了不被他发现这一破绽，她立马使出绝招：亲亲。

路瑾年被她左右不停落下的亲吻逗笑，躲不过，干脆转攻为守。可还没等他发挥出来，杜唯微就起身看着电脑说道：“糟糕，我得赶紧将这些资料拿给沈小姐查看。”

路瑾年肩膀一垮，当场捂着胸口喊道：“我心好痛，快，我需要人工呼吸。”

杜唯微不可置信地转头看向他。路瑾年继续出声：“在这个家，老婆你对工作的喜爱超过了我，我的地位已经不复存在，我表示难过得无法呼吸！”

杜唯微被他夸张的说法逗笑，瞥了一眼窗外不停滴落的雨滴，觉得今天不太适合出门。

她干脆弯腰坐在路瑾年腿上，揽着他的脖子撒娇道：“好老公，为了弥补我这两天对你的疏忽，我今天就不出门了，好好在家陪你，行吗？”

“明天也不许出去。”路瑾年说。他后天就要赶到剧组参加开机大典了，两人在一起的时光真的不多。

杜唯微仰头思考了一会儿：“要是明天还是下雨，我就不出去。”

路瑾年双手合十做祈祷状：“老天爷，为了我们夫妻之间的和谐相处，拜托您明天必须下雨，谢谢了！”

杜唯微此刻都不知道是该哭还是该笑：这人这么幼稚吗？但偏偏又幼稚得可爱。

“唉……”杜唯微无奈地叹息，“老公，有没有人跟你提过，你的人设已经崩了？”以前他是一个高深莫测的霸道总裁，说话做事不按常理出牌，不给女主角任何反驳的机会，虽我行我素，但是又温暖明亮。

现在的他……

完全就像是一个作者写着写着，情节编不下去了，于是让人设完全混乱到崩盘了好吗？

“你以前说过，我像是男三的设定。”是那种负责活跃气氛和搞笑的角色，如高浩和路宝，“除了我，还有其他人吗？”

“自然没有。”路瑾年挑眉，问，“最近我变成男几号了？”

杜唯微挣扎了很久才说：“配角中的配角，负责当背景板，整部剧里就出现了十几次，体现出了小男人的一面。”

“在老婆面前，我永远都是呵护你的小男人。”

杜唯微抬手捏了捏他两边脸颊，笑脸盈盈地说道：“老公，你怎么可以越来越帅！”

路瑾年眨巴着眼，嘴角的笑意根本止不住：“我老婆才是天下第一美人儿！”

“不要脸。”她有些害羞地推了推他。

“有你，还要什么脸？”

“讨厌。”

“那我不介意更讨人厌一些。”路瑾年抱着她，快速冲向了卧室。

进门前，杜唯微惊呼道：“大白天的，你不要吧。”

“据说，女人说‘不要’，就是‘要’，老婆……你学坏了。”路瑾年抬脚将房门关上，一脸愉悦的表情。

“呀，路瑾年，你松开。”

“松不开了，这辈子都松不开了。”房间内，火热继续，柔情蜜意延续。

到了傍晚，杜唯微是被一阵香气给唤醒的。她手臂一抬，身旁早已一片空旷。

她穿上外套，揉着眼睛来到了客厅。当看见桌上的晚餐时，她有些惊讶："难道今天又是什么纪念日吗？"没办法，谁让她是一个不喜欢记数字的人。

路瑾年拉着她来到桌前坐下，语调温柔地说明："你这些天一直在赶稿，都没好好吃饭，后天我就要去剧组，难道作为老公，给自己的老婆做饭还需要看日子？"

杜唯微接过他盛好饭的饭碗，一脸感激地说："谢谢你。"

路瑾年不停往她的碗里堆菜："夫妻之间这点儿事算什么，等剧组下次放假，我给你做更多好吃的。"

杜唯微嘴角微微抽搐："不用，下次我给你做吧。"这也是无奈，她这个公子哥儿老公的手艺，真的很一般。

"好，那我等着老婆大人的大餐。快吃吧，等会儿就凉了。"

"嗯，你也快吃。"

这时，杜唯微放在桌上的手机开始不停地振动起来。她放下筷子，接起了电话："喂。"

高浩急切的嗓音从电话那端响起："急报，急报啊！"

"说。"

"你最近是不是又要跟沈清欢合作做影视剧了？"

"对。"杜唯微看了一眼路瑾年，点头道。

"我跟你说，我刚从沈清欢的公司里出来，你猜我知道了什么惊天大秘密？"

杜唯微有些头疼地抚了抚额："你能别绕弯子吗？直接说。"

路瑾年拿过杜唯微的电话放在桌上，然后打开了免提。他需要知道是谁让他老婆这么无奈。

"东陵传媒的向超通过关系得知沈清欢又要拍新剧，所以带着梅嘉树上门造访，哎哟，说的话那叫一个好听啊，表明要全力投资这部新剧，而且男主角要由梅嘉树出演，说是为他上次的鲁莽道歉，还让沈清欢千万不要生气，再给他一次机会。啧啧啧，摆明的带资进组嘛！"

杜唯微秀眉紧蹙，当初这梅嘉树不是看不起她的网络剧吗？

"沈清欢那边是什么态度？"路瑾年冷冷出声。

高浩一惊："你回来了，你什么时候回来的？你们……"

“回答问题。”

“不知道，反正后面我被请出来了。”高浩撇撇嘴，说。

“明白了，再见。”路瑾年挂断电话后，转眸看杜唯微，“这件事你怎么看，你新剧的主角是个怎样的人？”

杜唯微皱了皱眉，似乎在思考：“我这次的男主角因为经历了时空逆转，确实要比平常人老练许多，而且刻画起来也比较困难，‘小鲜肉’来演不合适，‘老干部’的话来来去去就这么几个，档期估计难约。除开梅嘉树当初的德行问题，他自身比较符合这部剧的男主角的要求。”

“瑾年，你当初跟梅嘉树闹过矛盾，如果这次沈小姐那边真的接受了那笔投资，你这里可以吗？”杜唯微试探性地问道，眼底带着点儿说不出的情绪。

路瑾年看着她，嘴角挂着淡淡的笑容：“我不在乎那些阿猫阿狗，我只在乎我老婆的新剧能不能再创辉煌。可惜我刚接了一个年代戏，抽不出空来，否则我就亲自上阵再创夫妻辉煌！”

“哈哈哈。”杜唯微被他逗笑，抬手捶了捶他的肩膀，“跟你说正事呢。梅嘉树的人品我真不喜欢，但如果沈小姐看完我的人设，又邀约不到合适的主角人选，我估计她最后会选择投资方带来的梅嘉树。”

“微微，如果你不介意，能让我看看你新剧的内容吗？”

“当然可以，不信谁也不能不信我老公啊。”杜唯微起身走到书房将电脑拿出来，然后打开了她写着人设跟故事内容的文档。

路瑾年看着电脑屏幕，眉目不动，良久后才开口道：“亲爱的，这次梅嘉树肯定会成为你这部戏的男主角。”

“你这么确定？”

路瑾年将电脑盖上，俊颜上浮起一抹感慨，说：“你这部戏对于男主角而言，内心表达的要求非常强烈，没有一定的历练是演不出来的。国内的‘小鲜肉’虽然层出不穷，但演技大多欠缺，老戏骨年龄又过大，恰恰只有最近浮起的‘老干部’最为合适，有颜值有演技。但是‘老干部’也就这么几个人，他们爆红之后都邀约不断，沈清欢的新剧等不了！

“而你看梅嘉树，品行差这是绝对的，但是我们按照演员的标准来看，这人身上恰恰拥有着‘老干部’所需的各项条件，他的眼底带出着‘小鲜肉’无法拥有的沧桑感。沈清欢不傻，看完你新剧的内容，她已经知道选谁了。”

杜唯微听完后，也认可，点了点头：“没错，而且我们这次拍的是科幻爱情题材，这类新型影视剧风险很大，要么一炮而红，要么沉入海底。沈小姐这么精明的人也不会跟钱作对，有人全力投资这部新剧，男主角也恰巧合适，大家何乐而不为呢？”

路瑾年抬手捧住她的脸颊，俯身温柔地亲了一口：“别多想，要是梅嘉树进组以后又开始作死，你给我说，老公立马就来给你顶戏！”

“你还要不要继续演戏了！放心吧，沈小姐的脾气也很大，我看他这次不会再这么口无遮拦了。”

“唉，那我想天天陪着老婆的愿望又得落空咯。”

“是我的错。那么，现在就由有罪的我去洗碗吧。”

“洗在你手，痛在我心，洗碗这种伤手的粗活还是让我来吧。”

两天后一早，路瑾年离开后，杜唯微就带着电脑来到了沈清欢的公司。

“说两周就两周，你倒是守时。”沈清欢坐在位子上，轻笑着道。

杜唯微回以微笑，然后将笔记本打开，翻找出人设以及分集大纲：“沈总你瞧瞧。”

沈清欢也不客套，全神贯注地凝视着眼前的资料。看完所有的后，她眼底绽放出一抹精芒，道：“很不错，比我想象中的还要精彩。”

“谢谢。”

“这个案子我跟你说过吧，我想将它作为年度重点项目去做。”

“知道。”

“这一次我依然会采用周播制，但每集时长定为四十六分钟，因为我要走电视平台。前面四集先推行网络试水，会员抢先看。第五集开始走电视台，你觉得这种做法如何？”

杜唯微认真地回答："这种做法也行，毕竟不是人人都会上网看剧，受众群也会更多一些。我动笔的时候也会尽量按照电视台的播放要求开展剧情，以免到时候不能过审。"

"我就喜欢你们这种聪明的编剧，那我们现在就来谈谈选角的问题吧。"

杜唯微愣了愣，知道选角问题一向都是由沈清欢决定的，这次她怎么会询问自己？

"看完你这次的人物设定后，对于男主角，我想选择梅嘉树。但是当初他鄙视过你的网络剧，在这件事上我需要知道你的想法。"

"沈总，于公，梅嘉树确实是眼下最符合男主角色的演员。于私，沈总你都不在意他当初的行为，我一个编剧又能说什么呢？"

沈清欢道："合计着球最后又踢给我了？从你这态度我不难看出，高浩给你通风报信了吧？"

杜唯微失笑道："我承认。所以我私下里也思考了几天。"

"结果？"

"听沈总安排。"

沈清欢："……"

"行吧，角色问题我会尽快落实，希望你不会对任何演员有所偏见，咱们看演技说话。前三集我希望你在一个月内完成，第五集开始，你可以边拍边写。你知道的，马上就要放暑假了，我需要这批暑假军的流量。"

"我会加油的。"杜唯微说。现在路瑾年也在外地拍戏，家里就她一人，只要静下心来仔细琢磨，应该可以赶上。

对于沈清欢话语里的意思，她心底也非常清楚，梅嘉树的男一号多半是定下了。

之后的一个月，杜唯微身为这部剧的独立编剧，为了达到尽善尽美，可谓是足不出户，饭菜都是由沈清欢这边派人送去的。而这期间能跟她频发消息的人，除了路瑾年，就是高浩。因为她需要高浩的专业点评。

网络上已经有水军开始炒作关于这部新剧的话题，男、女主角也最终确认了，男一号是梅嘉树，女一号则是最近蹿红、拥有着灵动气质的新宠儿宋诗文。导演选定的是对杜唯微本身就很看好的李永生导演。

沈清欢公司出品的影视剧虽然不多，但部部皆为精品，李永生导演的构造能力也是首屈一指的。对此，业内人员也非常期待，更别说合作的编剧还是沈清欢亲自带出来的杜唯微。

对于这三人的联手，观众们也是激动不已，同学们更是嚷嚷着已经准备好了，就等待着这部科幻剧的诞生。

七月的天气越来越热，H影视基地里，由沈清欢公司所打造的《时空男友》电视剧今天正式举行开机仪式。

剧组内的所有工作人员都聚集在一起，大家彼此点头微笑，希望未来的几个月里能拍摄顺利。

沈清欢站在供桌前发言完毕后，再由主演以及各个工作部门的代表上前敬香，最后让闻风赶来的记者们拍一拍照，开机仪式就算正式完成了。

带资进组的梅嘉树被何一程暗中提醒过，在初期要跟杜唯微他们打好关系，以放松所有人的警惕。所以他一脸笑意地走向了杜唯微："杜编剧，上次的事情是我多嘴、乱说话，还请你今后不要生气，以后大家合作愉快。"

杜唯微也了解演艺圈的规则，点了点头，说："合作愉快。"

沈清欢站在不远处笑了笑，这路瑾年的老婆就是比一般女人聪明，懂得顾全大局，从来不会被私人恩怨所左右。

H影视城，B组片场内。

杜唯微站在沈清欢身旁看梅嘉树跟宋诗文的对手戏，不得不说，除开人品，他的演技确实不错，动作、表情，甚至连细微的情感都能完美掌控。尤其是他冷漠地拒绝女主角的时候，那寒凛的眼神连旁边的女性场务都忍不住小声地说："太绝情了，但偏偏又不能说他是坏男人。"

"是啊，谁让他也是个受害者呢，只能怪爱错了人，错付了真心。

爱情，太多人都是爱而不得，这部剧肯定会引起很多人的共鸣。”另一名女性搭腔。

“嗯，这部剧要是不火，天理难容啊！”

之后的日子里，因为沈清欢对这部剧十分关注，所以拍摄进展并不如之前那般顺利，改改停停，只为向大众展现最优秀的剧情。

半个月后，预告片终于在网络平台跟电视平台上一起播出，观众看完预告片后都留言表示“非常完美”“每一个画面都很像拍电影”。大家明白，这部剧绝对会是暑假档的最大赢家！

因为预告片的播出，这部剧的话题度在各大网站时刻保持第一。沈清欢跟杜唯微此刻反倒没有了之前的放松。

“按照这种情况看来，除了已经拍好了，正在进行后期制作的一、二集，你后面几集都需要边修改边拍了。”

杜唯微深呼吸了一下，说：“是啊，虽然写好了后面两集的剧本，但是为了让所有漏洞尽可能消失，为了让正片展现出跟预告片一样优质的剧情，大家都要辛苦了。”

沈清欢拍了拍她的肩膀，鼓励道：“你是我看中并且想好好培养的优秀编剧，我相信你可以做到！”

“我会加油，也会向所有人证明，国内的编剧值得拥有更好的待遇，我们是独立的个体，我们的剧本就是自己的孩子，也只有我们才可以让笔下的灵魂得到更好的释放，而不是为了达成制片跟投资方的各种无理要求，把剧本改成四不像，再被观众们不停地唾骂。我们要洗清自己的委屈！”

“我相信，你可以做到的。”

时间慢慢流逝。每当剧组休息的时候，路瑾年总会打电话给杜唯微，跟她撒娇。可是每次他都被对方寥寥几句打发，然后电话就会被挂断。

此刻的杜唯微，已经全身心投入到了这部电视剧里。她知道，这是她向世人证明自己的最好机会，也是她终于可以匹敌路瑾年、可以向李茉展示自我的机会，所有的天时、地利、人和都已齐全，她不能再浪费时间了。

《时空男友》这部电视剧的网络先行版刚播出，点击量就迅速破亿，专业评分组甚至给出了八点九分的高分。每个人都在期待后面的剧情不要烂尾，并希望它能成为国产科幻电视剧的代表作。

沈清欢看着网络数据，直笑得合不拢嘴。电视台那边也打来电话，表示他们已经排出空档，希望能马上放送这部剧。

“杜编剧，你这次真的可以一举成名了！”

杜唯微看着数据，思绪纷杂，内心更是激动得不知该怎么表达。

她迅速拿出手机拨打了路瑾年的电话。刚好路瑾年正在待机休息，看到来电显示后，他连忙接起电话：“老婆大人，恭喜你了。”

杜唯微咧着嘴，笑着道：“你看了？”

“嗯，画面非常唯美，剧情也值得推敲，啊……我突然好后悔为什么没接你的电视剧，心好酸。”

“讨厌，不过我很高兴。”

“我也是。”路瑾年的嗓音低沉而富有磁性，杜唯微听得心里有些发痒。她说：“老公，我想你。”

“我也想你，当然我还想要你。”

“讨厌。”

“咳咳，不好意思，马上就要开机了，你们的恩爱电话粥能晚点儿打吗？”被晾在一旁的沈清欢挑着眉说道。

杜唯微歉然地点了点头，对路瑾年说：“瑾年，等后面两集拍完，我再给你打电话。等我两天哟，么么哒。”

“么……么哒。”路瑾年话还未说完，电话就被挂断了。他无奈地摇了摇头，觉得自己在家中的地位，怎么有种不保的征兆？

之后的几天里，杜唯微这个独立编剧更是奋战不已，一边在拍摄过程中与导演商量修改剧本的事宜，一边又继续写着后面的剧本，整个人都处于一种发动机的状态。

终于，第三、四集拍摄完毕。

导演审核完毕后，也确认成片可以送往制作方那里准备后续了。这样刚好可以赶上周五、周六播放。

最重要的是，电视台那边也会在这周末同步播放第一、二集。

而网络平台那边，则是会员优先观看第三、四集，时间点掐得很好。

梅嘉树坐在房车里看着何一程发来的信息，面色凝重了。

何一程居然要求他趁机将后面拍摄好的几集内容全部删除、粉碎，甚至连带将杜唯微电脑上的后续剧本也彻底毁掉。

这部电视剧可以说是他打的翻身仗，随着它的播出，他的话题度在网络上一直都居于前三，“老干部”的称号也随之而来，如果这个时候搞破坏，他好不容易得到的荣誉不是就会彻底付诸东流吗？

咚咚咚，他的房门忽然被人敲响。

梅嘉树抬头一看，是他的新助理小高，他是何一程那边派来的人。

“你怎么进来了，今天下午不是没有我的拍摄任务吗？”

小高冷冷一笑，关了门，轻声说道：“何总让我通知你，别被眼前这点儿蝇头小利所迷惑，只要有人捧你，还怕起不来吗？”

梅嘉树安静了半晌，依旧有点不甘心：“我本身就跟杜唯微他们有点儿过节，如果这时候出了问题，不是会让所有人都怀疑我吗？”

“放心，不会有人怀疑。”

“为什么？”

“真正动手的人会是一名电脑高手，你要做的就是在五分钟以后出来，然后悄悄告诉对方所有资料的存放地点，剩下的问题他会处理。还有，何总就在附近，不要玩心眼。”

梅嘉树的身体一僵：何一程就在附近？如果是这样，那他还真不能拒绝，何家的地位可不是他这种演员能够匹敌的。

“行，那我知道了，我只需要戴上蓝牙耳机，暗中指出位置就行了吧？”

“对，很快就会有人给你打电话的。这时候就需要考验你演技了，自然些。”

“明白。”

小高走后，梅嘉树身体疲乏地靠在椅背上，他的翻身仗还没正式开始打，就要彻底结束了吗？

他有气无力地找出蓝牙耳机，刚戴上，手机就响起来了，是一个没有来电显示的号码。他接起了电话：“喂。”

“时间提前，你一分钟以后出来。”

“好。”电话那头，对方并没有挂断电话。平静的呼吸声传来，让梅嘉树有些紧张。

这时，他听见房车外忽然吵闹不已，便有些好奇地起身走到门外一看，路瑾年居然来了，他不是应该在W影视城里拍戏吗？

李永生跟沈清欢都得到了消息，两人都带着杜唯微上前去迎接。

杜唯微看着许久不见的路瑾年，整个人都有些发蒙：“你，你怎么来了？”

路瑾年走到她的面前，眼底带着浓浓的宠溺：“W影视城那边出了点儿状况，有一场戏没办法实施，所以剧组暂时迁移到这边来拍摄，想我吗？”

“想。”杜唯微柔声承认。

路瑾年看着她，在心中再次发誓，这将是他这辈子都会捧在心尖上疼惜的女人。

“喂喂喂，大庭广众的，你们可不要上演虐狗戏码啊。”这些天一直跟着路瑾年在剧组学习的高浩忍不住站在一旁打趣道。

路瑾年一听，冷冷地瞥他一眼，道：“我没屠狗都算不错了。”

“……又来，当我没说。”

“哈哈哈。”众人大笑。

不远处的豪车中，何一程坐在后座里看着那群人开怀大笑的模样，瞳孔骤然一缩。车窗慢慢摇上，他说：“动手。”

“是。”

梅嘉树根据耳机里的指示从休息室里走出来，很快就在繁杂的人群中看见了一名穿着连帽卫衣的普通男生。对方看向他的眼神很犀利。

他瞥了一眼四周，放在口袋内的左手悄悄拿出，然后指向导演休息区。拍摄内容的存档和杜唯微的电脑都在那里。

男生将卫衣帽子戴上，然后低头前行。

梅嘉树的耳机里传出低沉的嗓音："哪两台？"

梅嘉树其实也很紧张，他暗暗吞了一口唾沫后说道："我之前看的时候是左边的第二台，但为了确保安全，我觉得你要是速度快，就将里面机器的内档都清空。"

对方看了一眼后，点了点头道："能存档的就三台电脑，外加一台笔记本，我来得及处理，你快点通知何总给我掩护。"

"好。"

梅嘉树拨打电话联系上何一程，说明问题后就跟着人群混进了路瑾年的剧组之中，接着不停地和认识的演员们打招呼，目的就是为了洗清自己的嫌疑。

路瑾年跟杜唯微说话的时候，顺着沈清欢的视线也注意到了不远处的梅嘉树。于是他双手环胸，说道："他的演技有长进，这次估计可以爬上一线了。"

沈清欢点头道："确实，他们公司对他也算下了血本。这场翻身仗，他比谁都要在意。"

梅嘉树似乎感受到了几人的注视，他抬眸回以微笑，看上去一副人畜无害的样子。

而他的瞳孔里，倒映出两个剧组交接时，所有人都在不停地阐明着自身剧组的优秀的画面。导演李永生跟副导演等人也因为第三、四集的拍摄完毕而有所松懈，笑声不时在空中回荡。

梅嘉树清晰地看见，刚才的卫衣男套上员工吊牌后一直都在导演待机处停留。每当有人想去询问时，总会有另一名工作人员出来阻拦，表示卫衣男在准备送审文档，毕竟还未制作完成的半成片在未发表前都是要求保密的。

梅嘉树垂眸，再次感慨何一程的能力。居然连副导演身边的助理都能暗中被收买，看来在钱这方面，何一程给了不少。

杜唯微抓着路瑾年的手臂，神情愉悦地说道："老公，我们后面两集都已经拍摄完成，你要不要先瞧瞧？"

路瑾年抬手刮了刮她的鼻头，眼睛却瞥向沈清欢："我倒是想看呢，就怕沈总不太高兴。"

沈清欢白了他一眼："你路少想看的东西，我还阻拦？防着谁也不敢防你啊。"

"那行，正巧我还真在追这个剧，先满足一下我的好奇心吧。"

"行，来吧。"

路瑾年他们刚迈步，卫衣男就掐着点埋头离去。时间差刚刚好，谁都没有发现不妥。

梅嘉树抬手摸了摸鼻头，眼底闪过一丝冷意：好戏，就要上场了！

第十三章 再掀风波

来到导演待机处时，杜唯微的笑容在她看见自己笔记本电脑后就彻底消失了。

路瑾年第一时刻发现了妻子的不对劲：“怎么了？”

“我记得我离开的时候电脑盖是关上的，可现在……”一种不好的预感忽然在她大脑里炸开，她迅速找到文档准备查看自己的剧本，结果显示为空。之后她开始查找数据，结果也是空。

杜唯微双腿一软。还好旁边的路瑾年眼疾手快，将她扶住了：“出什么事了？”

“剧本……我写的剧本都没了！”

沈清欢一听，脸色瞬间变得阴沉。这时，从他们身后走来的导演李永生也猛地吼道：“谁，谁动我的机子了！”

沈清欢的心脏猛地一缩，她立马吩咐助理去检查还未送去进行后期制作的半成片。

“沈总，片子没了。您之前吩咐拷贝的复制品也都被删除了，怎么办？

“你确定？”

“确定。听说刚才有人在这儿站了好一会儿，工作人员上前询问的时候都被副导演的助理阻止，说是在准备送审材料，不允许外人观看。”

“放屁！”沈清欢怒吼。这群人是在搞什么鬼，送审资料一向都是由她的助理负责整理的，他们之前难道没听过指示吗？

“去，将副导演的助理给我找来，赶紧！”

这一吼，剧组里面彻底炸开了锅。

路瑾年的剧组为了不沾惹上麻烦，连忙表示要离开去拍摄场地准备，考虑到路瑾年跟杜唯微的关系，导演放了他半天假。

休息室内，杜唯微靠在路瑾年肩头，整个人都处于发蒙状态。

“副导演的助理跑了。”

“演员们的剧本全部被偷了。”

“服装室出事了，主演们的衣服不知道被谁划烂了！”

“……”

接二连三的噩耗不停地从外面传来，人声鼎沸。

杜唯微的手机响起，她看了一眼来电显示，心头堆积着浓浓的愧疚，接起电话道：“沈总。”

“来会议室，带上路瑾年。”

“好。”

会议室里，导演、副导演以及各部门的负责人都到达了。

沈清欢坐在主位上看了众人一眼，示意他们坐下。

“我现在不想听任何人的忏悔，这么重要的资料居然没人守着。发生这种失误，你们好意思吗？”

所有人垂眸不语，似乎都不知道该怎么回答。

沈清欢的助理怒瞪着众人，不满地说道：“我们这部剧这么火，本身就已经被业内视为眼中钉了，你们都是老手，难道没人担忧会被有心人从中破坏吗？特别是你，杜编剧！如果当初你不要这么言之凿凿地表明自己要担当独立编剧，那么剧本会被删除得一干二净？大家分别存档，起码还有回旋的余地，而且再蠢的编剧也不会把电脑放在一个地方就到处乱跑吧！”

“肖助理，你再说一遍！”

肖助理被路瑾年冷漠的目光震慑住了，连忙退了一步，不敢再出声。

沈清欢抬眸看向他："路少，我让你过来本身就不符合规矩，所以给我面子，你暂时别出声，除非我请教你问题。"

路瑾年还要开口，却被他身旁的杜唯微扯了扯衣角。她示意他安静。

他看着自己老婆那水盈盈的眼睛，最终长长地叹息一声，不再发言。

沈清欢收回视线，语气沉重地开口："这件事，你们任何人都逃不开干系，所以即便之后加时加点，我也希望你们不要跟我提钱财问题。今天不跟你们追讨损失，已经算我仁至义尽了！"

"李导，副导演是你带来的吧？他的助理吃里爬外干出了这么荒唐的事情，你是不是该拿出态度来？

"服装部，主演的衣物柜我一直告诫你必须亲自锁上，以防万一。你就是这么回应我的要求的？

"场务部，我有没有跟你说过一定要派人看好每一个演员手里拿着的剧本？那都是机密，不能外漏，请问最后这么多剧本是怎么被偷的？被谁偷的？"沈清欢说到这里，直接拍桌低喝。

"还有你，杜编剧，我助理刚才没有说错，既然当初你这么自信非要当独立编剧，为什么不做好完全准备，多处备份？甚至你还把电脑放在了导演室。你给我留下这么一个烂摊子，我找谁负责？"

路瑾年听到这里，眼神里立马迸发出了迫人的寒意。他心爱的老婆哪能被人这么诋毁？

杜唯微连忙扯住路瑾年，不准他出声，然后她低头深深鞠了一躬："是我自己不长教训，没有做好万全的准备。多说无益，这次的损失我负责！"

李永生导演也立马起身表态："沈总，人是我带来的，提成我不要了，多余的加时我自己承担，片子不能断在这里，我的自尊不允许！"

服装部负责人起身说："沈总，被毁的主演服装由我亲自承担，这个责任我不推！"

场务部负责人起身说："沈总，我们场务部的失误也由我承担，这一次绝对不会再让任何有心之人有机可乘。”

沈清欢勾起嘴角，拍手道：“好样的，那废话不多说，我要你们给我一个准确的答复，准备工作加上后续问题再到最后放映的时间，总共需要多久？”

杜唯微蹙了蹙眉，她握了握路瑾年的手，又松开，然后走到李永生旁边跟众人探讨。十分钟后她回答道：“一个月，最快！”

“没有最快，只给你们一个月的时间。”

沈清欢招了招手，肖助理连忙低头道：“沈总。”

“去帮我联系网络平台那边，晚上我请他们吃饭，电视台那边……”

“杜唯微。”沈清欢忽然喊道。

“在。”

“网络平台我解决，电视台你跟着我去。责任你要扛，损失也是，咱们一人一半。”

“可以！”杜唯微明白沈清欢的做法已经仁至义尽，换成其他老板，搞不好大家都要大吐血，毕竟这次的责任全部在他们这边。

“那就这样吧，赶紧出去准备后续，除了杜唯微跟路少，其他人都出去干活。”

“沈总？”肖助理有些疑惑，她也要走吗？

“出去。”

“是。”

很快，会议室内就剩下了他们三人。

路瑾年拉着杜唯微还有些发颤的小手，心疼地带着她坐下，安慰道：“没事的，重新拍就是，搞不好效果会更棒。”

“路少真会开玩笑，干咱们这一行的都清楚，有些东西第一次才最完美。”

“沈清欢，我安慰我老婆的时候，你能安静一点吗？”

“瑾年……”杜唯微连忙低声轻喊，“这事我确实有责任，我知道你关心我，但是……”

路瑾年拍了拍她的肩膀，温柔地将她搂进怀中，说：“别管她，不就赔钱吗？赔就赔，你以为她让我来这里是什么意思，不就是让我掏口袋吗？”

沈清欢忽然笑了：“哈哈哈，路少果然了解我，商人嘛，总不能只赔不赚吧？”

“行了，除了这事，还有就是你怀疑这件事是我们剧组的人干的吧！”

“很有嫌疑不是吗？你们的年代剧是事前制作的，据说也快到尾声了，今天却这么巧突然转换剧场来了H影视城，还恰巧跟我们撞上聊了这么久。最最让我不理解的是，东西不见了，你们剧组也赶紧开溜了。”沈清欢越说越觉得事情的真相就是如此。

路瑾年表示无语：“沈清欢，我们是年代戏，你们是科幻爱情剧，即便是同一个时段播放，受众群体不同，何谈竞争？”

“你错了，虽然受众群体不一样，但是我们这部剧题材新颖。人都是有好奇心的，对于未知事物都抱着探索的思想，你敢说它不会吸引到年代戏的受众群体？你敢说观众们不会因为疑惑而来观看、吐槽？”

路瑾年噤声，对于人这种生物，他还真没办法一概而论。

最重要的一点是，这部剧是他老婆写的，许多反驳的话语卡在喉咙里却偏偏不好吐出来，他生怕伤害到心爱女人的心。

沈清欢挑眉。实在是太难看见路瑾年吃瘪了，如果不是事关杜唯微，她还真没办法说赢这小子。

“路少，咱们演艺圈的破事儿太多了，你既然看过这部剧，就应该明白它现在有多火。一旦顺利播放，那么这部剧的工作人员，不光是主角，就是导演跟编剧也会发光发热，这是多么让人眼馋的事情。肮脏的人总是见不得别人光明，你能明白吧？”

路瑾年垂眸看着心爱女人，再次无奈地低叹出声：“你的能力我相信，这件事会转危为安的。”

“路少又谦虚了，我只负责承担网络平台的责任损失，而你老婆将负责电视台的。呵呵，路少，后续雇水军的事儿，得靠您了吧？”

路瑾年示意杜唯微别出声，他抬眸看向沈清欢，眼底全是玩味：

“看来你是铁了心怀疑我们剧组了，所以让我去联系水军洗白。”

沈清欢修长的食指摇了摇：“不是洗白，是解释为什么这部剧突然断更了。你虽然很忙，但是高浩很懂这些，大家互相帮忙嘛，你总不能看着自己老婆被骂吧？”

路瑾年深呼吸了一下，这女人一直拿他的老婆来压迫他，真是可恶：“水军暂时不能出来，平台发布停更的事以后再说，不然你当网民都是蠢货吗！”

“OK，那就这么说定了。杜编剧，希望你能将此事牢记心底，人心险恶，不要再出纰漏了！”

杜唯微歉疚地点了点头：“我明白。”

沈清欢起身，眼睑微抬，不得不说杜唯微今天的表现让她有些刮目相看，这要换成别人早就急得跳脚，大哭大喊自己无辜了。结果杜唯微全程冷静，甚至主动扛下责任，不骄不躁，是个能人。

“沈总，半小时以后，你能跟我去一趟电视台吗？”杜唯微忽然出声。

沈清欢一愣：“怎么？”

“电视台可不比网络平台，总不能让他们什么都后知后觉吧。”她是编剧，不可能一直写网络剧，电视台她惹不起。

“聪明。可以，我等你。”

沈清欢离开后，杜唯微立马卸下所有的铠甲，她搂着路瑾年的脖子埋头不语，但抽动的肩膀还是显示了她此刻的怯弱与悲伤。

路瑾年心疼地抚摸着她长发，柔声安慰道：“没事，一切有我。事情会处理好的，乖。”

杜唯微摇头，她真的很感谢这个时候还有他在身旁，否则自己不可能这么淡定无畏。之前腿软的时候她就已经六神无主了，多亏有他安慰相伴，并且鼎力支持，否则一切都会大乱套。

良久后，杜唯微顶着红彤彤的双眸看向他，问：“老公，这次估计要赔很多钱，你会怪我吗？”

电视台的广告都是按秒算钱的，更别说打了这么久的广告，连播放日期都公开了。这一更改，也不知道要赔多少钱。

路瑾年轻轻一笑："傻瓜，这件事摆明是有人在坑你们，电视台那边不会太过为难。记住，态度一定要诚恳，赔钱能解决的事就不是大事。老公在呢，别哭了，我会心疼。"

如果花钱能让她好受点儿，那他宁愿倾家荡产。

钱花完了，他可以挣回来。

"呜呜呜……"杜唯微被他一安慰，再也憋不住眼泪，号啕大哭起来。她是真的害怕了，明明之前自己的电脑就被黑过一次了，为什么就是不长教训呢？

杜唯微似乎想到什么，停止哭泣，抽噎着说道："对了，老公，这件事会不会是何一程做的？毕竟我的电脑以前也被黑过。"

路瑾年眉头蹙紧，说："不一定，你们这部剧太火了，这个圈子肮脏的事情一直都很多，沈清欢的怀疑也很合理。"说完，他抬手抹掉了她眼角的眼泪。

"别哭了，相比其他人，你还有个这么优秀俊帅的老公，不是吗？"

"呃……"杜唯微被他的自恋逗笑，但奇怪的是她心里似乎真的多了份底气，"瑾年，现在赔的钱，我以后会加倍给你赚回来，到时候我养你！"

"静候佳音，我等着被你包养。"

"讨厌，别逗我。"原本沉重的气氛最终也慢慢缓和了。

路瑾年又抱着她安慰了许久，这才起身送她去找沈清欢。

路上，杜唯微由衷地说道："瑾年，如果没有你，我可能不会这么坚强。"

路瑾年脚步一顿，定定地看着她，说："亲爱的，我希望你的坚强不是因为我，我想要你快乐，想让你过自己喜欢的生活。等我处理好一切，我一定会每天都黏着你、陪着你，才不管你会不会厌烦！"

杜唯微迎着阳光，会心一笑："好，我等着那一天的到来，现在的我要无所畏惧。难关总是给人突破的，我才不会让小人们得逞。大家加油。"

"亲亲。"路瑾年赶紧趁机吃豆腐，结果却被杜唯微躲开了。

"快回你的剧组吧，等我处理完事情以后来找你。毕竟人多眼杂，我不喜欢大家将焦点放错位置。”

路瑾年朝她笑了笑：“傻瓜。”

杜唯微跟着沈清欢来到电视台的时候，整颗心都是提着的。但一想到身后还有路瑾年在为自己打气，她紧绷的思绪也慢慢缓和了很多。

沈清欢瞥了她一眼，说：“别紧张，今天我们突然到访，来接见的人职位不会很高，以平常心进行谈话就行。”

“嗯。”

两人走进电视台后，是由总编室的工作人员负责招呼的。

三人坐在谈话室里面面相觑，工作人员率先出声：“你们来的目的我们已经知道了，刚才电话里我也跟沈总沟通过，这次我们电视台损失很大。”

杜唯微连忙起身道歉：“对不起，这次突发事件确实是我们的内部工作没有做好。电视台的损失，我会一力承担。”

工作人员抬了抬眸，说：“这位就是杜编剧吧，路瑾年的老婆。”

“是。”

“态度不错。本来还想着刁难你试试看，但好在你人比较诚恳，面对问题也直接，那我就直说了吧，因为这部剧，我们推掉了其他片子的排期，赔偿的价格可不会小。你确定要赔？”

杜唯微双拳微微握紧了，掌心也开始冒汗，这赔偿的价格，她真的可以扛住吗？

工作人员笑了笑，说：“这样吧，我给你们一个折中的办法，这部剧全部拍完以后再对外播放，我们给你们黄金档的排期，放在寒假期间，如何？”他们台里好多人看过网络版后，都表示深陷其中了。不得不说，这部剧的潜力非常好，肯定会大爆。

杜唯微直接拒绝了：“不行，这个行业里的抄袭太多了，要放就必须一次放完，否则等到寒假，指不定又多出了几部雷同剧。我不能允许这种事情发生。”

工作人员点头，嘴角泛着笑意：“杜编剧说的也没错，但是我们的播放位也不能这样一直空着吧？按照沈总刚才在电话里说明的意思，你们起码要一个月以后才能继续播放，这个时间未免太长了些。”

“我们会加快赶工，现在第一、二集也都出来了，我相信……”杜唯微话还未说完就被沈清欢打断了。

“别跟他说这么多。黄金档这种播放位都能拿出来，可想而知台长之前已经下达了什么吩咐，你现在摆明是想借着这件事刁难我们！”

工作人员失笑道：“不愧是业界女强人，路瑾年之前已经跟台长打过招呼了，他们也对项目损失进行了沟通，估计账等会儿就会算出来。我刚才说的话其实也是台长让我说的，目的就是看看杜编剧的为人处世，好在真的不差，这部剧我们可以等，但有个条件。”

“说。”

“沈总，你还记得杜编剧写的第一部网络剧吗？由路瑾年主演的那部。”

“所以？”沈清欢细眉微微挑起。

“那部剧我们想免费引进，当然，也能帮大家打个广告不是？虽然是网络剧，我们综合整理、衔接一下，能播放三周，正好对应你们的后续更新，互惠互利，不是吗？”

工作人员又继续道：“而且，要知道如果真按照行价赔付下来，这笔数目到底有多惊人，杜编剧不明白，沈总你也应该清楚。这样的做法大家都不输。”

沈清欢眼睑微垂，随即她勾了勾嘴角，说：“明白了，类似于‘得了便宜还要卖乖’！成交，我就当给自己的公司打广告了。”

“不送。”

“杜编剧，我们走。”

沈清欢领着杜唯微走出了电视台。上车之后，她冷冷地说道：“我突然开始怀疑，这件事跟何一程有关联了。”

“怎么了？”

“那部剧给电视台，其实对我们也不算太差，算给我们公司打了广告，甚至可以再给路瑾年增加一次曝光的机会。但里面的女主角也会被牵扯进话题里。”

“何雪？”

“没错，何雪的二审就要出结果了，如果这种时候闹出话题，还真是够烦人的。希望不会是何一程吧。”

“……”杜唯微神情微僵地坐在副驾驶座，脑海里不知道在想些什么。

沈清欢转头看了她一眼，开口道：“别想了，事情总会有完美的解决办法，我不会任由别人在我脸上跳舞，咱们会转危为安的。还有，路瑾年对你可不是一般上心，你简直是他心尖上的宠儿。”

杜唯微愣了愣，自然明白沈清欢口中的“心尖上的宠儿”是什么意思。没想到路瑾年居然先她们一步跟电视台那边说好了赔偿事宜，拥有这样的老公并且能与他幸福厮守，真是她这辈子最幸运的事情。

多亏这个世上总有一双肩膀能替她扛下所有苦难，为她分担所有忧愁，只为阳光永远灿烂……

沈清欢将杜唯微送回剧组后便掉头离开了。她现在要去网络平台那边好好解释，并且要针对网络会员们的充值情况做出相应处理。

当晚，消息一经爆出，观众们果然直接炸开了锅，无数谩骂声不停袭来，杜唯微这个编剧也被喷得狗血淋头。

剧组里，杜唯微完全隔绝了外界，她需要加快书写剧本的速度。

“叩叩叩”，她的房门被人敲响。

杜唯微有些不满地起身开门，道：“谁？”

“我是高浩。”

高浩看见她，嬉皮笑脸地道：“嗨，杜编剧，我来拯救你了。”

“拯救我？”

高浩将手中的笔记本晃了晃：“想起什么没有？”

“你要跟我探讨剧情？”

“难道你忘了当初前四集的内容你都是跟我探讨过的，所以我必须很抱歉地告诉你，那些剧本我没删，都在我电脑里呢。不过可惜都是原始版本，需要你重新修改。”

“啊，高浩，我太爱……”她后面的话还未说出，就直接被后面跟着的路瑾年俯身用嘴堵上了。路瑾年说：“你的爱只能给我，剧本也不行。”

高浩感到一阵恶寒，道：“我的天，你还是屠狗吧，我现在生不如死。”

他打开笔记本，解开密码后直接递给了杜唯微：“资料就在桌面，路少，你还是赶紧去准备你的水军吧，你老婆要被骂死了。”

杜唯微可没时间听他们斗嘴，接过电脑迅速将文档打开了。果然，她最原始的剧本就在其中。她不由得尖叫道：“啊啊啊，导演，导演！”

杜唯微一阵风似的跑走后，高浩耸了耸肩：“我现在就去充当水军，再见！”

路瑾年看着杜唯微远去的背影，会心一笑，看来他也要开始做准备工作了。

因为剧本找回来了，导演跟杜唯微便开始连夜修改剧本。好在大家对之前的剧本都还有印象，事情还不算太糟糕。

沈清欢得知消息后也连忙赶来，问：“如何？”

杜唯微回答：“如果不出意外，半个月以后就可以开始更新了。”

“太好了，你老公那边也开始发威了，危机公关做得不错。”

高浩不知何时从后方招了招手，道：“没错，现在观众已经知道你们为什么停更了，除了极个别人士还在那儿嚷嚷之外，正义已经由我们掌控。还好不是你们发表声明说片子损毁，不然肯定会被一些键盘侠喷死。由朋友的朋友转告说明，可信度太高了。”

杜唯微松了口气：“呼，真好。”

“何止是好啊，本来有些阴险的家伙想趁着你们停更的时候开拍雷同剧，沈大人干脆雷利风行地通过我的微博明确表示，如果突然出现雷同剧，对方要是给不出合理完善的人设大纲和开拍剧本，那就法庭见！哈哈哈，估计你们即便停更两个月，也没有人敢在这种时候往枪口上撞。沈家的地位，别人可是惹不起的哟！”

“沈总，你好厉害。”杜唯微由衷地感叹。

“商人难免要考虑周全一些，现在后续剧本也有了，你明天好好休息，后天开始赶第五、六集的剧本，希望这次你能多备份几份。”

“明白的，沈总。”

“唯微，明天你老公可要参演爆破戏了，你要不要去看看？挺刺激的。”

杜唯微眼皮一跳，说：“爆破？”

“嗯，年代戏里都有这种戏份，不过工作人员拿捏得很准，不会有事。你正好放松休息一会儿，看看你老公演戏时的风采。”

“是啊，杜小姐，去看看吧，之后的事情都由导演跟主角们负责，你好好写剧本就行，有问题导演会说明的。”

“行，那我休息好了去探班。”

“得嘞，那沈总，小的可以跪安了吗？”高浩嬉皮笑脸地道。

“滚吧。”

梅嘉树这边，当从女主角宋诗文那里得到明天就可以继续拍摄的消息时，他第一时间联系上了何一程。

何一程坐在书房里看着电脑屏幕上的画面，神情颇为寒凛：“我知道了，你继续拍戏。”

挂断电话后，他当场将桌面的东西都扫落在地，包括电脑。

“可恶，这样都能让你们抓到机会解围，我就不信你们真的坚不可摧！”等着吧，等小雪的电视剧开始播放的时候，他会让一切风向都转变过来。

梅嘉树看着发出忙音的手机，目光微闪，忽然起身拿起外套、戴上帽子，消失在了夜色之中。

凌晨的影视城非常空旷寂静，走动时发出轻响，他埋着头来到了K组拍摄场地，这儿同时也是路瑾年他们的临时拍摄地点。

梅嘉树中午通过交流得知明天路瑾年将有一场爆破戏，所以今晚一切工作都将准备就绪。

爆破戏，呵呵，这可是高危场景，路瑾年这种卑鄙的家伙向来喜欢装好人，一向都爱亲自上场，那么有些账是可以好好算算了。

梅嘉树认定，何一程的目标本来就是路瑾年，自己的做法也不过是在还他提拔自己的恩情，大家互相得利。

不得不说，梅嘉树的运气很好，爆破场地搭建、试验好后居然没人守着。他看了一眼排线，很快就从中找到了破绽，他迅速动了手脚。

完成一切后，他迅速消失在了夜色之中。

第二天，初夏的阳光透过云层洒向大地，明媚的天气，连带人的心情都变得好了起来。

杜唯微离开剧组前发现大家都在有条不紊地进行拍摄。因为经历过了上一次的拍摄，大家走位、对戏等大多是一次性通过的。她不由得放松一笑：还好，还好一切都回到了正轨。

杜唯微拿出手机打开微博，果然在官方宣传微博下看到了许多鼓励性的留言。面对这一切，她真的很感激路瑾年和不懈努力的众人。

杜唯微来到K组的时候，路瑾年所在的年代戏剧组已经准备开拍爆破戏。她看着不远处的身影，眼皮一直跳个不停，心脏也怦怦直跳。

她捂着胸口，总觉得不太对劲，因为这场戏是讲的路瑾年浑身带伤、独自提着枪杆准备炸掉敌人的根据地，所以整个爆破场景里只有他一人。

杜唯微看到不远处的工作人员开始拉扯排线时，总觉得有一条线路比其他的线都要短一些。因为爸爸杜宇以前总喜欢看这些年代剧，所以在耳濡目染之下，她也知道了一点儿相关的小知识。

她心脏一缩，迅速冲出人群朝着路瑾年跑去，并且大喊："老公，快过来，那边有危险！"

路瑾年听到了杜唯微的声音，但是双方距离太远，他听不清她在说什么。

他以为她是在给自己加油打气，因此也没在意，只是朝着她的方向挥手微笑。

眼看工作人员就要开始做这场爆破戏了，杜唯微的心跳更加快速。不管是不是自己想多了，为了保险起见，她还是要提醒工作人员一下。

"等等，等等……别开始，那边的线有问题。"

可是一切已经来不及了，那边的工作人员由于之前已经检查了很多次，所以并没有再过多关注细节。

在这瞬间，杜唯微跑了过去，大喊："老公，快趴下！"

路瑾年一愣，随即，他身后的爆破点完全没有按照预先设定的顺序进行爆破，而是突然全部爆炸了。

“轰轰轰！”

冲击中，路瑾年一把抱住了朝他跑来的杜唯微。他将杜唯微的头死死地摁在自己的怀里，然后护着她以最快的速度跌落到了安全区的海绵垫上。

工作人员见状，全部被吓了个半死。大家第一时间拿着灭火器朝两人身上喷洒，并且实施抢救。

一时之间，人声鼎沸。

沈清欢接到消息的时候，得知人已经送到了医院里。当她赶到时，杜唯微刚从急诊室里出来。

“你没事吧？”

杜唯微红着眼眶摇了摇头，说：“我只是轻伤，我老公，我老公他……”

沈清欢轻轻地搂紧了杜唯微，看着她被略微烧焦的发丝，心情沉重不已。

当天傍晚，路瑾年才被从鬼门关抢救回来，但还是被送进了加护病房。

医生们表情沉重地告知她：“多亏送来得及时，虽然现在没有生命危险，但是患者身上有大面积烧伤，脸上虽然伤得不多，但是也不容乐观。你们要做好心理准备。”

杜唯微当场身体无力地向后倒去，要不是沈清欢跟高浩扶着，她立马就要栽倒在地上。

高浩神情悲痛地撇过头，抿起了唇。路瑾年是演员，且常年定位为“偶像”，如果脸受伤了，他的职业生涯也可以说走到了完结点。

可惜医生并没有给众人太多的缓和时间，继续丢出了重磅炸弹：“烧伤问题目前还不算是最主要的，主要问题还是这次爆炸离他太近，患者的双腿当场就被炸伤了。如果恢复不好，可能这辈子都要坐轮椅。”

“……”

杜唯微垂着头，嘴唇发颤，不停地张合：“如果站不了，我愿意当他一辈子的拐杖。”

这句承诺，太沉重，谁都不知道该如何评价。

杜唯微抬手握住沈清欢的手臂，浑身发抖地说道：“沈总，我想去病房里看看他，你能……能送我去吗？”

沈清欢明白她现在因为受到的刺激过大导致身体有些僵硬，便点了点头，没说什么，扶着她走进了电梯。

高浩跟着剧组去处理余下的缴款问题。这一天，除了剧组里的梅嘉树，每个人都唏嘘不已。

路瑾年醒来的时候已经是第二天了，沈清欢因为工作问题已经回到了剧组，高浩也跟着路瑾年的剧组去召开了新闻发布会。

杜唯微换上防菌服走进了病房，她看着浑身插着管子的路瑾年，整个人心痛不已。

路瑾年此时还很虚弱，深深地看了她一眼后，只能通过眨眼来安慰她。

杜唯微红着眼眶柔声说道：“老公，你会好的，我会一直一直陪着你，加油。”

路瑾年的身体还很疲乏，说不了什么就开始要睡，护士见状，只能将她请出去。

当杜唯微离开监护室的时候，李茉跟路西顾也赶到了。

她看着两人，话还未说，就被冲上来的李茉狠狠甩了一巴掌。这狗血剧情堪比电视剧。

“妈。”路西顾将李茉拉到一旁，蹙眉低声喊道。

李茉吼道：“别拉我，如果不是因为这个女人，瑾年怎么会出这么大的事情？你没看报道吗，我听说出事时她就在现场。我一直都说当戏子不行，你看，现在你弟弟都成什么样了！”

路西顾赶紧说：“妈，瑾年现在的情况主要是剧组那边的问题，跟她没关系。”

“你走开，自从你弟弟认识这个女人开始，我们路家就没好过。我告诉你，今天这个女人必须滚！”

杜唯微一听，当场回应：“妈，我不走，我要守着瑾年，他是我老公！”

“呸，我从来没有承认过你这个儿媳，不想被我撕得太难看就赶紧滚蛋，我自己的儿子我自己照顾。”

“妈！”路西顾再次低喊。

“你还不给我闭嘴！小的吃里爬外就算了，你这个大的也要跟我作对吗！”李茉怒瞪着他。

路西顾知道自己的母亲在气头之上，干脆拉着同样不肯认输的杜唯微走到一旁，说：“瑾年现在情况如何？”

杜唯微照实说明：“不太好，脸上都被纱布蒙着，手臂上也是，还说不了话。”

“看来真的很严重，我妈脾气太大，这两天你还是先回去等着。”

“不，我要守着瑾年，我不能离开他。”

“你听我说，现在瑾年最需要的就是休息，你在这里我妈肯定会大吵大闹，到时候瑾年因为担心你，绝对不会好好治疗，这样反而耽误了病情。只要他醒来，我就跟他说明原因，等瑾年可以说话做主了你再来，怎么样？”

杜唯微咬着唇，有些犯难：“如果我走了，他醒来看不见我怎么办？”

“这点你不用担心，我每天都会趁着我妈不在的时候给你打电话，到时候你就通过电话跟他交流，也可以视频，总之先别让我妈过于激动。这里是医院，被拍到发到网上就糟糕了。”

杜唯微一听，也明白路西顾这个做法最顾全大局。她留在这里除了跟李茉吵闹，还真的提供不了任何帮助。

“大哥，谢谢你，拜托了。”杜唯微含着泪感谢道。

“一家人，说什么傻话呢，我妈就这脾气，我相信她早晚都会发现你的好。回去好好休息吧。”

“瑾年这里……”

“我会照顾。要是之后他醒了，我给你打视频电话，别担心。”

“嗯，那我等你电话，谢谢，真的谢谢。”

“走吧，回去的路上注意些，我相信瑾年会好起来的。”

第十四章 绝地反击

H影视城，B剧组内。

路瑾年的事情在业内直接炸开了锅，连带李永生导演都忍不住跟沈清欢感慨：“这次路瑾年的演戏生涯可能真要画上一个句号了。即便对方剧组赔了钱，但跟他自身的经济效益相比，也是少得可怜，惨哪。”

沈清欢的神情颇为凝重：“我看了对方剧组的回应，说是爆破师失误，提前引爆了附近的几个炸点，这才导致路瑾年在毫无准备的情况下被炸，只希望他脸上的伤势不会太严重。”

李永生导演摇头道：“虽说现在整容技术发达，但火烧这种还要看命。唉，最近这座影视城确实不太平啊，希望我们这部剧能够安全拍完吧。”

沈清欢闻言，睨了他一眼：“那李导还不去拍？别忘了还要赶着送审呢。”

“是是是，我这就去。”

李永生离开后，沈清欢长叹一声：只希望路瑾年能够一切顺利吧。

杜唯微回到剧组的时候，刘京京不知道通过什么关系直接在剧组附近将她拦了下来。

“杜唯微，路瑾年发生这么大的事情，你居然不守着他，还这么逍遥地跑回剧组？”

杜唯微没有搭理这个女人，身体微微一歪，直接绕了过去。

刘京京气急，当场就跟她拉扯起来："你这种女人摆明就是见利忘义，现在发现他不能挣钱了，所以就立马抛弃他了。不要脸！"

杜唯微听到这里，转身摆脱了刘京京的钳制："刘小姐，嘴长在你身上我没办法控制，但是'祸从口出'这句话我想你应该可以理解，好狗不挡路，滚开。"

"站住，你叫谁滚呢，你这个见利忘义的贱女人。"刘京京此刻气得要死。医院那边已经被路家人派保镖把守，路宝又不允许她跟着去，非说怕引起误会。

她来剧组这边想看看是怎么回事，没料到会看见杜唯微一副没事人的模样回归。自己老公出事躺在医院里生死未卜，各大平台还在抓着新闻点不停地播报，只有她，只有她还做得出回来做事这种事，简直是狼心狗肺。

不，她绝对不能原谅！

刘京京想到这里，冲上前去扯着杜唯微不放。她恨，恨明明属于自己的幸福怎么会被这种女人所夺走，如果当初不是她放弃，今天哪还有杜唯微的事情。

沈清欢从助理口中得知杜唯微回来被人阻拦时，第一时间赶到了现场。

"住手，赶紧给我拉开！"

"杜小姐，你没事吧？"此刻的杜唯微只能用狼狈来形容，在医院包好的伤口也被扯烂，头发更是一团糟。

杜唯微抹掉嘴角被抓破皮而流出的血迹，表情狠厉地说道："刘京京，我对他的爱从来都不是你这种市侩的女人所能理解的。"

说完这话，她就默默地流着泪走向了自己的休息室。她要赶稿，她要赚钱，她要努力得到李茉的认可，只有这样她才能放心地陪着路瑾年，他病了，她养他！

刘京京依然不依不饶的，还想跟过去，然而她被一个身形干练的女人拦住了去路。

沈清欢目光冷冷地看着刘京京，说："跟我来。"

沈清欢坐在办公室里。她知道了刘京京的身份，也明白了刘京京跟路瑾年等人的渊源。她眼睑微抬，神情冷傲地说：“刘小姐，你是认为杜唯微可以站在路瑾年身边，为什么你却没有机会，是不是？”

“是，我不甘心，当年是我自己怯弱了，但我也有苦衷的啊，为什么他不再等等我！”

沈清欢很平静地说：“很多时候，两个人在一起就是一种缘分。只能说，你们有缘无分。”

“有缘无分？杜唯微拥有的机会，原本是我的。”

“可是你错过了。”沈清欢道，“你和路瑾年的事情，我也听说过。或许你很后悔当年的抉择，但是就算你们在一起，也未必能像路瑾年和杜唯微一样过着和谐的生活。”

“凭什么她可以，我却不可以？”

“两个人的结合绝非偶然，而是必然。杜唯微很适合路瑾年，虽然就短期来说，李茉会激烈反对，但是我相信以后他们一家会和平相处。”

“……”

“刘京京，灰姑娘与王子的爱情，你如果仔细看了童话就会发现，灰姑娘是落魄贵族的女儿，贵族母亲早死，于是落魄的贵族父亲娶了一个普通的女人，而普通的女人带过来的两个女儿跟她的身份一致。王子爱的不是单纯的灰姑娘，而是有着贵族血统的灰姑娘。”

“杜唯微是贵族吗？”

“算不上大富大贵，但是她曾经也是家境优越的。她从来就不是简单的灰姑娘，她很懂得抓住机会。认识高浩后，她靠近他，让对方推荐自己的作品；通过高浩认识我之后，她就拼命展现着自己的能力，让我跟她合作。这些，她都是靠的自己的本事，而不是依靠路瑾年。”

“难道我的努力比她少吗？”

“但是你没她聪明，没她果敢，没她懂得付出。你太算计了，这就是穷人跟富人的差别。如果你有杜唯微当初的家世，你跟路瑾年会错过吗？归根到底，这是你骨子里的自卑造成的，当然，也只能说路瑾年没那么喜欢你，所以你们不可能在一起。”

没那么喜欢她？当初路瑾年也这么回复过她。

为什么，为什么所有人都要用这么残忍的话语来刺激自己？自己只是想要过幸福的生活，难道错了吗……

刘京京不知道自己是怎么离开的，她有些失魂落魄地行走在影视城中，耳畔全是嘈杂不已的声音。

忽然，她似乎听到了什么，脚步顿住，眼中也闪过了诧异。

角落里，窸窸窣窣的声响不停地传来。

“我没说假话，路瑾年这场爆破戏是我好兄弟负责的，他说他当时爆破的时候就已经感觉到有问题了，可是想反映也来不及了，这摆明是有人背地里要对路瑾年动手。敢这么做的人多半都是有背景的，他一个爆破师哪敢说啊？现在剧组用保险赔付，他当然不敢乱吱声了，如果得罪了背后的人，‘咔嚓’，恐怕怎么死的都不知道。”

“天，太阴险了。”另一道唏嘘的声音跟着传出。

“总之这事你们别乱传，都安静。还记得B组丢失的半成片吗？啧，两夫妻同时出事，摆明就是一个人干的，我看这事不简单，但既然大家都没往这方面想，我们闭嘴看戏就成。这社会太险恶了，有钱人惹不起！”

“对对对，千万别玩网络举报，免得被查到，到时候怎么死的都说不清楚。”

“哎哟，走走走，越说越起鸡皮疙瘩，还是咱们旁观者清，别管当局者了。”

随着声音的走远，刘京京不敢置信地靠着墙面站好。有条线索似乎在她脑海里慢慢串联而成了。

难道，是他？

何一程！

除了他，还有谁敢做这种事？

对杜唯微回来剧组赶工的事情，刚开始工作人员们都不理解，按理说路瑾年出了这么大的事情，作为妻子应该在病房前守候，她却出现在剧组，这不符合情理。但随着沈清欢强悍下令，所有人都不敢再追问。

也不知道是不是化悲愤为动力，杜唯微的剧本出来得很快，因为关系恢复了更新，《时空男友》这部剧再次飙升为各大网站话题榜第一，同时获得收视率第一、受观众喜爱度第一等成绩。

杜唯微在剧组的这段时间里，路西顾有时间就会跟她进行视频聊天。通过视频，她看到路瑾年躺在床上，身上缠满了绷带，她看得心中一阵揪心地痛。

两天后，杜唯微通过路西顾发来的短信得知路瑾年已经醒来。

她伪装了一番，悄悄地去了医院。

病房外，杜唯微通过细小的门缝，看着护士们给他换纱布。每当她们撕开一片纱布后，路瑾年先是发出闷哼的声音，最终变成了难忍的吸气声。

看着路瑾年痛苦的模样，李茉自然心疼不已："当初让你不要去娱乐圈，你偏偏要去！我们路家缺你当戏子的这点儿钱吗？"

"妈——"身旁的路西顾阻止她继续说下去，"瑾年现在也不好受，你就少说两句。"

李茉这才噤声。

许久，李茉实在看不下去路瑾年换纱布时的惨烈场景，起身拉着路西顾走向了病房外。杜唯微见状，赶紧坐在了家属等候区，因为医院等待的人很多，她在人群中一点儿也不起眼。

李茉走出病房后，气愤地说："他的眼里只有那个女人，为了她，还不惜跟我作对，现在呢……他躺在床上，我就没见过她来。"

"这不是你不让她出现吗？"

"我不让她出现她就不出现？我当初让她离开瑾年，她怎么不离开？"李茉气愤地说，"瑾年遇到这么大的事情，就因为我说了几句不好听的话，她就退缩了？这种贪财的女人，就会骗骗你们这些不长心眼的男人。"

这些话都被杜唯微听在耳里。

她难过地低下了头：路瑾年，我宁愿受伤的人是我自己！

在接下来的一段时间里，路瑾年一直在医院接受治疗，李茉几乎一有空就会来医院。

因为双腿也被炸伤了，在身体稍微恢复后，路瑾年偶尔会尝试着下床走路，可怎么也没办法自己走。最终，路西顾给他定制了一张轮椅。

他每天坐在轮椅上，有时候护士会推着轮椅带着他在医院内“散步”。因为脸上和身上都缠着纱布，加上路家对媒体一直保密着，谁也不知道他在哪家医院接受治疗，因此他才能在医院里享受着难得的闲暇时光。

某个阳光正浓的午后，护士推着路瑾年在医院的休息区晃荡。不少病人和家属坐在长凳子上，有些干脆坐在地上，沐浴着阳光。

“哎，这条新闻说，路瑾年还在接受治疗，但是不知道在哪家医院。”

“有知情人士说，路瑾年毁容了，不过好在烧伤的面积不大，整容加植皮的话可能还有一丝希望。”

“路瑾年老婆剧组的人说，女方在他住院后就没去看过他，冷血呢！”

“演员本来就是吃青春饭的，路瑾年原本就是偶像定位，脸毁了，就等于事业停止了。这个女人，还真现实啊！”

……

推着轮椅的护士知道路瑾年的身份，但由于得到叮嘱，也不敢在外乱说。

“路少，你老婆她是不是很忙呀？忙到没时间来看你？”

路瑾年没有回话，护士也不好继续问。

良久，他靠在椅背上，仰头看着天空。

阳光直射下来，照得他睁不开眼。

“我想一个人静一静。”许久，路瑾年开口道。

护士有些迟疑，然而路瑾年一再坚持，她只好说：“只能二十分钟。你现在的烧伤虽然在恢复，但还不稳定，随时都可能有突发情况发生。”

“有事我会呼救。”

护士这才一步三回头地离开了。

护士离开了一段时间后，路瑾年才说："我知道你在附近。"

一直躲在不远处的杜唯微听到后，踌躇了好一会儿，才慢慢地走了出来。

两个人对视的时候，彼此眼里都有泪光在闪动。千言万语在心间，谁也说不出一个字来。

杜唯微缓缓地走向他。她蹲下身子，双手抚上他缠着纱布的手掌，眼泪瞬间掉了下来。

"别哭，我会心疼。"

"对不起，老公！我现在才来看你。"

"我知道，你经常过来。虽然你没有出现在我面前，但你一直都在用你的方式关心着我，这一切我都知道。"路瑾年想抬手拍拍她，给她一点安慰，可是他连抬手的力气都没有，每一次，他想动，全身都像是被针扎一般痛，他看着心爱女人眼眶下的瘀青，心疼地说道，"不是跟你说过不要熬夜吗？我知道你在赶剧本，但也要学会照顾自己。"

路瑾年的一番话，让她眼泪更加汹涌：明明受伤最严重的就是他，为什么此刻他还想着关心自己？

"我希望……你能多关心自己。"杜唯微边哭边说，"我希望你能爱自己超过爱我。"

"我们本身就是一个整体，没有你我之分，爱护你，就是爱护我自己。"

杜唯微倾身向前，她想抱住他，可是他身上还缠着纱布。最终，她为了防止伤到他，只是吻了吻他缠着纱布的手背。

"老公，如果你以后真的不能走，我会当你的拐杖。"

"傻瓜。"

路瑾年想笑，可是脸被纱布缠着，他无法咧开嘴。

路瑾年：我一直都想成为替你遮风挡雨的墙，又怎么会忍心让你当我的拐杖呢？

杜唯微，守护你，是我余生最大的愿景。

杜唯微在医院和路瑾年见面的事，因为被回来的护士看到，最终消息传到了李茉那边。

后来的两个月，李茉几乎是寸步不离地跟着路瑾年。无奈之下，杜唯微和路瑾年只能通过路西顾打视频电话，才能看到彼此的脸。

某天晚上，杜唯微终于写完了最后一集的剧本，而路西顾的电话视频邀请也过来了。

“老公，明天我想找个机会去见你。”

路瑾年却摇头道：“微微，我明天就要出国了。”

“出国，为什么？”

“我想接受更系统的治疗，以及……整容。”

路瑾年很清楚，在这些日子的视频交流中，每当杜唯微看见他脸上的伤痕时，眼中总会不自觉地流露出悲伤。虽然她自认为隐藏得很好，但他还是很轻易就发现了。

再加上路宝不停在旁边蛊惑，路瑾年最终还是决定去整容。即便不能恢复如初，但也不要像现在这样人不人、鬼不鬼的。

最重要的一点，就是他不能让心爱的女人再因为他的伤而悲伤！

杜唯微看着手机屏幕中的路瑾年，原本俊朗帅气的脸颊此刻被纱布包裹了三分之一。骄傲如他，内心绝对不会像表面那般淡然。

久久，杜唯微脸上挤出了一个灿烂的笑容，她通过视频给他加油打气：“老公，我会在这里乖乖地等你。”

“好了，微微，这个点妈妈要来了，我先挂电话了。”

这时，路西顾插了一句话，然后视频便关闭了。

杜唯微这边刚收起手机，沈清欢就从外面走进来了。

她扬了扬手中的报纸，道：“真是怕什么来什么，你看看吧。”

杜唯微接过沈清欢手中的报纸，一打开，就看到有关何雪的报道内容。

她心神微震：“是何一程吧？他利用那部剧，将何雪的问题抛给媒体了。”

“没错，网络上已经炸了，他还真会挑时间，全程都在洗白何雪。”

杜唯微没有理会沈清欢的反讽，神情凝重地看完报纸，然后又打开手机看娱乐新闻。

“沈总，网民的力量很大，而且我看见有人借着这把火来攻击我们的剧了。”

“我知道，但这世上并不是人人都会坐以待毙。你等着，高浩马上就来了。”

“高浩，难道你又想借着他朋友的朋友来翻盘？”

“哈哈哈，没错，可信度很高不是吗？而且，这世上有种东西叫作‘嘴’。这嘴呢，向来可以把黑的说成白的。”

杜唯微表情一凛：“看来沈总已经找到回击的办法了？”

“何雪的案子我绝不允许翻盘，一审的结果如何，二审就只能如何！”沈清欢说这话的时候，眼底闪过一丝势在必得。

她说过，做错事就要受到惩罚，这是亘古不变的真理，谁都不能更改。

高浩站在休息室门外抬手敲了敲，问：“嗨，两位，我能进来吗？”

“有人掐着你的腿不让你进来吗？”沈清欢问道。

高浩走了进来，目光自然触及了杜唯微身旁的报纸：“这事今天都爆了。我好几个群都在谈论，个个都说何雪温柔漂亮，怀疑她是因为阴谋论，被坑了什么的。”

杜唯微抬眸看着两人，心中有了个大概：“沈总，我不允许任何人诋毁我老公，相信你也不允许别人诋毁你们沈家，这件事要怎么回击？”

“以彼之道，还施彼身。”

高浩看到这两个女人眼中掠过冷芒，忽然感觉身边的温度都下降了好几度。

当天晚上，一组八卦账号忽然开始曝光何雪当初故意逗藏獒跑来攻击杜唯微的视频。爆料者还宣称手中其实还握有大量何雪迫害人的语音记录，她这么做，全是因为朋友看不下去才偷偷给她的。

但爆料者碍于何家的地位，也只敢播出这些片段。最让围观群众称奇的是，爆料者有理有据地说明了这次事件爆发的最根本原因。

原来何雪的二审结果就快要出来了，何家人找沈家跟路家谈判，最终几次未果。

路家这边，可以说路瑾年为了维护老婆不愿忍气吞声，自然不会让步！但沈家又是为了什么呢？

原来，沈清欢身上的伤痕以及其弟弟早逝，全是出于心机歹毒的何雪之手，这件事是何雪亲自承认了的。爆料者的朋友之所以知道，还是沈清欢有次参加酒会喝醉了酒无意透露的。

这也就证明了跟何家一直交好，甚至跟何大少爷有过感情牵连的沈清欢为什么不肯松口翻供的原因了。一切都是因果关系，有些人不是不报，只是时候未到罢了。

爆料者说到这里的时候，网民们已经炸开了锅。这份爆料，不管是不是捏造，但狗血程度简直惊人。所谓无风不起浪，如果没有真实事件存在，沈家又为什么要这么决绝！

这份爆料一经发出，另一名爆料者也忍不住出来声讨，目标直指最近发生的两次重大事件：

第一，沈清欢剧组的半成片被删和杜唯微剧本被毁的事情。

第二，前途大好的路瑾年被炸事件。要知道爆破师们在每次爆破前都会反复实验很多次，失误机会实在是太少，而恰巧路瑾年出事的时间就在杜唯微剧组出事的第二天。所有的事情似乎巧合得过分。

对此，这名爆料者给出了最真实的答复：其实就是何家大少爷何一程眼见妹妹救不出来，干脆将敌对的“两家三人”一起毁灭！

所有的事情接连爆出，各大网络平台一度瘫痪，有很多喜爱路瑾年的影迷干脆自发去法院外围拉横幅要求重判何雪，严惩何家，并彻查爆炸事件。

何氏公司也被《时空男友》的剧迷们拦住。剧迷们打开喇叭不停叫嚣，让何氏给出合理解释，还说要抵制何氏出品的作品。

网络上的黑客们开始攻击内网，果真找出了何雪官司里的重要文件。原来何雪还绑架过杜唯微，甚至准备杀人灭口，连沈清欢都不准备放过。

一时间，何家的股市不停地跌落，其家族地位更是尴尬不已。

何家的为人处事，更是被人辱骂唾弃。

何家别墅里，何一程看着父母老泪纵横的模样，心情简直糟糕到快要爆炸。但为了不让二老担心，他只能隐忍。

“呜呜呜，我的小雪，我的小雪回不来了。”爱女心切的何母靠在沙发上不停地哭泣。

何父更是气愤不已：“这到底是怎么回事？沈清欢剧组跟路瑾年爆炸案真是你做的？你明明知道小雪这案子现在就是越隐蔽越好，为什么还要明目张胆地挑衅那帮人！”

何一程脸色阴鸷，眉头拧紧，道：“这件事不是我做的，我也不知道怎么会这样。”

可恶，当初弄剧本的时候明明一切都是按照计划行事的，沈清欢再聪明，也应该怀疑业内人员才对，她是不会把矛头指向他这里的。

爆炸！

这些事情都是爆炸事件引起的！

如果路瑾年没出事，他做的手脚永远都不会被人提及。该死，到底是谁破坏了他的计划……

“不是你，那网上的这些爆料是怎么回事？”何父此刻已是心乱如麻，“我早就跟你说过现在是多事之秋，你的这种手段如果被人拿到把柄，到时候就真是妹妹没出来，你也进去了，到那会儿我跟你妈怎么办？”

“放心吧，不是我做的事情，谁冤枉我，谁就别想有好日子过！”何一程此刻的声音沉得可怕。

何一程回到书房后，就将屋子里的东西砸了个稀巴烂。

他无视属下惊恐的眼神，迈步走到窗边，凝视着远方，嘴角地慢慢扬起，笑意森冷：“既然路家想把脏水往我这里泼，那么我就让他们知道，噩梦成真是什么滋味。”

敢不自量力得罪他们何家，简直是不知死活！

“小陈，去查一查路瑾年爆炸案的最终原因，我倒要看看是谁黄雀在后。想在背地里坑我，没那么容易。”

“是。”何一程的属下得令后迅速离开。对于网络上报道的事情，他们也表示很惊慌，甚至开始怀疑这一切的背后有神秘推手。

夜色清冷，杜唯微披了件外衣站在房车外，手里举着手机“咔嚓”一声拍下了这唯美的月色，然后发送给了远方正与病魔抗争的路瑾年。

沈清欢不知何时到来了。她走到杜唯微身旁轻声说道：“没有陪着他，心里感伤吧？”

“嗯，但一个家庭里面，总有一个要扛起家计，赚钱养家。”

“杜唯微，路瑾年现在毁了容，演艺事业也可以说是毁了，你怕吗？”

“不怕，我反而担心他因为自尊，走不过来。其余的我不在乎。”

“为什么不在乎？他没了英俊的容貌、健康的身体，搞不好路家也会被何家反扑。到时候会一无所有，你能接受？”

杜唯微垂眸，轻笑道：“为什么不接受，他不是还有我吗？沈总，电视剧里每个人结婚前，牧师不都会询问他们贫穷、富贵等等问题，难道那不是对婚姻的誓言？路瑾年选择我的时候，我就是一无所有的，他都可以不在乎，我为什么还要纠结那些身外之物呢？”

“……”沈清欢无法回答，对于她这种商人来说，任何事情都是有价码的，没有天价跟无价之说。

“沈总，我知道现在的社会越来越扭曲，爱情也开始利益化，所以一旦感情出现问题，大家的第一反应就是维护自己的利益。路瑾年对于别人而言或许是高不可攀又或者是装腔作势的，但我懂他，也理解他，更爱他。这无关金钱、外表、身体，只关乎于心。”

沈清欢耸了耸肩：“当年我也跟你一样，想得很天真。但是你比我幸运，你遇到的人是路瑾年。”

他给了杜唯微全部的温暖，所以她才能脱离世俗，维持这份天真。

而沈清欢早被残酷的现实击碎了幻想，早就对爱情看淡了。

“不，所有的失败只是因为你没有遇到对的那个人！沈总，总有一天，你还能得到曾经失去的那份天真。”

“今天的月色真美啊，希望路瑾年的脸可以修复成功。”沈清欢干脆避开了话题。

沈清欢不时发出叹息，杜唯微心情多少也受了点影响。为了活络气氛，她笑着说道："八卦我都看了，高浩的长舌妇本领确实厉害，甚至连我都觉得真相不过如此。他快赶上侦探了。"

沈清欢挑眉道："他做得很不错。不过要不是知道咱们这部剧太火，惹得行内众人眼馋，我都要怀疑何一程了。"

"那，你为什么没怀疑呢？"

"爆炸。"沈清欢仰望天空，幽幽地说道，"我虽然不敢说特别了解何一程，但我敢肯定他的骄傲跟智商不允许自己做出这么愚蠢的行为。要知道何雪还没出来，他如果弄出这么大的纰漏，第一个被怀疑的人，会是谁？"

杜唯微不解："何家能力很强，也许他给自己留好了退路。"

"不，何一程是阴险，但他不会让自己受伤甚至沾染血腥。那种人喜欢杀人不见血。炸明星这么轰动的事情，给他十个选择，他都不会选。这幕后肯定有个坐享其成的家伙在操纵。"

"所以对方的目的就是让我们自相残杀？"

沈清欢点头："有这种可能，但世事无绝对，警方已经着手调查，不过我觉得结果可能不尽如人意。要知道影视城里面鱼龙混杂，线索太容易断掉。"

听到这些话，杜唯微问："既然你心里认定这件事不是何一程做的，为什么要让高浩把矛头指向何家？这时候激怒他们，对我们有什么好处？"

"我只是单纯不想让舆论偏向何雪，我绝对不会让她有翻身的机会！"沈清欢的目光里带有恨意。

"我明白了。"

杜唯微叹了一口气。

不管真相如何，正义总会站在无罪者这一方。

纵使世事浑浊，无须刻意证明，清者总会有柳暗花明的那一天。

杜唯微回到房车休息了一会儿后，路瑾年的视频电话才打过来。

因为做过手术，他并不能说太多话，但答应过杜唯微必须让她看见自己，所以即便是被纱布包裹成了木乃伊的蠢样子，他也会履行承诺。

“老公啊，你可要好好休养，赶紧回来！”

因为不方便说话，他只能在视频里点头和摇头。

两个人就这样，杜唯微负责说，他负责聆听。时间一点一点地过去，约莫一个小时后，他才依依不舍地挂了电话。

挂断电话后，路瑾年双手笨拙地对着手机打字。他打得很慢：“老婆，我倒是想立马回去陪你，但我双腿到现在都没有什么反应，你会嫌弃我吗？”

“那我要是哪天不能动了，你会嫌弃我吗？”杜唯微立马回复。

“当然不会，你是我老婆，我照顾你都来不及，怎么会嫌弃你？”

“那就对了，我也是这样的心理。咱们做事之前一定要学会换位思考，我的阳光是给你的，如果你都不在了，那黑暗于我，只能是毁灭。”

“那你好好等着我，这辈子，赖定你了。”

“我也是，以后我老了，身材发福了，你敢喜欢别人试试看。我会当场让你变阴阳人。”

路瑾年身体一僵，眼底满是诧异，心想老婆的脾气怎么越来越暴了，呃，惹不起。

她都是被他宠坏了。

回去后，他要继续宠着她，让她的脾气越来越坏，除了他，任何男人都受不了。

路宝靠着窗边，看到几乎裹成粽子的堂哥还在抱着手机秀恩爱，他无奈地一叹，道：“哥，对于这次爆炸事件，你有什么看法？”

路瑾年看了他一眼，然后垂眸继续打字。

没一会儿路宝的手机就响起，是一条信息：“我是病人，别跟我讨论糟心的问题，睡觉。”

路宝抬眸看向路瑾年，无语地摇了摇头便迈步走出了病房。谁知道一转身，他就看见了刘京京：“哎哟，我的妈，你差点吓死我。”

刘京京歉然地道：“抱歉，路总。”

“你没事吧，怎么脸色这么差？”

刘京京看了一眼病房那边，摇了摇头。

路宝将房门关上，然后领着她走到角落，说：“刘助理，我知道你对我哥的情意，但是自从他结婚后，我觉得你就应该清醒过来了。不属于你的东西，别妄想。”

刘京京连忙摆手：“不是的，路总，我只是觉得有些不公平。路瑾年这么优秀，结果却遭遇这种事情，要不是他坚强……”

“嘘，我哥这人虽然看上去纨绔孤傲，但是骨子里也有块不容侵犯的禁地。你别以为他现在的坚强就是真的坚强，要不是为了哄我嫂子开心，估计我哥早就闭门不见任何人了。”

“什么？”刘京京一脸诧异地说。

路宝用肩膀靠着墙角，然后拿出一支香烟，发现医院墙上贴的禁烟标志后，便把它捏在指间玩弄，说：“我虽然跟我哥一家分开了很多年，但是他的脾气，家族里的人都清楚。这么桀骜不驯的一个男人，突然毁容又变成了残废，换了是你，你能接受吗？”

刘京京抿了抿唇：“但路瑾年一直都在积极配合治疗，他一定都会好的。”

路宝长叹道：“我说了，那是因为我嫂子！我哥彻底清醒的那天，那种孤寂寒凛的眼神我到现在都没办法忘记。你知道我大哥为什么没跟来吗？因为……算了，总之大家都在演戏，每个人都在尽可能地释放出自己的美好，阴暗都被掩盖在脚底。但我告诉你，谁都有爆发的那一天！”

刘京京脸色煞白地退了退：“他很坚强。”

“天之骄子突然变为废人，再坚强的堡垒都会坍塌，现在他的世界观早跟以前的不同了。”路宝这话虽然说得残忍，却是真相。

刘京京握紧手中的餐盒，久久不语。

病房内，说要休息的路瑾年闭着双眼看似在睡觉，但不稳的气息还是泄露了他此刻的慌乱。如果不是因为杜唯微，他真的很想躲在一个没人认识的空间里自我舔伤，不用经历整容时的痛苦，不用接受外界怜悯的目光，更不用强颜欢笑、故作坚强。这种折磨，刺骨噬心！

国内，随着时间的流逝，杜唯微的剧本也终于写完。电视剧果然如所有人预想的那样，热度从夏天持续到了年底。

沈清欢非常高兴，表示要开庆功宴，但杜唯微说今天是路瑾年回国的日子，她要去接机。

“回来了？那我跟你一起去接他吧。”

“不。”杜唯微当场拒绝，似乎看出沈清欢的疑惑，她柔声解释道，“我想等他真正好了以后，再让他跟你们见面。”

“真正好了？我听高浩说整容效果不错，虽然没办法恢复到百分之百，但……”

“我是说心。”这些天的电话视频中，虽然路瑾年一直保持着乐观的态度跟自己交流，但她不傻，对方眼底那不时流露出来的沉寂还是让她心疼不已。

任何人在经历过重大的变故后，心境都会发生不可控的改变。

路瑾年这么骄傲的人，又怎么可能不变如初？在他苏醒后最需要安慰的时间里，她没有陪在身旁；他经历整形痛苦的时候，她也无法跟随；连带现在他双腿依旧没有多大知觉时，她也只能通过网络担忧，种种迹象表明，她这个妻子当得非常失败。

杜唯微明白，她不能逃避现实，路瑾年也不能。她不要一个假装阳光灿烂的老公，她需要一个肯发泄真实情绪的丈夫。

现在剧本已经完成，不管路瑾年的事情闹得多么沸沸扬扬，她只想陪他在一个僻静的地方重新开始。她要让他的双腿开始站立，她要让他再次拥有生活的渴望，因为，虚情假意不适合存在于婚姻之中。

一切都该改变了！

沈清欢本来就很聪明，当然了解杜唯微话语里的意思。她说：“加油，你们这么相爱，一切难关都会过去的。”

“嗯，我也这么坚信着。”

机场里，来来往往的旅客依旧川流不息。

杜唯微拿着一束玫瑰在接机口等待。远远地，她看见了路宝的身影，自然也没错过他面前的轮椅上坐着的男人。

虽然戴着墨镜跟口罩，但他自身所散发的气质还是让行人们忍不住多次回望。

杜唯微将帽子微微抬高，当几人走近后，她忽然将手中的玫瑰举起，递过去："恭喜我的老公回国。"

路瑾年微微一笑，随即张开了双臂："抱一个。"

"嗯。"

因为路瑾年始终是明星，这次秘密回国，他并不想让人知晓，所以他的整容情况到底如何，杜唯微心里也没底。

没办法，谁让路瑾年非说要给她惊喜，还必须当面看呢。

刘京京站在路宝身旁，看着这两夫妻恩爱的模样，脸上虽有不甘，却也带着羡慕。

"我们先回家。"

因为路瑾年无法行走，路宝只能再次当电灯泡将他们送回了别墅。

路宝将路瑾年送到后，就立马表示不再耽误他们夫妻交流，刘京京即便想多待一会儿都没办法。

别墅内，忽然寂静了很多。

杜唯微开口道："韩毅给我打过电话询问你的情况，说想要来看看你。我很冷漠地回绝了，是不是有点儿过分？"

路瑾年摇头："不会，你们本身关系也不好，他现在如何？"

"跑龙套，据说会参演一部网络剧，是男二。"杜唯微舔了舔嘴角，似乎有些尴尬。

路瑾年看着她，歪头笑了笑："什么时候开始，我们夫妻说话这么客套了？我记得刚才都还好好的。"

杜唯微蹲下身子，仰头与他对视，轻轻一叹道："对不起。"

路瑾年眼神微闪："说什么傻话呢？我有点累，想休息了。"

"老公，看着我。"

"我一直都在看着你。"

杜唯微将路瑾年的墨镜跟口罩扯下，可以看出他脸上还存有细小的疤痕，有些手术痕迹也无法掩藏。

但不知道为何，她觉得自己老公经过这几次整容后，虽然没有以前那么帅气，但是看起来更有味道，更成熟了。

"好像，你男人味更足了。"

路瑾年喉头微动："不害怕吗？"

杜唯微将脸颊放在他的腿上，轻声说道："害怕……怕你不要我，甚至会离开我。"

路瑾年垂眸凝视着她，声音有些喑哑："医生说，我即便努力复健，也可能无法像以前那样行动自如。"

杜唯微眼眶开始微红："我说过，我愿意当你一辈子的拐杖。你跑不了才好，这样我就能一直抓着你了。"

"值得吗？"路瑾年不自觉地吐出了心里话。

杜唯微抬眸，猛地起身，想亲吻上他依旧柔软微凉的唇。

路瑾年眨了眨眼，下意识地往后避去，杜唯微就这样卡在半空，愣怔地看着他。

路瑾年也没料到自己会开始抗拒，神情有些茫然。

她苦涩地一笑，最终决定将话语摊开来说："老公，我们别伪装了好吗？难受就发泄，痛苦就喊出来，不甘就哭泣，这世上没什么坎是走不过来的。压抑不是出路和救赎，那是深渊，是让我们彼此越来越痛苦的深渊，大家一起走出来好吗？"

路瑾年嘴角微动，但终究没有出声，只是抬手轻轻地抚摸着她的长发。

因为这份温柔，杜唯微隐忍许久的泪水终于还是从眼角滑落。

路瑾年鼻头也开始有些发酸，他抬手抹掉她的眼泪，却发现怎么都抹不完。

她难过，他比她更加难过。

"如果你都止不住悲伤，那我的心还怎么好起来呢。"

"老公……"

"只有你快乐，才能让我走出阴霾。"

"我知道了。"杜唯微拭去泪水，她起身推着轮椅将他送往一楼的第一个房间。房门一开，路瑾年就愣了，书房明明在二楼，怎么会来到一楼的？

杜唯微将他推进去，然后松手，说道："东西我都找人搬下来了，以后我们就在一楼生活，隔音效果特别好。砸吧，狠狠地砸，大喊大叫都无所谓，我希望你今天将心里所有的压抑都发泄掉，即使发泄不完，能发泄一些也好。不高兴就吼，想骂就骂，这世界本来就是不公平的！”

她说完，转身关门离开，一副放任的态度。

路瑾年看着面前熟悉的家具摆设，曾经的高傲回忆慢慢侵入脑海之中。

他低头看着毫无知觉的双腿，又抬手抚摸上已有残缺的面容，落差感再次肆虐起他那颗本就摇摇欲坠的心脏。

门外，杜唯微双腿无力地慢慢坐下。她靠着门沿，咬着牙不停地流泪。

“呜呜呜……”杜唯微捂着嘴尽量不让自己的声音流出。她真的真的不想这样逼迫路瑾年，但这是唯一能解开所有心结的办法。

他痛，她也痛。

“咚！”

一声巨响忽然从房间内传出，杜唯微一惊，连忙起身推门而入。

路瑾年趴在跌倒的轮椅旁，浑身发颤，一滴泪水从他鼻尖落下，深深地敲打在了杜唯微的心头。

她冲过去将他抱住，埋头在他肩上痛哭道：“我只希望你能发泄情绪，而不是让你折磨自己，你这样我会很难过。”

路瑾年仰头大口呼吸着，良久后，他声音嘶哑地说道：“或许，放手……”

杜唯微猛地抽身以唇将他的覆盖，堵住了他所有的话语。

路瑾年尝到了嘴里苦涩的咸味，那是杜唯微的眼泪。

“如果你再敢说出任何不中听的话，那我们就试试看，我也摔断我的腿，然后你抛弃我吧。”杜唯微说这话的时候，眼底写满了认真跟倔强。

“可我即便脸能看了，腿也废了。”

“我说过，我可以当你的拐杖，而且你没试过怎么知道不能走？”

“如果不能走呢？”

“那我就扛着你，拖着你走，要不抱着你走，都行。”

“你小胳膊小腿的，怎么抱我？”路瑾年的情绪因为她那赌气的说法开始渐渐缓和。

“我不会健身增肌吗？直接变身肌肉大力士，一只手就扛着你走。”

路瑾年开始在脑中想着那画面，随即失笑，但那笑容转瞬即逝：“其实这些天我想了很多，我以为我可以不在乎，但是脸上的痕迹抹不掉，双腿也走不了了。我以为小说跟电视里面的桥段是假的，但真的发生后，我不管怎么换位思考都觉得太自私了。

“老婆，我妈不喜欢你，路家又得罪了何家，你的事业刚刚起步，如果卡在我这里那就真的废了。我现在算是半个残废，没办法挣钱，没办法帮你对付何一程接下来的报复，我什么都做不到，这感觉太糟糕了！”

杜唯微抓着路瑾年的双手，说道：“我懂，我都懂，但是你也不能太悲观了，我们结婚那会儿是我最糟糕的时候，如果没有你，我可能一毕业就会为了生计到处打工赚钱；没有你，我走不上编剧这条路；没有你，我这部剧一开始可能就夭折了。凭什么我可以享受你带来的荣耀，你却不能接受我给予的回报呢？”

路瑾年的喉头动了动，他抬手握住她的手臂，轻叹了一口气，柔声说道：“一旦我全身心依靠你，就不能放手了，即便你再后悔也不行。”

杜唯微怔了怔，问：“难道，你从来都没全身心地依靠过我？”

“但这次，连带着我的尊严与骄傲。你怕吗？”

“我是怕你还所有保留。”

他脸上笑意加深，说：“不留了，因为我不想跟着人生的剧本走。”

杜唯微与他四目相对，面带微笑地说：“只要能每天看着你，我就特别幸福。”

路瑾年的眼眶再次不自觉地泛红了：“我也是。”这些天，如果没有她的视频电话，他早就发疯了。

她轻轻地吻上他的微凉的薄唇，低语道：“老公，其实我想过，如果你回来后非要将我赶走，我就会出一场车祸逼你表态。哪怕你们都骂我是疯子。”

“傻瓜，你知道的，我只要看见你就下不了狠心。”路瑾年修长的手指拂去她额前散落的发丝，心撕扯般地疼，都是为了她。

“答应我，一起努力好吗？哪怕前方是狂风暴雨。”

“刀山火海我也不怕。”

“文艺感加强咯。”

“为了配合我的夫人。”

“真好，即便你是假装快乐，我也觉得好。”

“不，我现在是真的快乐，因为这辈子貌似不愁没人管了。”

“甘之如饴。我爱你。”

“我比你爱我更爱你。”

夜色下，淅淅沥沥的雨滴慢慢落下，屋内的两人听着玻璃上滴滴答答的声音，都觉得心里的某个角落正被这柔和的雨水冲刷洗净，连带呼吸也变得舒畅清新。

他们坚信，任何难关都会被克服，甚至能超越生命。

滂沱的大雨从空中倾泻而下，冷风不停地搜刮着树木，让人们心中无端压抑沉闷。

何家别墅内，何一程身穿白色衬衫站在花房内欣赏着四周的盆景与绿萝。

随即，房门被人敲响。

他眉头微动，冷声说道：“进来。”

来人弯腰汇报道：“少爷，人已经带来了。”

何一程嘴角微勾，眼底掠过暗芒：“让他在书房等着我。”

“是。”

他转身经过旁边的盆景时，正好碰到了绿萝的一片叶子，上面的水珠恰巧擦过他的长裤。

何一程脚步微顿，垂眸看了一眼后，神情似是有些不喜。

他重新换好衣物来到书房的时候，梅嘉树正一脸紧张地起身朝他看过来：“何总，您找我？”

何一程目光淡然地从他身边走过，最后来到书桌后方的椅子上坐下，问：“这么久不见，你没什么想对我说的？”

梅嘉树皱了皱眉，疑惑地开口：“您是指这次电视剧大热，我忘了上门道谢吗？”

“呵呵。”何一程低笑出声，却没有温度，“梅嘉树，你装傻的本领似乎比我想象中强。”

梅嘉树愣了愣，神情有些紧张：“何总您就别开我玩笑了，现在我身价暴涨，眼看要进入一线了，这都是您的功劳，我哪敢在您面前耍滑头啊？有什么问题，您直说就成。”

何一程看着他卑躬屈膝的模样，一脸鄙夷地提示：“关于路瑾年的事情，你怎么看？”

“原来您说他啊，嗨，活该！”

“活该？谁给你的胆子！”

何一程话音刚落，梅嘉树身后的一名黑衣男直接一脚踹了上来，当场让他跌跪在地。

梅嘉树吃疼，神情里满是惊恐：“何总，我、我是做错什么了吗？”

何一程抬手把玩着面前的文件夹，随即挥手甩了过去，差点儿砸到梅嘉树。

“你以为你弄爆破案的事情没人知道吗？要不是我提早派人去查，毁灭了一切证据，你觉得路家会查不到你？”

梅嘉树趴在地上，不停地求饶：“多谢何总照顾，多谢何总救我。”

何一程深呼吸了一下，平稳了心情，道：“我现在才找你，就是不想让沈清欢他们有所察觉。你蠢没关系，但不要拖累我！”

梅嘉树忙不迭地点头：“是是是，可我也是为了何总您才这么做的，您不是希望路瑾年落魄吗？这就是最好的方式啊！”

“呵。”何一程冷笑，眼中满是冷冽之意，“我要对付的人，是你这喽啰可以触碰的？”

梅嘉树趴在地上，垂下的眼眸中掠过一丝阴鸷，心中只有一个想法：这何一程摆明就是个得了便宜还卖乖的小人。

何一程起身走到梅嘉树面前，修长的手指慢慢抬起他的下巴，眼神凛冽地道：“你自己想杀人，那你自己就要学会扛住压力。有多大本事，就承担多大责任。”

梅嘉树一怔，他知道何一程没开玩笑，对方现在是准备将一切都推给他吗？

不，他这么做可都是为了何一程。梅嘉树赶紧说：“何总您要救我，我只是为了让您开心啊！”

何一程嫌恶地赶紧避开了他：“让我开心？现在事态发展成这样，你觉得我会开心吗？”

梅嘉树听罢，更加紧张了：“何总，我、我、我、我……”

“你什么你！”何一程顺手抄起旁边的瓷器砸在了地上。

巨大的声响吓得梅嘉树魂儿都快没了。

“以后还敢背着我做一些下三烂的小动作吗？”

“我再也不会了，路瑾年这事，我不会再提及，更不会再过问。我耳聋，我眼瞎，我什么都不知道！”

何一程看了看他，狡诈地眯起了黑眸。现在事情既然已经发生，他说再多也没用，杀了梅嘉树或者毁了梅嘉树都会给他留下不可磨灭的污点。而路瑾年的事情一旦被查出，对他也很不利。

起码沈清欢就会多事地参与进来。他现在忙着收拾路家和处理媒体大闹法院的问题，还真没多余的精力跟沈家闹腾。

眼下最重要的，除了救何雪，就是折磨路家了！

雨势逐渐收小，但阴雨绵绵的天气还是让人心中惆怅。

何家别墅外，梅嘉树的跑车旁，忽然缓慢地停靠了一辆黑色奔驰。

刘京京坐在车内看着从车前玻璃上落下的雨滴，清脆的啪嗒声不停地响起。这让她的心情更加无法平静了。

她抬眸看着别墅大门，刚拿起副驾驶座上的黑色雨伞准备下车离去时，一抹熟悉的身影恰巧从大门内走出。

那不是……杜唯微的电视剧里的男主角吗？

刘京京立马联想起了当初听到的窃窃私语。

明白了，她现在都明白了，一切都是计谋，真相就是这一切都是何一程设计的。

他收买了杜唯微的电视剧的男主角，所以剧本被偷，片子被毁。

之后这个男人再利用自身便利，跟何一程策划了影视城爆破案。

呵呵，何家的地位很高，难怪警方怎么都查不出证据，因此认定那就是一场意外事故。

刘京京想通透这一切后，心底是满满的寒意。她被骗了，她被何一程这个大骗子彻底欺骗了！

她捂着胸口想到这些日子里对路瑾年的陷害，只觉得自己荒唐不已。她根本就是在与虎谋皮，当了别人的刽子手！

如果当初不是路瑾年反应机警，只怕他现在的下场会更凄惨！

刘京京坐在车内看着梅嘉树开车离去，她握着伞柄的纤手慢慢攥紧，垂下的眼睑微微颤动。随即，她找出了因为工作需要而时刻带身上的录音笔。

何一程坐在客厅里，双腿交叠，仿佛是一方霸主，一位孤傲的国王。

刘京京走到他面前，一阵深呼吸后质问道："是你吧？"

"什么？"何一程挑眉看向她，似乎有些诧异于她的态度。

"我刚才看见杜唯微的电视剧的男主角从这儿走出去，所以他们剧组发生的问题跟路瑾年被炸案件，都是你策划指使的！"

何一程瞥了她一眼，语气轻蔑地一哼，说："是又怎样？"

他明白现在解释什么都没用，梅嘉树的存在本身就是他没算计好的纰漏，直到现在他都没想到那人居然敢这么不计后果地行动，还差点儿连累他。

刘京京没料到何一程居然承认得这么干脆，她当即气急攻心地说："你简直太没人性了！当初你怎么跟我说的，结果呢？你原来是想要了他的命！

"何一程，你这么心狠手辣的人是会遭报应的！我要去举报你，一定要举报你！"

"呵。"何一程讥讽地一笑，道，"举报我？刘京京，请你好好考虑你自身，你父母的医药费是我出的，你弟弟的工作也是我安排的，你那残破不堪的家庭好不容易才爬起来，现在这么做，你是想让你的家人终身记恨你吗？

"还有，别把话说得这么漂亮，要知道在迫害路瑾年夫妇的道路上，你也没少出力啊。起码婚礼上那件事，他们夫妻就要对你大喊'谢谢'了！"

刘京京脚步微退，脸上血色渐无："我，我是被你蛊惑的。"

"啧啧啧。"何一程伸出食指摇了摇，"你是自己带着贪恋踏入圈子的，人心这东西最难掌控了，但有句话是这么说的，'凡走过，必留痕迹'。大家都是一路人，何必装善良无辜？"

刘京京的呼吸开始急促，对于自己犯过的错误，她完全无法反驳。

何一程起身走到她的面前，然后执起她的下巴与自己深邃的黑眸对视："你最蠢的地方就是，明知道我敢杀人，却偏要在魔鬼面前叫嚣。你就不怕走不出这间屋子吗……"

刘京京双腿一软，当场没有骨气地跌跪在地上。

"哈哈哈，不送，免得你真出不去了！"何一程轻蔑地瞥了她一眼后，高傲地转身离去。

刘京京瘫在地上，愣怔的。有些事，她只能妥协了。

命，比什么都重要！

医院里，杜唯微通过沈清欢的介绍领着路瑾年看过专家后，手里随即多了一本写着很多注意事项的病历。

"老公，看来你今后要跟我一起努力了。"

路瑾年接过杜唯微手里的病历，俊眉微挑，说："是挺艰难的，之后的复健也不简单。"

"不简单又怎样，只要我们夫妻同心，没有什么是困难的事情！"

"你就吹吧。"路瑾年逗她。

"牛都没飞呢，那就说明我没讲假话。"

"佩服。"路瑾年将病历放在腿上，双手抱拳，说。

杜唯微直接将他的手拍开，因为两人都戴着帽子，倒也没被人认出。

"老公，妈那边不说真的没关系吗？"

路瑾年脸色微沉地说："我哥给我电话了，最近公司那边出了点儿问题，我妈都自顾不暇，暂时不会来我们这儿。"

"出什么事了？"

"听我哥说出了点儿问题。还不是何一程？应该是在报复你们上次网络谣言的事情，沈家他拿不下，就只能对付我们路家了。”

“老公，会没事吗？”

“没事，我大哥会看着办的，而且我现在是个废人，能做什么呢？”

杜唯微听着他自嘲的语气，秀眉紧蹙，说：“难道你又忘了我们之前的约定了？谁敢说你废，我第一个撕了他。记住，你还有我。医生也说了只要坚持复健还是有希望的。你身体健壮，人又年轻，干吗一直钻死胡同！”

“知道了，我会注意。”

“你才不会注意，就因为你这种变来变去的态度，我才不敢让我爸来，就怕他老人家也跟着担心，你不明白他现在有多疼你。你为什么就不能为我们这个家好好努力努力呢？”

路瑾年闻言，心疼地将她搂在怀中，说：“我不喜欢你变得这么焦急，我答应你会好好努力，调整心态。”

杜唯微抬手将他搂紧，说：“是‘必须’。下午我们就去见心理医生。”

“下午？”

“嗯，高浩介绍的，能力很好。”

路瑾年深吸了一口气，自尊大过天的他真的很讨厌别人说自己心理有问题，也不愿承认。但看着心爱女人那一副渴求的脸孔，他拒绝的话语卡在喉咙，怎么都无法说出。

最终他妥协了：“仅此一次。”

杜唯微了解自己丈夫的心情，也不逼迫：“一次也行，就当为了我。”

“你真会先斩后奏。”

“老公你以前不也这样吗？想怎么就怎么，每次我都只能听命，反驳的机会都没。”

“呵呵，所以你是抓着机会立马反扑了？”

“嗯哼，总不能认输不是，对吧？”

“调皮。”路瑾年轻轻地刮了一下她的鼻头。

杜唯微皱了皱眉，然后快速倾身亲吻上他的唇，但只是蜻蜓点水。

路瑾年怔了怔，随即失笑着摇了摇头。

路氏集团。

李茉坐在办公室里听着儿子路西顾的汇报，脸色越来越僵。

“银行不肯借贷吗？”

“嗯，似乎都被何家打过招呼了。”

“以前跟我们合作的公司呢？我那些朋友呢？”

路西顾垂眸道：“我全去借过了，但是对方都说周转困难，暂时帮不了。”

“砰。”

李茉抬手猛地拍打桌面，表情狠厉地说：“都是一群见利忘义的东西！我只不过是资金链暂时出了点儿问题，一旦补齐就可以继续运营了，他们是非要落井下石吗？”

“妈，那些人只是不想得罪何家，毕竟网络上已经把何雪的事情全部曝光。何一程将一切问题都推给我们，认定我们跟沈家联盟，这才故意拿我们当开头菜，暗地里使劲打压。”

李茉焦急地跺了跺脚：“可我们几乎都没跟沈家有任何利益往来，难道何一程是瞎了吗！”

“他没瞎，他就是想把我们逼成热锅上的蚂蚁。”

“杜唯微，都是杜唯微那只乡下小野鸡！”如果瑾年没认识她，一切事情都会按照自己的设想进行，跟何家也会相处得非常愉快。

路西顾眉头微皱：“妈，这一切都是何雪自身的问题，瑾年也没做错，跟杜唯微更无关。”

“你闭嘴，别以为我不知道你以前也喜欢过那小野鸡，当初你跟她在阳台谈话的内容我可全听见了！”

路西顾一怔，随即深呼吸了一下，说：“我当时只是顺口一问，我喜欢的人也不是她。”

“是沈清欢吗？咱们还没去跟沈家借钱，要不你去问问看？”李茉越想越激动。

路西顾苦涩地勾起嘴角，说：“不是她，也不会是她。沈家我们更不能去借，如果被何一程知道又或者这就是他丢下的鱼饵，咱们一旦咬住钩，就再也没有翻身的机会了。”

“你、你们一个两个真要气死我！这样不行，那样不行，难道是想看着我打下来的基业都毁于一旦吗？就为了一个杜唯微！”

路西顾面对李茉的暴躁，叹了口气，说：“总之一切都会有办法解决的。何一程现在给的路很简单：要么去借高利贷，要么去沈家借钱，这两样，不管我们选什么，结果都是死无葬身之地。咱们不能奉陪，只能另辟蹊径。”

“啊……可恶！”李茉再次将面前所有的东西举起来猛摔，不管物品是否贵重，只要被她看见，都必须牺牲。

路西顾没有阻止，他脚步微退，低沉的嗓音缓缓响起：“如果可以，我希望妈你能够去看看心理医生。”

“你说什么？”李茉身形僵硬地看着自己的儿子，满脸的不可置信。

“这是属于儿子的担忧。”

路西顾说完这话便转身离开，他要去想的别的办法解决公司的财政危机。

秋末冬初的时节，午后的阳光带着浓浓暖意，街道上的行人们虽步履不停，但脸上也露着一丝惬意。

杜唯微带着路瑾年来到了高浩介绍的心理咨询事务所。

她深吸一口气，转头蹲在路瑾年面前柔声道：“老公，我知道我突然带你来这儿，你心情不会太好，但是大家真的都很关心你。他们不来看望你是因为我不允许，希望你不要怪我。”

路瑾年轻轻地抚摸着她的脸颊，浅笑着说：“我明白你的担心，我也在努力加油，没事儿。”

杜唯微将头靠在他的腿上，鼻头又开始泛酸：“我真的有太多不懂，我不够细心，也害怕伤害到你，对于我来说，任何希望都不能放过，不管谁说什么，只要是对的，我都想带着你尝试。老公，如果我的举动不小心伤害到了你，一定要告诉我。”

路瑾年看着她的侧颜，心头微动，说：“不，只要有你陪着，任何事情都无法伤害到我。”

“真的？”

“嗯。”

杜唯微的嘴角慢慢绽放出笑容，发自内心。

路瑾年看着她这样，也不自觉回以微笑。

“走吧，记住，要把你心里所有的苦闷都发泄出来，别憋着。医生就是患者的小树洞。”

“嗯。”

路瑾年跟心理医生开始面谈后，杜唯微便自觉关门离开了。

站在走廊上，她靠着墙，垂眸，不知在想些什么。

这时电话忽然响起，杜唯微拿起手机一看，是沈清欢打来的。

她走到一边接听：“沈总。”

“结果还好吗？”

“还行，专家说希望还是挺大的，就是复健很痛苦，看瑾年能不能撑住吧。”

“他午睡了？”

“我们在心理事务所呢？”

“你们去那儿干吗？路瑾年情绪又不对了？”

“不是，我只是害怕他心里的结会越堆越大，你知道的，很多人并不会将心里最深处的问题告诉家人。他现在这种情况，我担心会憋出事。”

“唉，警方那边果真什么都没查到，剧组的保险很快就要赔下来了，但怎么算都觉得亏死人。”

“对了，沈总，我能问你一个问题吗？”杜唯微咬了咬唇，询问道。

“你说。”

“我今天听瑾年提了一下路家，他们最近是不是被何一程打压了？”

沈清欢转头看向窗外，片刻后回答：“嗯。”

“很严重吗？”

“你想听真话？”

“必须属实。”

“那你听后，不要给自己太大压力。要知道商界就是这样见风使舵。”

“我了解，哪个行业都是如此。沈总你说吧。”

……

杜唯微听完后，心口有点儿疼。

“路家真的一点儿办法都没了吗？”

“挺难。本来我想帮忙，但是路西顾一口回绝了，看来他并不想跟我们沈家扯上瓜葛，也可以说是不想再让何一程抓到把柄。”

杜唯微捏紧手机，满脸担忧地说：“所以，路家可能会垮，对吧？”

“也不一定，只要资金链再次接上，还是有希望的，你别忘了还有路宝。当初路瑾年可是将全部积蓄都投给了他，只要他肯放弃国内事业将钱变现，那么路家的难关就会迎刃而解，但是太考验人心了。”

“不行，路宝帮了我们很多，瑾年出事后大部分的资金都是他出的，我们……”

“杜唯微，人情世故有时候真不如钱，路家如果不肯接受我们沈家的帮助，又没办法让资金快速汇拢，那么结局只能是垮掉，路西顾肯定也想到了这点。”沈清欢不是不相信人间真情，只是在利益面前，太多的事情都无法凭心而行。

杜唯微眼睑微颤，脑海里不时闪现出各种办法，忽然说：“沈总，我记得前两天你跟我说过，我这部剧的衍生版权有很多公司都看中了想来谈，对吗？”

“是，难道你想……”

“没错，卖，不管是电影、漫画，还是任何改编权，都卖！谁价格高给谁，我需要这笔资金快速到账。”

沈清欢低呼：“你该不会是想将你所有的收入全部砸在路家吧？”

“路家现在也是我家，我身为路瑾年的老婆，当然也要为这个家出一份力。沈总，我知道你的谈判能力，你肯定会帮我的吧！我的收入加上瑾年剧组赔付的保险金额，能缓解吗？”

沈清欢开始快速计算起来：“解燃眉之急应该是可以的。按照路西顾的本事，只要眼前难关克服，他可以慢慢扭转。”

“那就太好了，沈总，我希望你能尽快帮我卖掉。”

“那你们的生活靠什么？”

杜唯微失笑：“我不是可以再写新剧吗？你也说过，我这部剧大卖后，业界很看重我的编剧能力，只要我写新的，肯定能卖个好价钱。”

沈清欢抬手扶额道：“杜编剧啊杜编剧，你觉得我会让自己亲手带出来的赚钱能手到别家去吗？你写吧，不管你写什么，我出五倍价格给你买下来，而且签合同后一次性付款。”

“什么……”

“没开玩笑。一，当我顺道帮帮路家；二，这次我确实赚得盆满钵满，你有这个资格得到这份收入；三，你独树一帜的剧本风格，没多少人可以比拟，我舍不得让你走。你现在可是我公司的金字招牌。”

“沈总，谢谢。”杜唯微由衷地说道。

“别客气，新剧本出来以后，我会立马给你开发衍生品。你的名头就是保障，我相信很多投资方都会来哄抢的。”

杜唯微失笑出声，她真的很高兴：“沈总，那我能再提最后一个要求吗？”

“OK，你说。”

“如果有投资方对我的新剧感兴趣，也能谁给的价高，先卖给谁吗？”

沈清欢快无语了：“你该不会一点儿私房钱都不留，都送给路家吧？”

“我说过，那也是我家。”

“你赢了！”

心理咨询室内。

路瑾年根据心理医生的指导，慢慢地吐露出了内心的苦闷与烦恼。

心理医生听完后严肃地道：“你的内心其实比一般病人坚强，而你所有的纠结点其实不在于自身，而是在于你妻子。”

路瑾年点头，说：“是，我总担心自己会拖累她。每次看着她笑，我心里就很苦，觉得要是自己复健不成功，她这辈子就会毁在我手上。”

心理医生浅浅一笑，说：“其实有件事，你妻子没跟你说吧？”

“什么？”

“按照我们行内的规矩，病人的隐私我们是不能透露的，但是你们夫妻实在是我少见的奇特病患。你是明星，你出事的时候我也看过报纸新闻，你妻子其实很早就被高浩介绍过来了，她情况跟你一模一样，两个极端。”

“什么意思？”

“她来的时候眼神里带着很强烈的惊慌，当时我并不知道你们是夫妻关系，是在后面的接触中才渐渐得知的。你知道吗？她内心深处最宝贵的东西就是家庭，因为小时候家庭的残缺，导致她内在很封闭。自从跟你结婚以后，她才慢慢找到寄托，跟父亲的关系也有所缓和，她说一切都是靠你。

“可自从你出事以后，虽然你表面上一直强颜欢笑，但她害怕这是暴风雨来临前的平静，据说当时写剧本的时候，她已经开始有掉发的症状，甚至夜不能眠。几次复诊下来，结果就是她无法忍受跟你分离，更害怕你因为自身问题而将她抛弃。她担心又回到失去母亲和亲人的那种无望境地里，所以整个人没有一点儿活力，这是抑郁症的前兆。”

“……”路瑾年整个人都呆住了，似乎完全不敢相信自己听到的事情。

“路先生，我真的很难看见这么恩爱的夫妻，你害怕拖累她，所以想离开，但又舍不得，因此纠结。

“她呢，因为太爱你，太想要一个家庭，所以害怕你因为自卑而将她推开，于是整个人都陷入了自我恐慌之中。抑郁症这种病，不需要我细说，你应该很清楚。你们这个圈子，得这种病的人很多。如果你离开了她，而这种症状没有缓解，结局可能是悲剧。”

“医生，她现在没事吧？”路瑾年神情紧张地询问。

“我教过她一些缓解办法，没让她吃药。而且自从你回来以后，我跟她电话交流时也能感觉到她的快乐，虽然时好时坏，但这情绪应该全出自于你身上。只要你肯正视问题，别老想着会拖累她，而是跟她一起渡过难关，我想她的病就会不药而愈，你的心病也会随着时间而慢慢变好。”

路瑾年沉吟了许久后，才苦笑道：“所以，我们所有的心病，都归结于太爱对方。”

“是的，因此我才暂时丢开职业道德说出病人情况。当然，也希望你能帮我保密，我看得出她并不想让你知道。”

路瑾年点头道：“我明白的，医生，我知道该怎么做了。”

“加油，你要知道你还有眼睛可以看，嘴巴可以说，耳朵可以听，很多事情你完全可以自食其力，如果连你都没有信心，那么其他从出生开始就残缺了的生命又该怎么办？不活吗？还是自怨自艾？不现实。”

说完，医生又打开电脑让他看了许多视频，里面的人都有着各式各样的残缺，但他们很努力，很快乐，因为他们对待生活是阳光的，当然，亲人的爱也是最大的鼓励。

路瑾年从咨询室出来的时候，杜唯微正迎着阳光笑着朝他走来。

他看着她，嘴角慢慢扬起完美的笑意：“老婆，我们回家吧。”

第十六章 亲亲我就告诉你

路瑾年回到别墅后就特别积极地翻出专家记录，然后指着上面的内容说：“老婆，你看这里。”

杜唯微探过头来看了看，说：“‘充分了解病人瘫痪分布，注意有无其他症状，了解病人自理程度，然后详细制订复健计划’。这话没错啊，怎么了？”

“不是这条，是下面这条。”

杜唯微的视线往下：“‘为防止肢体挛缩，要经常肌肉按摩，使关节被运动’。”

“对，等你做好晚饭以后，给我好好按按吧，记得多看专家给的视频，多学学。”

杜唯微挑眉道：“这个按摩不是去复健的时候，由专门的医生负责吗？”

“他们是他们，你是你，我想要你按。”路瑾年邪魅一笑，说。

杜唯微放下手中的东西，好奇地歪了歪头：“老公，你自从跟医生谈完以后，似乎心情很好啊？”

“嗯哼，陈医生说了，我不严重，三个月以后复诊一次就行。你老公本来就很强，是你瞎担心。”

“是吗？”

“我即便没了脚，我还有大脑跟颜值，智商更不差，养你没问题。”

“没看出路少的高傲又回来了。行，那么之后的复健，请先依靠老婆大人，我相信我老公绝对可以成功，然后我就当幸福的小女人。但其实我比较喜欢女王姿态。”杜唯微将手放在胸前，严肃地道。

“哈哈哈，你还真是两条路都选好了啊。没问题，遵命。”路瑾年笑了一会儿，说，“不过老婆，好饿，快做饭吧。”

“行，等着。”

路瑾年看着她欢快离去的背影，心底也慢慢地变得柔软甜蜜。夜晚很安静，路瑾年靠在沙发上，双腿放平。

灯光柔和，他看着她跟着视频努力学习按摩的模样，眼底情绪难辨。

“累吗？”

“不累，有感觉吗？”

“因为是你，所以好像有一点儿。”

“真的？”杜唯微一喜。

“嗯。”

“那我要继续努力了！”

客厅里很安静，路瑾年就这样静静看着她的侧脸，表情越来越柔和。

“呼。”杜唯微已经开始有些喘息，手上的力道也慢慢地减弱了。

路瑾年抬手制止了她：“够了，差不多了。”

“不行，再多按一会儿。”

“真的够了，我不希望你太辛苦，让你按摩也只是想跟你撒撒娇，可没让你这么较真。”

“这哪是较真啊，这叫为老公服务，我愿意。”

路瑾年没有出声，衬衣领口微微敞开，如墨般深邃的眼睛直直地凝视着她。

杜唯微被看得有些害羞，连忙扯下挽起的袖子，撇头咳了咳，说：“我去给你放洗澡水，你泡泡澡，活络活络筋骨。”

“你陪我洗？”他说这话的时候，嗓音非常自然。

“害不害臊。”杜唯微猛地起身瞪他，说，“生病了都还不老实，找打吗？”

“你舍得打病人？”

“起坏心思的病人就该打。”

路瑾年俊眉一挑，说：“可我现在下半身没知觉，一个人能洗澡吗？进去了也出不来啊。”

杜唯微一怔，对啊，她把这事忘了。于是她说：“那、那我给你洗就行。”

“一起洗，节约嘛，毕竟我也不想老婆你赚钱养家太辛苦，水费也是钱啊。”他故意逗弄她。

“闭嘴了你。”杜唯微双颊羞红，转身跑走了。

之后的几天，路瑾年都乖乖地进行着复健。即便过程无比痛苦，他都咬牙坚持，有好几次反而是杜唯微受不了了，心疼得不敢去看。

路瑾年怕她难受，最后干脆不让她陪着复健，直接要求高浩陪同。

杜唯微坐在床边，生气地说：“陪你复健这么大的事，怎么能交给他！”

路瑾年握着她的手腕，一用力，直接将她带入怀中。他垂眸，低声道：“我的复健本身就只能靠长久坚持，外加针灸。你现在一边陪着我复健，一边写新稿，好不容易来了灵感又要给我做饭，太累了。”

杜唯微撇撇嘴，道：“可我愿意啊，高浩那脏嘴巴，要是突然又说出什么不好听……”

“嘘。”路瑾年用唇堵住她的唇，说，“你要相信，连心理医生都认为我心灵健康，你以为高浩能刺激到我？我不刺激他都不错了，忘了他被我开涮的事了？”

杜唯微皱眉：“我知道，可我就怕你又多想。咱们好不容易才放开心结。”

“傻瓜，你看看你这些日子做的，都快把我们困在这别墅里了。你谁都不见，也不和太多人联系，连爸想看我，你都推三阻四，你老公有这么脆弱吗？

“还有老婆，今后不管复健是否成功，我还是要踏入社会的，过早与社会脱节对我并没有好处。你看，为了照顾你的心情，我连家里人都没联系呢，你舍得吗？”

杜唯微抿了抿嘴，他家里那边，是他有了私心，不想让他联系。沈清欢说过，钱大概后天就会到账，到时候路家的难题肯定也会得到缓解，到时候再联系也不迟。

路瑾年捧起她的脸颊，深情地俯身亲吻。

“乖乖相信我，好吗？”

“不行，给我两天时间，两天后我给你答案好吗？”杜唯微还是不愿放弃，即便高浩要来，也要在她解决路家的问题以后。

“行，就给你两天。”什么都不知道的路瑾年搂着她温柔一笑。

她靠在他的胸前，闭上眼贪恋着这份温情。她发誓，绝对不再让他为其他事伤神烦恼。

第三天，路宝国内公司的楼下。

杜唯微深吸了一口气，最终迈步走入。

路宝得到消息，连忙领着刘京京来接待：“嫂子，你怎么来了，我哥呢？”

杜唯微没有回答，而是面色沉重地看了一眼四周，问：“为什么工作人员这么少？今天可不是休息日。”

路宝神色一僵，尴尬地挠了挠头，说：“我、我觉得国内的发展行情很一般，所以准备撤回韩国了。”

杜唯微一听，立马了然，当初沈清欢说的话果然应验了。

“不准撤回，国内的行情到底怎么样，我比你清楚，有些话大家心知肚明，我们谈谈吧。”

路宝耸了耸肩，说：“行，来我办公室吧。”

刘京京站在一旁看着她，垂下了眼睑，不知在想些什么。

三人来到路宝的办公室后，刘京京去准备咖啡了。

杜唯微开门见山，将一张银行卡递了过去。

路宝一看就问：“嫂子，这什么意思？”

“我影视剧大热以后产生的衍生版权收入，还有你哥剧组赔的保险金。”

“那你给我干吗？”

“不是给你，是让你给路家，给大哥跟妈。”

“那你干吗不自己给？”

杜唯微苦笑道：“我给……他们会接受吗？”

路宝噤声了，这倒是实话。

“路宝，我知道路家现在的情况，这钱虽然没办法填上窟窿，但是解决燃眉之急还是可以的，大哥能力很强，有了这笔资金，他可以暂时轻松一些。而且我的新剧本马上要出来了，沈总说了会花五倍的价格买下，到时候那钱就够我和瑾年生活，外加他看病复健了。剩下的衍生品版权沈总也会帮我尽快卖掉，到时候那笔钱我也会马上送来，路家肯定会渡过难关的。”

“嫂子，那是你的钱啊。”

“路宝，既然你都叫我嫂子了，那我们就是一家人。路家就是我家，家里出了事，我能看着不管吗？”

路宝动容道：“哥知道吗？”

“他不知道，我也不想让他知道。路宝，瑾年正在复健，心理问题很重要，我不想让这些事情给他增加压力。你是他很在意的弟弟，也是他愿意倾囊付出支持的家人，这间公司你说什么也要坚持下去。钱的问题我会想办法，路家还有路西顾，垮不了！”

路宝低头撇了撇嘴，道：“嫂子，对不起。”

“你确实对不起我，路家发生这么大的事，要不是我从别人那儿听到，你是不是准备卖掉公司，给了钱就走人，不管我跟你哥了？”

路宝不停地摇头道：“我只是不想哥他难受，要不是钱全投给了我，路家……”

“行了，我都没说什么，你自己愧疚个什么劲儿。这钱你一定要想办法送到路家。”

路宝唇畔微颤，干脆起身拥抱住了杜唯微：“嫂子，我其实真的以为我哥出事以后，你肯定坚持不了多久就会离开了。但没想到你居然还肯付出这么多，还在默默地支持着我！”

杜唯微拍了拍他的肩膀，说：“我说过一切会好的。赶紧把钱送去吧，妈性格太倔强，公司一直这样，她心里承受不住的。”

路宝松开她，最终又丢出了一枚重磅炸弹：“嫂子，其实你爸刚走没多久。”

“什么？”

“伯父他，也是来送钱的。一开始我死活不收，但他老人家脾气也倔，摆明我不收就要大闹一场。好像也是怕自己去送，路家不收，所以才辗转联系上高浩，找到了我。”

杜唯微心头一颤，说：“收吧，都是一家人。”

杜唯微离开路宝公司时，之前说去端咖啡却直接消失了的刘京京快步跟上了她。

“杜唯微。”

杜唯微转身，问：“有事？”

“为什么？”

“什么为什么？”

“那些钱不是小数目，如果是做戏，太多了，万一他们真的收了，你怎么办？要知道现在路瑾年根本没办法赚钱。”

杜唯微笑了，笑容中带着温和跟惬意：“我很高兴你为我担心，但是那不是戏，婚姻就是这样，我富过，也穷过，路家结局怎样，其实我没有外人想象中的那般在乎，我只关心我老公是否会难过，就像我爸也关心我在婆家是否会焦急上火而悄悄赶来送钱一样。大家都是在用自己的方式爱着重要的家人。”

说完这些，杜唯微走得头也不回。

刘京京站在街边，看着来来往往的人群，一时间失了神。

杜唯微回到家时惊诧地发现，爸爸跟高浩都坐在客厅里。

“爸，你们怎么来了？”

杜宇看着女儿，笑了笑，说：“你这丫头也真是的，要不是瑾年打电话来，我估计还不知道要被你推脱多久。结婚了就不要爸爸了是吧？”

杜唯微惊诧地道：“爸，你说什么呢？”

杜宇看着对面正在尝试走路的路瑾年，道：“现在看着你精神头这么足，爸就高兴，等会儿跟我喝几口。”

杜唯微诧然道：“爸！病人怎么能喝酒？”

杜宇佯装愤怒地说：“我当然知道瑾年不能喝酒，到时候高浩代替他跟我喝上几杯。你别瞎紧张。”

高浩站在旁边白眼一翻：得，我不说话都躺枪。

杜唯微看了看三个男人，然后赶紧拉着杜宇走到门外角落跟他嘀咕：“爸，路家的事情你没给瑾年说吧？”

“路家有什么事，我怎么不知道？赶紧去做饭吧，留着老公一个人在家，你这妻子要扣分啊。”

杜唯微跺脚道：“爸，我说正经的。路宝说你给的钱数目也不小，你哪儿来的钱？”

杜宇回头看了一眼门内，悄声道：“你爸好歹也东山再起了，商场上也有交心的朋友，外债回收，公司盈利加上朋友资助，能少吗？”

“爸……”

“打住啊，我知道你想说什么。你爸这么大年纪了，不会做不考虑后果的事情，那些钱是在我可控范围内的，都是一家人，哪能看着不帮啊。瑾年这堂弟做事也不靠谱，前脚嘱咐过，后脚就把我卖了，我要把他拉进黑名单。”

杜唯微被他爸的生动表情逗笑，拉着他的胳膊，低头道：“爸，谢谢你。”

“说这么生分的话干什么？我公司困难的时候，我女婿还帮我几次呢。噢，合计我只能吃，不能吐了是吧？这叫互惠互利。赶紧回去吧，免得大家多心。”

杜唯微明白她爸不想多谈，倒也没再逼问。

夕阳渐渐落下，饭桌上，杜宇喝得脸颊泛红后打了个酒嗝。

“女儿啊，有些话爸也不知道该不该跟你说，但如果说了，你跟女婿别生气啊。”

路瑾年发现杜唯微的神情有些僵硬。他握了握她的手，扬眉，示意她放松。

杜唯微害怕她爸要说出路家的问题，刚要开口阻止，杜宇就率先出声："韩毅来找过我。毕竟是我看着长大的孩子，我真的不忍心他在外流浪，所以我非逼着他跟我住在一块儿了。你们不会生气吧？"

杜唯微听后，立马长舒了口气，说："只要你不跟那个女人接触，我没有过多的意见。"

杜宇见她没生气，这才开开心心地继续吃饭。

杜唯微跟路瑾年送杜宇离开时，一直充当背景板的高浩在上车前终于忍不住声明道："你老公明天的复健由我负责，请记得给我开门，谢谢。"

"砰！"

杜唯微的回答就是直接关上车门让他闭嘴，然后皮笑肉不笑地向他们挥手，示意再见。

路家别墅外。

路西顾看着路宝给的两张银行卡，神情苦涩地叹了口气，随即长腿迈开走了进去。

客厅里，李茉一脸焦躁地来回走动，即便脸上化着精致的妆容，晦暗的脸色却无法掩盖。

陈瑶看见路西顾进门后，赶紧走来说："西顾少爷，你可回来了，何家那边又打来电话威胁了。"

"我知道，你先下去吧。"

"这……"

"下去！"路西顾表情冷冽的时候，连陈瑶也不敢得罪，她只能乖乖转身离开。

"妈。"

此时的李茉已经没有了往日的戾气，她坐在沙发上满脸愁容地说："你回来了，西顾，何家又开始威胁我们了。"

路西顾点头："我知道，妈，你先坐下来，我们谈谈。"

"谈？这种时候还谈什么！你最好想办法让瑾年翻供，何雪的二审就要出来了。”

路西顾看着暴躁不已的李茉，深深地呼吸了一下，然后递出了这两张卡。

“这里有笔钱，虽然不多，但是能解燃眉之急。”

李茉一愣，随即大笑道：“借到钱了？还是路宝把公司卖了？”

路西顾沉默了一会儿说：“路宝说，这钱是杜家父女的。”

“杜唯微和杜宇？”李茉有些不敢置信。

“路宝是这么说的。”

“不可能，他们会有这么多钱？”

“瑾年曾帮过杜宇。据我所知，他东山再起后，公司有所盈利，混到现在也积累了一些人脉，借点儿资金用来周转应该不难。至于杜唯微……她似乎是卖掉了原创作品的衍生版权。”

李茉有些别扭地回击道：“说不准他们是在演戏呢？”

“演戏？演戏需要父女俩一前一后地瞒着对方给我们送来这么大笔的资金？要知道瑾年现在这种情况，能不能站起来都不知道，还别说外加我们路家落难，她想走随时都能走，何必在这种时候演戏？”

“西顾，他们这些演戏的、写戏的可能就为了博取外界同情才这么做的。到时候他们的名声更好，或许能伴装成慈善家也说不准啊。”

路西顾看着自己的母亲，眉头微皱，道：“妈，你一定要把人心想得这么糟糕吗？她杜唯微不是一线明星或者顶级企业家，演这样的戏对她有什么好处？”

李茉的面色有些难堪：“你，你怎么能胳膊肘往外拐？”

路西顾看得出自己母亲的内心在摇摆，他走到她面前，低声道：“妈，就算你现在不认可她，也不应该用有色眼镜看她。不管她是不是在演戏，你应该给她一个证明自己的机会。”

李茉沉吟了一会儿才问：“那你说，我应该怎么给她机会？”

“保持淡然就是给她机会。”

李茉垂眸，许久，她起身叹了一口气，什么也没说。

路西顾了解她。她这样的态度就表示，她已经接受了他的提议。

路西顾：杜唯微，感谢你为路家所做的一切。

而我能为你做的，也只有这些了。

往后你和路瑾年的人生，都要靠你们慢慢地走下去。

路瑾年的复健正井然有序地进行着，杜唯微因为不放心高浩的马虎，经常一起陪着，不过她大多都在休息室里戴着耳机安静地赶稿。

高浩就陪着路瑾年在外面进行机械复健，因为路瑾年想快点康复，所以每次都练到筋疲力尽才停。

一个月后，杜唯微的新剧刚出大纲和人设，沈清欢随意地看了几眼，便跟她签了合同。沈清欢很是信守承诺，在签订合同的七个工作日内，给她打了五倍的稿酬。

收到稿费之后，杜唯微留下了家用的钱，其他的全部让路宝转交给了路家。虽然她再三叮嘱路宝不要多说其他的话，但是路宝已经把实情透露出去了。

两个月后，陪着路瑾年复健的高浩惊奇地发现，他居然可以借着力迈脚走两步了。

高浩一脸惊奇地跑到休息室，将写稿的杜唯微拉出来，还说："快看，路瑾年、路瑾年他刚才可以走了！"

杜唯微听罢，赶紧跑到了康复室大厅。此时的路瑾年也因为自己能迈步了，心情正处于激动的状态。似乎为了印证刚才的奇迹，他再次迈步，虽然步伐很小，但确实可以动了。

杜唯微看到这一幕后，咬着下唇，眼中含泪，面带笑意地说："老公。"

路瑾年听到声音后回头，看到杜唯微，他满脸惊喜，语气也有些急促："老婆，我有感觉了。"

杜唯微冲上前去直接扑进了他怀中，差点将他撞倒。

"太好了，真的太好了！"

路瑾年埋首在她颈间，由衷地感谢道："谢谢你的陪伴跟鼓励，希望真的来了。"

高浩看着两人，羡慕不已地拿出手机拨打了路西顾的电话："好消息，路瑾年的腿可以动了。"

路西顾接到电话后，愣怔地坐在办公室里，手臂慢慢地放下，激动得嘴唇都有些发颤：“这真是一个好消息。”

房门这时忽然被人从外面打开，李茉一席OL装扮走进来，说：“西顾，何雪二审判下……你怎么了？”

“妈，弟弟的腿好像可以动了。”

“唔。”李茉抬手捂住嘴角，眼眶发红。这些日子她一直都不敢去看路瑾年，她自己的儿子，性格怎样她很清楚。

路瑾年是一个自尊心极强的人，现在这副模样，他不想被亲近的人看到。所以为了防止触碰到他心底的痛，她也只是抽空的时候，跟路西顾站在远处偷偷地看上几眼。

每次，她都能看到杜唯微。有时候杜唯微会陪着他，就算不是贴身陪着，也会在距离不到几米的小房间里，开着门写作。

很多时候，她看到杜唯微趴在电脑前睡着了，等醒来的时候又继续写作，或者扶着路瑾年，陪着他做脚部练习。

这些点点滴滴，她零碎地看在眼里。

杜唯微拿到稿费后，只给自己留了很少的一部分，大部分钱都给了路家，她也看在了眼里。

因这些细碎的温情，她对杜唯微的态度也变了许多。

“妈，现在公司也开始缓和过来了，我们去看看瑾年吧！”

李茉忙不迭地点头道：“好好好，我马上就去收拾收拾。”

路西顾失笑道：“他现在还在复健呢。我们下午过去，顺道一起吃个饭。”

“行，那我走了。”

“妈，你刚说何雪怎么了？”

“哎呀，看我这记性，何雪二审下来了，维持原判，要坐十多年牢。何家恐怕要疯了。”

路西顾眉头蹙紧，结果在这个时候出来，还真不太好。

何一程搀扶着哀号不已的何母走出法院时，天色特别阴沉。他送父母离开后，便让司机直接送自己来到了沈清欢的公司。

沈清欢自然也得知了何雪案件的结果，这次对于何一程的到来，她没有避而不见。

何一程坐在VIP会客室里看着风采依旧的沈清欢，幽深的眼里闪过莫名的情绪，道："这样的结果，你满意了？"

沈清欢走到他面前坐下，刚要泡茶，就被制止。

"我不喜欢喝茶，特别是现在你泡的茶，我一点儿胃口也没有。"

沈清欢收手："何先生，心情不好就去工作，或者休息。"

"你被蛊惑得太严重。"良久，他才说出这句话。

沈清欢叹息道："何先生，我是一个可以独立思考的成年人，这蛊惑一说从何而来？"

"清欢，小雪还是个孩子，你为什么一定要赶尽杀绝？"

他一想到何雪得知审判结果时那苍白无望的脸色，心脏就像被撕扯般疼痛。自己疼了多年的妹妹，青春就这样耗在了牢笼中，谁能受得了。

"赶尽杀绝？我似乎并没有动她一根手指，所谓的杀，应该是她杀了我弟弟后，又差点儿杀了我。再说了，她又不是三岁，而是二十多岁的成年人了，你还认为她是个孩子？她所做的一切，都要自行承担！"

"我不知道他们是怎么蛊惑你的，但我就问你一句话，你是为了报复我当初的狠心，才拿小雪下手的吗？"

沈清欢没想到他会说出这种话来，于是语气冷淡地说："何先生，我们两个之间的问题，其实后来想想也只能说是在错误的时间遇到了错误的人，至于我与何雪……我曾爱护她如同自己的妹妹，但是她呢……她从来都是利用我。"

看到杜唯微跟路瑾年的爱情后，她才知道当初的自己多么愚蠢。她所谓的深爱，到最后其实也只感动了自己，根本感动不了对方。

而关于何雪，这些年来，沈清欢用自己的真心去包容她、爱护她，可是无论怎么用心，她还是一只暖不了的白眼狼。

"这件事，真的没有回转的余地？"

"何雪的问题是法院根据她的罪行，做出了公正而正义的裁决，得到如今的结局，也是她咎由自取。但何先生，我还是要提醒你一句，身为男人，过分地没有担当可是一件非常恐怖的事情，请学会正视错误，而不是将一切问题推脱给无辜之人。”

她说完这话便起身冷漠地离开了，没有给予何一程丝毫缓和的余地。

何一程坐在位子上垂下眼睑，黑眸中掠过一抹寒凛。

本来，本来他是想给她一个机会的，但看来，是不需要了！

路西顾跟李茉到达路瑾年的别墅时，杜唯微正在准备晚餐。

杜唯微看见李茉的时候，神情微僵，但脸上还是迅速绽开了笑容：“妈，大哥，你们来了。”

李茉有些尴尬地点了点头：“最近公司忙，这段时间照顾瑾年，辛苦你了。”

路瑾年看着到来的家人，心底其实也有一些疑惑，但看着妈妈对自己妻子平静的态度，他又有些吃惊。

路西顾走到路瑾年面前，看着弟弟那略微改变的面容，心底略带苦涩地说：“好久不见。”

路瑾年哼了哼：“是啊，要不是你们来，我都忘了原来我还有一个大哥。”

路西顾抬手捶了捶他的肩头，说：“臭小子，埋汰谁呢？我们单独谈谈。”

“书房在一楼第一个房间，走吧。”路瑾年不傻，他知道路西顾来找自己肯定不只是来看看自己这么简单，而且对于妈妈今天友好的态度，他也很想追问出个究竟。

李茉看着两个儿子，语调平静地说道：“你们去谈吧，我跟微微去准备晚餐。”

“妈，你……”路瑾年惊讶不已，她刚才喊“微微”？这么亲密的称呼，居然从妈妈的嘴里说出来了，这段时间里到底发生了什么？

杜唯微这些日子一直陪着他，她们婆媳都没有相处的机会，怎么突然就变成了有爱的一家人？

李茉一时间也有些不习惯，她赶紧转移话题道：“你们不是有话要说吗？”

杜唯微一脸发怔地站在旁边，心想这是怎么回事，该不会有鸿门宴吧？

两人进入书房后，路瑾年立马起身展示起自己的双腿：“看见没，已经可以自己站立了，只是暂时只能走一两步，还有些摇晃！”

路西顾看着弟弟那神采奕奕的神情，感慨道：“你果然有个好妻子。”

“这段时间要不是她陪伴我、鼓励我，可能我没办法像现在这样坚强。”

“怎么听语气是有点儿抱怨我和妈妈没常来看你？”

“你要是这么理解的话，我不反对。”

路西顾笑了笑，说：“其实我跟妈经常偷偷地在远处看你们夫妻秀恩爱，因为画面太美好，所以不忍打扰。”

“你们偷偷看我做什么，为什么不直接来找我？”路瑾年说着又问，“听说集团资金链出问题了，公司是不是……”

“有你老婆跟岳父的资金及时撑着，问题都慢慢地迎刃而解了。”

“什么资金？”

路西顾挑眉，道：“我就猜到弟媳没告诉你……那我来告诉你这段时间发生了什么吧。”

……

客厅边上的厨房内，杜唯微一边择菜，一边看着李茉，紧张不已地说：“妈，这里油烟挺大，要不你在外面等着？”

李茉摸了摸盘起的黑发，道：“你这媳妇，妈认了。”

“啊？”

“你这丫头非要我再说一遍？好好照顾瑾年，等他好起来，你们以后赶紧给妈生个大胖孙子，工作再重要也要有后，不然老了谁照顾你们？”

杜唯微彻底迷糊了：“妈，你是……”

“你所做的一切，我都知道了。”

“妈……”

“每个父母都希望自己的孩子找个门当户对的，也许你们年轻人认为这是封建，但我们过来人知道，只有势均力敌的婚姻才能长久。白天鹅图一时新鲜跟丑小鸭在一起了，但终究他还是要飞走的。”李茉缓缓地说着，“可是……你这个丑小鸭并没有自怨自艾，而是努力变成了白天鹅……”

“妈……”

“你用自己的方式，让我认可了你。”李茉拍了拍她的肩膀，说，“瑾年的眼光很好，我当初应该相信他的。”

“妈……”

“过去的事情都过去了，我希望你也别记在心里。妈为当初的偏见给你道歉，以后有时间，带着瑾年回家吃饭。”

“好。”

杜唯微抹掉眼角的泪水，赶紧埋头做事。她真的太开心了。

所有的付出都会得到回报，只要你用心去做一件事，总有一天会被人接纳。

李茉和路西顾吃过晚饭跟他们聊了一会儿家常后，也没过久停留。之后，路瑾年与杜唯微两人坐在沙发上双手相握，气氛温馨。

杜唯微靠在路瑾年胸前，手指搅着长发，说道：“老公，妈今天对我特好，你看见没？”

“当然看见了，吃饭的时候，你还故意撒娇，让我妈给你夹菜。说老实话，我当时很紧张。”

杜唯微捶了他一下：“不许埋汰我，这不是因为惊喜太大，所以想赶紧抓住机会试试吗？”

路瑾年点头，轻轻拍打着她的背，说：“是是是，我错了，不过老婆，有个秘密我妈没跟你说。”

“什么秘密？”

“亲亲我，我就告诉你。”

杜唯微脸颊一红，犹豫了一会儿还是慢慢凑上去碰了碰他的唇，然后迅速撤离。

路瑾年眼神微暗，嗓音低沉地道：“等我恢复好，咱们就力行生宝宝大计。”

“这话她在餐桌上都说了几次了。”杜唯微起身瞪他，“妈有什么秘密没跟我说，该不会是先甜后苦吧？”

“哈哈，不愧是编剧，什么剧情都能在脑子里过一遍。大哥今天跟我说，妈决定过户给你百分之二十的公司的股份。”

“你说什么？”杜唯微直接从沙发上站起来。

路瑾年连忙将她拉扯着坐下：“别激动，我跟我大哥都是对半分的。其实羊毛出在羊身上，给你的东西本来就是属于你的，我妈倒会卖人情。”

“……”杜唯微还在发怔。

路瑾年抬手刮了刮她的鼻头：“老婆，谢谢你！”

“老公，其实我最开心的事情就是终于可以为你做点儿什么了，这样你就能安心养身体，快点儿恢复健康。”

“我会努力的。”

房间内，温馨的气氛一直延续着。

第十七章 执子之手，与子偕老

路宝得知路瑾年的腿脚已经能行动了很开心。他原本要去看望对方，却被手机上的一则新闻打乱了计划，新闻上说路家的股票一路跌停。

按理说，杜唯微给的钱能解决一时的问题，加上路西顾的本事，应该能让公司走上正轨，为什么路家的股票还在一路下跌？难道路西顾的能力不够？这不可能！

路宝赶紧给路西顾打电话：“大哥，为什么路氏集团的股票还在跌？”

路西顾的声音里满是疲惫：“何一程一直不肯罢手，他已经疯了，要跟我们路家同归于尽。”

路宝走到窗边，神色凝重地开口：“你是说何一程会因为何雪彻底入狱而展开疯狂报复？”

“是啊！这是一场持久战，我不会认输的。”

“西顾哥，我必须把公司卖掉。我用国内的资金来填补这块，如果还不行，我回韩国想办法。”

刘京京站在门边紧蹙秀眉，直到路宝挂上电话后，她才走了进来。想了许久，她才说：“路总，我想我该辞职了。”

路宝挑眉，问道：“什么？”

刘京京抿紧嘴唇，从口袋内摸出一支录音笔，眼底带着愧疚，说：

"路总，你听完里面的内容后，能不能放过我？"

"怎么了？"路宝发现刘京京神情很怪，有些担忧地问。

刘京京没再出声，而是将当初跟何一程的对话录音放了出来。

路宝听完后，神色震惊地看着她，问："当初，婚礼上……是你做的？"

"对不起，路总。"刘京京深深地鞠了一躬。

路宝转过头，说："回韩国工作吧。你给的东西作用很大，我哥跟嫂子那边我会去谈谈的，不会让你出事。"

"路总……"

"你是我带出来的人，这也是我管辖不当，才惹出的问题。你虽然做错了事情，但没有错得特别离谱，除了婚礼上的事情，也没做其他犯法的事。这样吧，你回去接管韩国的工作，那里更适合你好好地发展。"

刘京京不敢置信地问："路总，你不开除我吗？"

夜凉如水，路宝的背影透过月光映照在办公室窗边，他薄唇勾起，说："如果你一直隐瞒，然后被查出，我们的上司与下属的关系会在那时候停止，但你现在的做法只能让我敬佩你的果敢！法律都会对自首的人宽大处理，何况你也没做违法的事情，婚礼上的行为也不过是触及道德范畴。"

"我……似乎也算侵犯了肖像权。"

"只要当事人不觉得你侵犯了利益，那就没有违法。"

"路总……"

"放心吧，我会说服他们原谅你。"

刘京京眼眶含泪地说："路总，对不起！"

路宝走到她面前，轻轻拍了拍她的肩膀："放下吧，那份爱太苦了。"

"呜呜呜……好。"

路宝听完录音后，将录音发送到了路西顾的邮箱。

路西顾接到路宝的电话，拿到录音后，表情复杂地说："你的助理呢？"

"晚班飞机，直接送走了。我的人你们不能动啊，我在韩国的公司还需要她管着呢。”

路西顾点头，眼底掠过冷芒，说：“有了这东西，你国内的公司也不用卖了，而何一程，我不会放过他！”

“瑾年哥那边要说吗？”

“说。”

“啊，这打击会不会……”

“放心吧，那小子比我们想象中坚强，这是他的劫，他必须知道真相。”

天蒙蒙亮时，路瑾年坐在书房内拿着录音笔跟路西顾以及路宝等人谈论了一晚上。

一早，沈清欢跟高浩也接到消息赶来了。

杜唯微将房门打开，说：“沈总，你来了。”

沈清欢点头道：“何一程敢对我的剧组下手，也是厉害！”

高浩在旁边招了招手：“我随时可以叫上我朋友的朋友去微博上轮他。”

“呵呵，行了，再严肃的气氛到你嘴里都要败北，我们去书房里说吧。”

沈清欢走进书房后，路瑾年回以微笑：“好久不见。”

“不愧是路少，这精神头很足，抱歉，我昨晚睡了美容觉，没接到你们的电话。”

路西顾勾起嘴角，道：“不对吧，按照沈小姐的脾气，我觉得你应该在家打了一晚上的沙包，然后才能平心静气地出门。”

杜唯微这时开口道：“你们先交流，我去给你们准备早餐。”

高浩坐在路宝身旁，羡慕地感慨道：“有妻如此，人生何求啊。”

路宝嫌恶地将他推开，说：“你先把你的屌丝气息除去再求吧。”

高浩反驳：“我如果没有这种气息，写出来的剧本就不能贴近生活了，懂吗？你们这群不食人间烟火的少爷，只能写豪门恩怨，现在读者都不爱看了。”

“行了，你们来听听这段录音吧。”路瑾年将话题带回来了。

沈清欢听完录音后，当即有些头疼地扶住了额头，然后抬手指着高浩道："你下次写剧本的时候先送来给我看看，搞不好那些忽悠都会成为现实。"

高浩忙不迭地点头道："就是，我当初在微博上说的八卦居然都变成了真相，虽然遗漏了梅嘉树！话说回来，何一程那么聪明的人，为什么会选择这么蠢的方式？不会是被猪一样的队友带着沉船了吧？"

沈清欢还是有些疑虑，她问："路瑾年，对于这件事，你是怎么看的？"

路瑾年坐在轮椅上，手指轻敲扶手，一张俊脸仿佛雕塑般冷傲："我个人认为这件事就算不是何一程的意思，但也绝对跟他脱不了干系。"

"那你打算怎么做？"

"以其人之道，还治其人之身。"

沈清欢一边卷着衣袖一边说："录音备份给我一份，何一程那边，我来出马。"

路西顾接话："不，还是我来。你跟何一程那边还是少接触为好，免得他做出什么荒唐事情。"

沈清欢一想到何雪当初的偏执模样，倒也没坚持："行，我都OK。"

路宝抬手："那我呢？"

高浩也举手："还有我呢？"

路瑾年冷冷开口："路宝，你要把我投资的钱吐出来，算是对你维护刘京京的惩罚。"

路宝双肩一垮，说："那我要加油努力了。"

"但是我当初在你公司的股份不变。"

路宝：哥，你真黑！

"至于高浩，你朋友的朋友就暂时按兵不动。等我们需要发威的时候，他们再出来爆料。"

"你做什么？"沈清欢挑眉，问。

路瑾年冷笑道："借着我老婆的剧本翻身的人，不但不感恩，还落井下石，这样的小人我要让他慢慢后悔。

“沈清欢，你的工作就是帮我查查梅嘉树这个最新的‘老干部’要接什么活儿，我需要进入剧组，并且抢了他的名头，然后一步步折磨他。”

沈清欢轻笑出声：“那种人火了以后向来喜欢扎戏，哪部剧里都有他。虽说演艺圈长江后浪推前浪，你离开这么久是流失了许多资源，但是我沈清欢开的剧，还怕没你的位子吗？正巧我这里有个剧本，男二是坐轮椅的才子，你本色出演就行，我让梅嘉树来演男一，那种小人知道后绝对会扑上来打压你，到时候……”

“我会让他知道，什么叫悔不当初！”路瑾年暗暗咬牙道。

沈清欢他们谈论好并且吃完了杜唯微做的早餐后，各自分头行动。

杜唯微走到路瑾年身旁，柔声询问：“一切都谈妥了？”

路瑾年拂掉她额前的碎发，问：“刚才为什么要特意避开？”

“因为我相信老公的能力，所有棘手的问题，你都会完美地解决。”

他凝视着她，声音低沉，语速缓慢：“只要还有你，任何困难都不能打垮我。”

“嗯。”她点了点头。

路瑾年见状，眼底涌动着复杂的情绪，随即俯身亲吻上她柔软如蜜般的樱唇。

路西顾拿到语音备份后并没有率先去找何一程，而是回到公司等待着对方的发难。

毕竟心急吃不了热豆腐，何一程只要敢出手，那就要学着承担后果。

沈清欢这边动作很迅速，当下就拿着剧本去联系了梅嘉树的经纪人，甚至率先说明这部剧的男二将会是沉寂已久的路瑾年。

梅嘉树知道后，直接在办公室里大笑不已：“真是风水轮流转啊，那路瑾年当初多么猖狂，结果好不容易复出接了剧本，居然还是演一个残废，哈哈哈，太应景了。我接这个男一都怕他心里扛不住。”

经纪人在旁边附和：“就是，当初路瑾年多嘚瑟啊，甚至当面抢了你的剧。据说他现在还在坐轮椅，哼，也就沈清欢捧他，还给他拍戏。男二？呸，咱们接了好好收拾他，到时候再发表出你不计过往提拔他的通稿，让这路瑾年羞得连脖子都要埋进土里不敢拔出来！”

“好好好，这部剧我接了，我要让这种卑鄙的小人知道，影视圈的变化到底有多大！”

“行，我马上跟向总说。”

向超得知这个消息时连忙联系上了何一程说明，毕竟何雪的案件已经被彻底判下，这个时候，他们跟沈、路两家还是不要靠得太近为好。

何一程拿着手机，黑眸眯起，说：“接，既然沈清欢眼光独到，那有钱干吗不赚？告诉梅嘉树，好好拍！”

“是是是，我知道了。”向超挂断电话后，心脏怦怦地跳个不停。这多事之秋，他真是不想参与到这种大家族的混战中。

何一程把玩着手中的手机，随即抬手招了招。

“何总。”

“开始吧，对路家的围剿要不留余地。”

“那沈家这边？”

“也别放过，我不允许任何人在我屠城的时候从旁协助，沈家尤为不允许！”

“是，我现在就去办。”

何一程看着窗外脚下犹如蝼蚁的人群，冷冽地一笑，迫害他妹妹的人，谁都跑不掉。

沈清欢动作很迅速，舌绽莲花的她直接说动向超，要他表示梅嘉树不能扎戏，她出品的影视剧只会轰动，如果梅嘉树不想再火一次，那么干脆别接，在几个剧组里来回跑和请假是绝对不允许的。

向超只当沈清欢是在考虑路瑾年的感受，毕竟路瑾年是一线演员，脸受伤后虽然康复得很快，但作为偶像明星，脸就是一切，没有了完美的脸，他的人气也不如以前了。现在梅嘉树晋升一线明星，如果在几个剧组之间来回跑，必然会刺激到路瑾年。

想到对方即便复出，也是个坐轮椅的残废，向超思考良久后，还是答应了这个要求。

沈清欢看着合同，眼底掠过精芒，笑了笑，说：“那么向总，明天就请梅嘉树进组吧。这部剧很赶，我希望能尽快演完，尽快过审，然后赶上年轻人的放假时期，道理你懂。”

“时间虽然很匆促，但挤挤还是可以的。我马上安排。”

“好的，期待大家再次合作愉快。”

沈清欢坐上车后就拨打了路瑾年的电话：“一切安排就绪，鱼儿咬钩，完全没挣扎。”

路瑾年戴着蓝牙耳机正在复健，他手臂撑着双杠，语气里隐隐透着寒气：“先别拉饵，我喜欢置之死地而后生的感觉。”

“呵呵，路少就是霸气，好，明天开机见。”

“嗯。”

路瑾年挂断电话后，垂眼看着已经可以慢慢地自主控制的双腿，薄凉的嘴角慢慢勾起：梅嘉树，何一程，你们给我等好了！

沈清欢新剧的开机大典如期举行。

杜唯微已经完成了剧本，但剧还未开拍，所以她能够陪着路瑾年拍戏。而这部剧的编剧也很喜欢她，甚至希望她能在闲暇时间帮忙看看剧本，修改其中不足。

杜唯微答应了，毕竟是老公参演的剧本，对于男二，她补充起来格外用心。

梅嘉树拍完照后走到路瑾年面前，看着他坐在轮椅上的模样，语气有些轻蔑：“你这腿怕是好不了吧？”

路瑾年无视梅嘉树的得意，拍了拍杜唯微的手臂，示意她别搭理：“回去吧，明天就要拍戏了，我还要熟悉一下剧本。”

杜唯微明白自己老公是要留着那蠢货慢慢折磨，因此倒也没说什么，推着他转身离开了。

梅嘉树冷哼：“连回击都不敢了，没趣。”

经纪人在旁边阿谀奉承：“那是，你现在正当红，他脸上带着疤，双腿又残疾，粉丝们看着都要躲着走，谁还会搭理他啊？现在路家自顾不暇，他也没后台了，识时务者为俊杰。他现在哪还敢惹你。”

梅嘉树抬了抬额前的发丝，说：“也是，拍戏以后再慢慢弄他。哼，敢跟我猖狂，找死！”

“走走走，去休息吧。”

剧在第二天开拍。不得不说路瑾年是有演技的，再加上这部剧里的男二是一个有病但很有才华的男人，他几乎是本色出演，将一个病人的隐忍跟坚强展现得淋漓尽致。

之后的拍摄时间里，每个人都被路瑾年的一举一动所折服，他拍戏时的认真，求教导演时的诚恳，以及超水平发挥后的谦虚，无不让大家暗暗举手拍好。对于这样的人，你不能不承认他的优秀。

杜唯微将这一切看在眼底。她知道路瑾年在成长，在用另一种方式来回馈大家的关心。

梅嘉树虽然也有演技，但还是恐慌了，因为路瑾年整容过后，那张曾经闪耀的俊脸多了份沉稳与历练，这是收获，也是一种被生活赐予的祝福。

拍摄结束时，梅嘉树刚想去挑衅路瑾年，何一程派来跟着他的助理就赶紧上前小声地嘀咕了几句。

梅嘉树听完，喜上眉梢：“你说真的？”

“千真万确，路家这回倒定了！”

“很好，很好。”

杜唯微站在路瑾年身旁，双眸微微眯起，说：“我看那梅嘉树的神情，似乎是听到了什么好消息。”

路瑾年将剧本放在腿上，然后握着她的手，仰头笑了笑，说：“肯定是非常大的好消息，因为沈清欢一脸怒气地过来了。”

杜唯微连忙转头看去，问：“沈总，高浩？”

“我们去那边谈谈。”沈清欢面带怒意，连带旁边跟来的高浩也一脸急切。

梅嘉树看着三人离去的背影，脸上的喜色怎么都掩盖不了：“路瑾年啊路瑾年，这回我看你怎么死。”

没了路家，路瑾年这种没有倚靠的残废还怎么在娱乐圈混？哼，这回他可不会给对方留脸面了！

沈清欢走进临时会议室后转身让高浩关门，说：“路瑾年，你哥路西顾是什么意思？你知道路家马上要完蛋了吗？”

“你慢慢说。”

高浩“啧”了一声：“还怎么慢慢说啊，你说你哥拿着备份好的录音不去收拾何一程，反而把它捏在手里，等着对方不停地挤对自己的公司。这回倒好，据说何一程要直接收购你们家的公司了！”

路瑾年笑了笑，说：“我哥确实厉害，还真是置之死地而后生啊。”

沈清欢一愣，道：“你说什么？”

“放心吧，我大哥是那种绵里藏针的人，他这么做摆明就是想让何一程大吐血。他这么针对我们公司，肯定是要亏本的，再加上收购，呵呵。这种时候放录音出来，何一程只怕都要疯了。

“看着吧，我哥去找何一程的时候，路宝绝对会在警察局里静待佳音。他不会打没把握的仗，这一次何一程跑不掉。”

沈清欢失笑道：“贼啊你们，全是戏，难怪我说最近梅嘉树挑拨你，你都淡然得很，反而是杜唯微在帮你反击。但是你别忘了，即便拥有录音，这在法庭上也比较难作为佐证的。”

杜唯微也点头道：“是啊，老公，风险还是太大了，万一何一程到时候说录音造假怎么办？路宝已经让刘京京走了，肯定也不会让她现身陷于这种风波之中，想威胁他还是很难的。”

路瑾年听着妻子的话，嘴角勾起一抹从容的笑意，说：“放心吧，老婆，该把咬住鱼饵的大鱼提上水面了！”

何一程公司内。

路西顾的上门似乎在何一程的意料之中。他抬手指了指办公桌面前的会客椅，说：“坐。”

路西顾也不矫情，坐下后开门见山地说：“何一程，咱们有话就直接说，我们公司，你确定要玩死是吗？”

何一程笑了：“我不知道你在说什么。商场的竞争就是这样，不是你死就是我亡。”

路西顾故作了然地点了点头，随即将之前备份好的录音笔拿出，然后打开播放。

刘京京跟何一程的所有对话在这一刻通通被放出。

何一程的额头上青筋暴露，但他还是假装淡定地说："这是什么东西，你这是打算陷害我吗？"

路西顾耸肩，道："如果这些都是陷害的话，那好吧，我只能发出去让大众听听，让他们鉴别真伪了。"

"站住。"何一程话音刚落，站在门边的保镖就直接拦住了准备离开的路西顾的去路。

"怎么，你让人拦着我，是想动粗？"

"我知道刘京京早就回韩国了，路西顾，你手里的东西应该拿着很久了吧。但是你一直没爆出，也是明白在法律上偷取、窃听来的资料，有时候并不能当作证据，我完全可以告你们设计陷害我。"

"那你告吧，反正我的公司也要完蛋，大家一起名誉扫地好了。因为真相就是如此，你跑不掉！"路西顾淡淡地说着，"还有，何雪的判决不会改变，梅嘉树那种小人也不会逃脱法律的制裁！"

"砰！"

何一程拍桌而起："不准说我妹妹！如果不是你们，她不会落到这种结局，路瑾年该死，你们路家都该死，沈家……他们也别想逃脱。"

路西顾看着何一程狰狞的表情，假装有些紧张地退了退，说："我告诉你，这东西我备份了，如果今天你敢对我不利，备份的录音也会被曝光。"

何一程冷笑，抬手摇了摇，说："现在怕有什么用，我只要绑架了你，到时候拿你的命跟李茉谈判就行。路瑾年已经是废人了，你妈会弃帅保车？"

"何一程，你简直越来越丧心病狂了。你妹妹自己做错事，差点儿杀了我弟媳，而你回国后，还一直在针对我们。现在真相爆出，你居然也要学你妹妹玩绑架要挟！"

"哈哈哈，这种时候你还好意思对我说教？放心吧，只要路瑾年肯举行发布会，表示一切问题都是他搞的鬼，并且说服沈清欢一起翻供，那我就放你走。”

“如果我不答应呢？”

“那你就别想走出这间房子。”

“你还是不肯死心，就因为我们不帮你说假口供，你就要弄死所有人。在你眼里法律都是儿戏吗？”

何一程阴鸷地一笑，说：“法律算什么？我妹妹是被你们坑了才掉进陷阱，只要我做事小心，你认为法律能拿我怎样？要知道这世上比我邪恶的人多了去了，他们都被关了吗？”

路西顾叹气，道：“直到现在，你都不害怕事情暴露后要负什么连带责任？”

“怕什么？出了事，我直接让梅嘉树顶上去就行，有钱能使鬼推磨，你猜我能不能赢？”

“好吧，恐怕你的钱，你自己都将无法消受了。”路西顾忽然将口袋内的手机拿出，屏幕上的画面明显是通话中，他对着手机说，“路宝，带着警察上来吧。”

“你，你什么意思？”何一程一脸愣怔。

路西顾温和一笑，然后扯了扯西装上一枚凸出的纽扣，说：“多谢你的配合，路宝的针孔摄像头挺厉害的。你刚刚所说的一切，都在警局那里被放映了，对了，还是大屏幕。”

何一程脸色煞白，不敢置信地低语道：“你居然敢阴我。”

“兵不厌诈。”路西顾微微一笑，“何一程，你今天如果不放我走，那是什么罪，你很清楚。”

何一程跌坐在椅子上！

最终，他还是输了，一败涂地！

H影视城片场。

路瑾年听完所有汇报，又接收到路宝拍来的画面后，神清气爽地开展了第二项反扑。

“老婆，晚上我们可以开香槟庆祝了。等会儿拍完戏后你去告诉沈清欢，没收所有人的通信设备，今天谁都不准离开片场半步。”

杜唯微了然地道：“放心吧，我知道怎么做。”

路瑾年自信地道：“大哥已经成功，螳螂既然已经捕到蝉，黄雀在后面也该收尾了。”此时，何一程已经被警察带走调查了，沈清欢很配合，封锁了所有的消息，所以这个新闻暂时没有被爆出来，梅嘉树自然也不知道自己后方已经着火。

杜唯微失笑道：“那这黄雀还挺帅的啊。”

“那是，独此一人，只归你所有。”

“哈哈。”

夜戏拍摄结束后，梅嘉树就发现路瑾年居然一个人待在临时会议室门外，而杜唯微跟沈清欢在另一头跟编剧讨论剧情。

他听到助理给出的劲爆消息后就隐忍了许久，现在看到路瑾年落单，当然赶忙走来显摆。

路瑾年看见他后，直接转动轮椅进入了会议室中，摆明不想跟他啰唆。

梅嘉树见状，笑了笑，跟进。

谁知道他刚踏入屋内，就发现路瑾年正双臂环胸地看着自己，并说：“关上门。”

梅嘉树也不知道自己为什么这么听话。但在他关上门、刚反应过来的时候，路瑾年身后的放映幕布里就出现了何一程亲口说着准备让他背下所有罪责的视频。

路瑾年也从轮椅上起身，缓步向他走来：“梅嘉树，恭喜你马上就要成为替罪羔羊了。”

梅嘉树此刻已被能站立行走的路瑾年吓了个半死。

而当他得知所有的真相后，立马跪在地上求饶：“我错了，我真的错了，不是我，一切都是何一程指使的，我什么都不知道啊。”

路瑾年的复健其实还不算特别成功，但是走两步也不是大事，他回到轮椅上坐好，眉头微挑，说：“可惜我不是警察，也没有何一程的势力，希望你能在牢里过得开心快乐。”

梅嘉树不蠢，自然明白了路瑾年话语里的意思。何一程摆明是要拿他当替罪羔羊。

一气之下，梅嘉树再次表明是何一程指使自己的，并表示自己跟他有签订的合约。

而且梅嘉树还很聪明地保存了第一次跟何一程见面时的电话录音。这些东西拼凑起来，完全可以变成一切都是何一程指使他做的有力证据。

沈清欢站在窗户外听着这一切，眼眸微闭，神色难以形容。

“我去通知导演，梅嘉树的戏份要在一周内全部拍完。这部剧不能毁，路瑾年需要它翻身来证明自己。”

杜唯微看着沈清欢落寞离去时的背影，不自觉地轻叹出声。

因为剧组被沈清欢强制封闭，一周后，梅嘉树刚刚把戏份全部拍完，便衣警察就悄悄找上门来了。

梅嘉树双腿一软，垂着头跟着警察离去。

沈清欢立马通知助理：“赶紧准备将电视剧播放完毕。警察那边定案需要时间，我们只要抢先播完，就不会受到任何影响。”

“是。”

随后，路瑾年复出的电视剧一经播放，因为表演深刻，再加上结尾处他双腿直立朝着众人走来时的震撼画面，使得他的人气直接超过了“老干部”梅嘉树这个男一号，再次引起轰动。

而接着，梅嘉树跟何氏总裁何一程合谋杀人的八卦也被爆出。其真实度吓坏了众人，案子也被呈上法庭，等待他们的，将会是法律最正义的制裁。

何一程跟梅嘉树的审判即将开庭，沈清欢站在办公室的落地窗边遥望远方，神色迷惘。

助理走过去轻声提醒道：“沈总，听说路西顾已经开始暗中吞噬何氏集团，手段很高明。”

沈清欢心弦一颤，但转瞬即逝。她说：“天，要变了。”

“沈总，有句话我不知道该不该说。”

“说。”

“路西顾这人，我越看越觉得有本事，隐隐有超越何一程的能力，其实看得出沈老爷子很喜欢他，你真的对他没感觉？”

沈清欢眨了眨眼，一时之间竟答不出来。

“路西顾能力是不错，这次交手下来倒是让人眼前一亮，是个可敬的商人。”

助理试探性地问：“就这样？”

“看来你是不想要年终奖了？”

助理吐了吐舌，赶紧离开了。

办公室内恢复平静后，沈清欢长叹一声：何一程啊何一程，不知道何雪在得知你即将入狱后，会是怎样的心情呢？

我自认为了解你，却没想到在亲情面前，你还是沾染上了血腥。

年末，路瑾年因为这部戏，成了最佳配角。

沈清欢提前抓住时机，让他顺势发力，演了这部戏的电影版。因为表现突出，电影里他的角色被提升为男一号，也因为这部电影，他在成为最佳配角之后，又得到了“最佳男主角”的称号，风头一时无人能及。

颁奖典礼上，长相俊朗沉稳的路瑾年步履生风地走上了领奖台领奖。

在致谢词的时候，他的目光慢慢地对准镜头，嗓音温柔而富有磁性：“在这里，我最想要感谢的人是我的妻子杜唯微，如果没有她的陪伴与鼓励，我想我走不到现在。我想说的只有一句话：老婆，春风十里不如你，唯爱不忘，等我回家。”

“哇。”台下，众明星都惊诧连连，这么直接告白，不愧是当初的路少。

别墅内，杜唯微靠在路瑾年肩头，每次回看这一幕，她都会眼眶通红：“老公，我真是越来越舍不得你拍戏了，更讨厌女一号跟你的接触。”

路瑾年低头亲吻上她的额头，得到了“最佳男主角”的他有了很多赞助，再次恢复了以前的人气，所以剧本不停地被寄到家中，导致杜唯微一看剧本就头疼。因为大多数都是爱情剧。

路瑾年搂着她，男人迷人的气息瞬间将她包裹，他说：“既然老婆大人都发话了，那我以后不走演员路了。”

杜唯微一愣，问：“你说什么？”

“我决定转行做导演！”

“真的？”

“这样我就可以导演你写的剧本了。夫妻同心，其利断金！”

“你浑蛋！”杜唯微忽然骂道。

“怎么了？”

“既然早就决定好了，为什么不提前说，害我看着这些剧本吃醋这么久，哼！”

杜唯微话音刚落，路瑾年的呼吸骤然逼近，薄唇也顺势覆盖了上来。

良久后，他抽身道：“为了让老婆大人更加安心，我们生宝宝吧。这样孩子就会彻底拖住我了，往哪儿走都走不掉。”

杜唯微鼻子一酸，泪眼蒙眬地点了点头：“好，我要杜绝你所有的后路，你只能归我一个人所有。”

“遵命，老婆大人。”路瑾年一把将她抱起，嗓音里带着迫切跟激动。

属于他们夫妻的甜蜜日子，又再次回来了。

再多的风雨总有过去的那刻。

杜唯微：路瑾年，情虽不是因你而起，却因为遇见你而一往情深！

我食爱而活，一眼即万年。

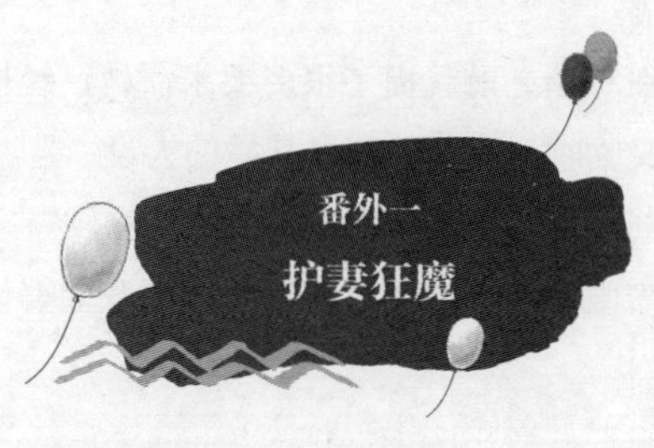

1

高浩因为写剧本病倒，于是杜唯微抽空去照顾他。

有一次，高浩兴冲冲地找到路瑾年，说："路瑾年，我来找你评理。"

"说。"

"昨天给你老婆转账，让她帮我买点儿菜，结果她买了一只鹅，然后……"

路瑾年以为高浩是心疼自己老婆多花了他的钱，于是说："立冬需要滋补，她这是关心你，买只鹅的钱就让你心疼了？太省的男人娶不到老婆。"

"不，问题是，她一次性把它都炒了。我一个人怎么吃得完，应该只炒半只。"

"吃不完扔了。"

"太浪费了，我是穷苦人家出身的。"

"你花点儿力气肯定能吃完，我看好你哦。"

2

某影视公司的负责人找路瑾年诉苦。

“你老婆不愿意配合我们改剧本。”

“我老婆一直很好说话，肯定是你的要求太多了。”

“她只写了一稿。”

“那肯定是你在写稿之前就提了很多要求，她已经按照要求写完了全剧，结果你们又临时加了一些莫名其妙的人设。”

“都是她的原创内容，我们是闭着眼睛签约的。”

“你都说是闭着眼睛签约的了，睁开眼又要我老婆修改，这不就是‘要求太多’？”

负责人：“……”

3

某傻白甜女演员不懂人情世故，在剧组的时候经常好心办坏事。

恰巧她主演了杜唯微主笔的周播剧，因为是周播剧，内容是边写边拍边播的，编剧会随着观众的喜好随时调整后续情节。

有次傻白甜女演员因为无心之举，闹出了负面新闻，导致了周播剧人气下滑。

杜唯微虽然在事后原谅了她，但在后续情节中还是把她写死，让女二上位了。

傻白甜女演员很难过，找路瑾年诉苦：“你老婆太坏了。”

“她这是为了衬托你的白。”

“她明明说对这件事不生气，转眼就把我写死了。”

“她这是为了节省你的时间，让你在短时间内可以多接几部剧。”

“我是无心之举，又不是故意的，大家都原谅我了，但她还是斤斤计较。”

“我老婆把你写死，也是无心之举，又不是故意的。大家都原谅她了，你怎么还斤斤计较？”

傻白甜女演员：“……”

4

某广告商给路瑾年导演的新戏砸钱，结果在拍摄过程中，杜唯微觉得广告商对广告植入的要求，她已经全部达到了，但他们还要求超出合同以外的权限，因此杜唯微严厉地拒绝了。

广告商负责人找到路瑾年谈判。

“你老婆没有合约精神。”

路瑾年说：“我老婆就是因为太有合约精神，所以才拒绝了您的无理要求。”

“合作这种事情，只有让我们满意了，我们才有二次合作。”

“我们严格执行了合同上的要求。”

“可是你老婆一点儿都不知道变通，就算拒绝，也应该找个漂亮的理由。和气才能生财。”

“我就是生财的财主，她有空讨好你们，还不如多花时间陪我。”

“路少，你说话这么直接，真的不怕以后翻船，无人可求吗？”

“船上有救生衣。”

广告商负责人额头上满是黑线。

5

某一线女演员在杜唯微面前耍大牌，并且不按时参与拍摄，拉低了剧组整体的效率。碍于各种原因，杜唯微隐忍不发。

后来，杜唯微写的新戏角色以此演员为原型，把她写成了反派。

一线女演员很愤怒，找到路瑾年，希望以自己的美色来攻陷对方，这样就能从精神上压垮杜唯微。

一线女演员深夜敲响了路瑾年房间的门。

路瑾年通过猫眼看到了对方，问：“有事白天找我。”

“路少，现在零下好几度，你不冷吗？让我进去好不好？”

“你进来我会冷。”

“为什么？”

“因为老婆会把我赶出去。”

一线女演员嗤笑道：“路少，你还怕老婆？”

“我是怕绯闻。”

“你不是天不怕，地不怕的吗？”

“我老婆脸皮薄，如果我传出绯闻会给她丢脸。”

一线女演员：“……”

可恶，他这是变相地嘲讽她脸皮厚外加不要脸！

6

高浩跟杜唯微合作了一部新剧，高浩负责人物设定、大纲、分集剧情，杜唯微负责整个剧本的完成，因此两个人建立了讨论组。后来因为路瑾年当了这部剧的导演，杜唯微也把他拉了进来。

进讨论组后，路瑾年见高浩跟杜唯微经常为了剧情聊得“火热”，感觉自己被冷落了，因此只要他跟杜唯微在一起，就会想办法把杜唯微的注意力转移到自己身上。于是杜唯微经常在讨论到关键的时刻掉链子不见人。

在杜唯微第N次掉链子后，高浩忍无可忍，他找到路瑾年说：“听杜唯微说，你经常分散她的注意力？”

“是我比剧本更重要，她只是避轻就重而已。”

“你这段时间能不能不要骚扰她？我们的剧本再写不好，会影响项目进度的。你再这样，我就要采取措施了。到时候，让她跟组，你就……”

路瑾年微笑着拿出手机，往三个人的讨论组里连续发了三十几个单人红包，说：“我相信没有什么事情是一个红包解决不了的，如果一个不够，那就来一场红包雨。”

高浩赶紧掏出手机，没想到里面的杜唯微比他更快，已经抢了十几个。高浩聚精会神地抢着红包，等他抢完之后再抬头，路瑾年早就不见了。

7

杜唯微在写一部宫斗剧。她私下在娱乐圈发“英雄帖”，希望圈内所有的男女明星踊跃报名，如果被选中，她会根据演员的性格量身打造角色。

因为杜唯微的剧每部都红，加上路家的财力支持，不少一线明星都愿意自降片酬来参与选角。选角结束后，曾经被杜唯微写死而导致女二上位的傻白甜女演员也被选中了。

结果她在第二集就被写死了。为了争取更多的露脸机会，傻白甜女演员找路瑾年，企图让他吹枕边风说服杜唯微。

“路少，你老婆又把我写死了，我希望她能再给我一次机会。”

“这部宫斗剧就是为你们量身定做的。”

“我希望我能撑到最后一集，可是她就让我活到了第二集，太不厚道了。”

“我老婆就是太厚道了，所以才让你活了那么久。”

“什么？”

“通常，你这种性格的一般在第一集开场二十分钟内就得死，结果她让你在第二集才死。烦死了，我老婆怎么可以这么温柔体贴？”

傻白甜女演员：“……”

8

杜唯微：“我要定这个男演员。”

路瑾年一看对方长得细皮嫩肉，立刻醋意大发，他故意挑刺：“这个男演员长得太丑。”

杜唯微左看右看，说：“哪里丑了，挺好看的。”

“太阴柔了，没有阳刚之气。”

“可是现在的观众喜欢这种小鲜肉类型的呀。”

路瑾年勾起嘴角，吐槽道：“哪里鲜了，我看是鲜肉干还差不多。”

听他这么说，杜唯微对自己的审美表示了怀疑："难道，他真的不好？"

"当然不好。"路瑾年选了一张长相一般但是名气尚可的男演员的照片给她看，说，"就这个好，有演技也有颜值。"

杜唯微点点头，说："好，我会认真参考的。"

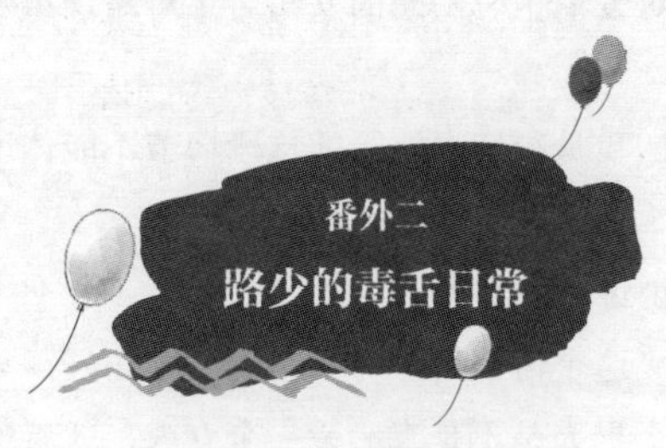

番外二 路少的毒舌日常

1

一个毫无演技的女演员因为有后台，硬被安排到了路瑾年导演的新剧里。

女演员拍完几场戏后，在路瑾年面前撒娇求夸奖：“路少，我的表演如何？你能给我打分吗？”

路瑾年看也不看她：“这还能打分？我想打人。”

女演员：“……”

2

高浩找路瑾年抱怨：“自从我想通了不再暗恋沈清欢之后，就把目光落到了其他女性身上。可是为什么我总交不到女朋友呢？难道是我的要求太高了？”

路瑾年看也不看他，就说：“别傻了，是别人要求太高了好吗？”

高浩：“……”

3

剧组里，一个对爱情抱有幻想的女实习生对路瑾年表达她对剧本情节的看法。

她说："路导，我觉得您老婆写的这段情节不能体现男主角对女主角的暖和宠。"

路瑾年道："说说你的理由。"

实习生回答："这个情节里，男主角对女主角好，只说了几句暖心的话，我觉得一个男人是不是真心爱一个女人，就看他愿不愿意给女方花钱。如果他有一块钱，愿意给女方花九毛，那才是豁出一切的爱。"

路瑾年眼皮抬也不抬地回答："如果一个男人只有一块钱，愿意给你花九毛，那么恭喜你，你获得情深义重的穷货一枚。"

女实习生："……"

4

某个冬天，高浩顶着一头雪到了剧组。

"我最讨厌冬天了，每天出门都冻得跟孙子一样。"

路瑾年随口答道："它也是有优点的。"

高浩疑惑地问："什么优点？"

"寒冷的环境可以使人变得年轻。"

高浩认真地求解："这个……有什么科学依据吗？"

"你刚才不是说，每天出门都冻得跟孙子一样吗？以你三十多岁的高龄，能变成孙子也是不容易。"

高浩："……"

还能不能愉快地聊天！

5

剧组里一位场记失恋了，只要有空就会反复唱“给我一杯忘情水，换我一生不流泪”，也不管大家是不是在休息，有没有听众。

某天，路瑾年拍了拍他的肩膀说：“给你一瓶敌敌畏，换你一生不流泪。”

失恋场记：“……”

6

剧组的实习生拿着杜唯微的新书问路瑾年：“路导，我买了你老婆最新出版的小说。”

“给五星好评了吗？”

“……给了。”实习生继续问，“我怕看虐文，请问这篇小说的内容虐吗？”

“虐狗算不算可怕的情节？”

“虐小狗？”

“虐单身狗。”

实习生：“……”

7

高浩想邀请国内一线的M编剧加盟新剧，然而这位M编剧很高冷，怎么也不愿意答应。

于是高浩找路瑾年支着儿。

路瑾年：“只要攻克他的老婆，一切问题都会迎刃而解。”

高浩不解地问：“为什么？”

“因为枕边风是我见过的最可怕的风。”

高浩：“……”

8

高浩很气愤地找到路瑾年，说：“路少，我找了M编剧的老婆，还送了很多礼物。”

“然后失败了？”

“都是你出的馊主意，说好的枕边风是这世界上最可怕的风呢？”

路瑾年漫不经心地说：“可能人家只想收你的礼物，但是把你的话当作耳旁风了。”

高浩：“……”

9

剧组的女实习生在街道上跟负心汉男友讨说法，恰巧被路过的路瑾年和杜唯微撞见。

女实习生：“你怎么这么可恶，你就是一个渣男。”

两人吵架引起了很多路人来围观，其中的女性吃瓜路人对“渣男”特别敏感，甚至气愤得想要动手。

负心汉怕舆论对自己不利，于是辩解道：“结了婚都可以离婚呢，谈个恋爱还不能分手？”

女实习生哭着说：“可是你在我们交往期间勾搭别的女人，而不是立刻跟我分手再追求她。你不过是因为不确定能不能把对方追到手，所以把我作为你的退路。现在，她对你有意，你就开始甩掉我了。”

吃瓜群众不论男女都开始指责起负心汉来。

负心汉怒极之下羞辱女实习生：“我能跟你在一起都是低就，你也不看看你这一米五几的身高。你这种女人只能嫁给穷光蛋。”

这时，路瑾年淡淡地开口：“身高不是距离，道德有高低之分。道德王国里的矮人王，总是自信满满。”

吃瓜群众一片叫好。

10

高浩：“路少，你骂人从来都不说脏话，这是什么做到的？”

“智商决定语言魅力。”

“……”高浩沉默了一会儿继续问，“那你能不能说一些脏话，但是表面看起来特别文明，细细品味起来还带点儿粗俗？”

“僵尸打开了你的脑子，很失望地走了。路过的屎壳郎眼前一亮。”

高浩：“……”

1

老婆自从生了宝宝后，注意力就全在那小家伙身上了，而我像是被打入冷宫的怨妇，每天都在跟儿子斗智斗勇，从而提升自己的存在感。

可是每每如此后，老婆总会白我几眼，说："你不是一个好父亲。"

"可我是一个好丈夫。"

"那你也不能跟儿子争宠啊。"

可能是为了支援老婆，儿子对着我吐泡泡，这让我很受伤。这么小就知道抢我的家庭地位，以后能走动了，岂不是要跟我玩"宫心计"?

好在随着带娃的深入，老婆近期的表现用"恨不得把这娃塞回肚子去"来形容是很恰当的，对此我很开心。因为老婆终于把更多的时间用来跟我互动了，虽然多数情况是"老公，帮我给他换尿布""老公，奶水不足，去买奶粉""老公，我累了，你做饭给我吃好不好"。

对于我在家庭中的地位每况愈下的事实，路宝表现出了高度的同情心，他时不时地问我："哥，你每天一副怨妇的样子是怎么回事？"我说儿子出生后，我就成了深宫里的皇帝。

路宝表示很心酸，问我为什么不找保姆。我表示老婆说孩子还是要自己带，亲力亲为的陪伴才是高质量的。

而我那第一百零一次失恋的场记大小姐忍不住说了句："路导，我发现我看到你的儿子就有亲切感，不知道是不是因为长得像我。"

这攀亲戚的本事真是与众不同。至于为啥长得比较像，这就得好好问问她是不是跟我老婆有什么关系了。

2

儿子会走路、会说话之后，变得很诡异，有时候晚上会突然站起来，然后倒在他妈的怀里继续睡。有时候伴随着一些奇怪的“呵呵呵”的笑声，把我老婆吓得只看完了《咒怨》系列的第一部，后面的几部都不敢看了。

虽然儿子出生，我的家庭地位下滑，但是他这样的表现我是很满意的。

因为我就喜欢老婆写写玛丽苏恋爱剧，而不是天天研究“怎么杀人”，怎么“高智商犯罪”。不然哪天我怠慢了儿子，她真把我“砌进墙里”那就不好玩了。

不过老婆经常神神秘秘地对我说，她感觉儿子是一个潜在的暴发户。我问她是什么样的暴发户，她说是那种天才级别的。

反正我是感觉不出他有成为小天才的潜力，他的长相因为开始接近我，以后靠脸吃饭应该是稳妥了，所以他能不能成为天才，我不在乎。

不过他有一点应该比他爹强，就是小小年纪就喜欢去拥抱小妹妹或者小姐姐，类似的行为都做了好多次，要不怎么说小孩子就是有优势呢，这么做也不会有人说啥。换了他爹就得直接进警察局跟警察叔叔喝茶聊人生了。

对于他这种“流氓”行为，做爹的我是支持的，因为出名要趁早，找老婆要趁小。

现在是男多女少的时代，老婆生孩子的时候，我们念叨着一定要个女儿，结果生了个儿子，老婆原本还想在产房找找未来儿媳妇，结个娃娃亲，结果一个产房里全部是男孩子，而下一拨只有一个女孩儿。对此，老婆非常有危机感，生怕儿子长大了娶不到老婆。

如今，儿子的“流氓”行为证明了他的撩妹技能很高。不像他爹，除了会撩自家老婆，对待别的女人时永远都处于“待机不开放”的状态。

为了防止儿子长大后变成“花心大萝卜”，我给他取名“路透”。

老婆说，儿子长大了会很嫌弃这个名字，因为路透等于路透照，听起来很微妙。

我说，给他取一个非男主角的名字，做一个男配角就行。

然而我们的对话被儿子听到了。他刚学会说话不久，于是很嫌弃地说：“我要当男主角。”

我说：“男主角的责任重大，配角才能享受人生。”

他说：“配角不好，主角才有老婆。”

我和老婆面面相觑。

他才多大，为什么能说出大人的话来？

这早熟得也太可怕了。

3

三年后，儿子已经能跟我正常对话了，他经常说一些大人似的话，而且风格颇有我的神韵。

都说娃娃要从小抓起，那我这个做爹的，自然要教他怎么爱妈妈。

因此，趁着老婆不在家，我经常给儿子讲这样的故事：“从前有座山，山里有座庙，庙里有个老路瑾年和小路瑾年。有一天，老路瑾年对小路瑾年说，你有一个叫杜唯微的妈妈，你以后一定要爱她超过自己。”

然后，儿子立刻反驳：“妈妈应该是老路瑾年来爱的。”

我说：“小路瑾年也必须爱妈妈。”

儿子嘟着嘴说：“小路瑾年也有自己的老婆要爱的。”

老路瑾年听了，悲喜交加。

他果然是我的好儿子！

老婆还不知道有没有出生，就知道要维护她的地位了。

不过有了这个把柄后，我可以在老婆面前告状了：儿子是未来儿媳妇的，我才是陪伴你一生的男人，所以你要多多爱我。

等我这么美滋滋地想着的时候，第二天，老婆从剧组回家，我还没来得及跟她说上话，儿子就把我削好的苹果递到了老婆手里，奶声奶气地说："妈妈，这是你未来儿媳妇给你削好的苹果。"

老婆惊讶地看着我，此时此刻，我无法找到合适的形容词来描绘自己的心情。

连"借花献佛给自己未来老婆加分"的手段都用上了。

"这果然很路瑾年。"

老婆感慨了一句后，接过苹果咬了一口，吃得很开心。

既然儿子这么会表现，有一天我对儿子说："你未来的老婆肯定喜欢居家好男人。"

儿子问我："什么是居家好男人？"

"会做家务。"

说着，我端了一个放了五六个碗的小盆子给他："居家好男人要从小开始培养，是时候让你表现了。"

儿子立刻忽闪忽闪着大眼睛说："爸爸，你是我仰望和崇拜的对象，你的言行就是我人生的指明灯，我什么都是跟着你学习的。这个碗应该怎么洗？"

儿子小小年纪就会声情并茂地拍马屁，我表示很欣慰。想了想他还很小，确实不会洗碗，我蹲下来一边洗碗，一边给他做示范："这样，这样和这样。"

儿子站在一边，每次我洗好一个碗，他就拍着巴掌欢呼一声："爸爸好厉害！爸爸好样儿的！爸爸，你是我的超级明星，无可比拟的大导演。"

这些话听着就像是一个"脑残粉"在对偶像表白。在儿子的糖衣炮弹下，我洗好了所有的碗。

等我洗完把它们送进厨房的时候，猛然醒悟了过来。

明明要锻炼儿子的动手能力，为什么最后变成了我来洗碗？

甜言蜜语真是最可怕的语言，难怪女人容易沦陷其中。